Poolposition

1. Palma
2. Santanyí
3. Campos
4. Llucmajor
5. Sa Ràpita
6. Calonge
7. Valldemossa
8. Parc natural Mondragó
9. Cala Millor
10. Manacor
11. Sa Coma

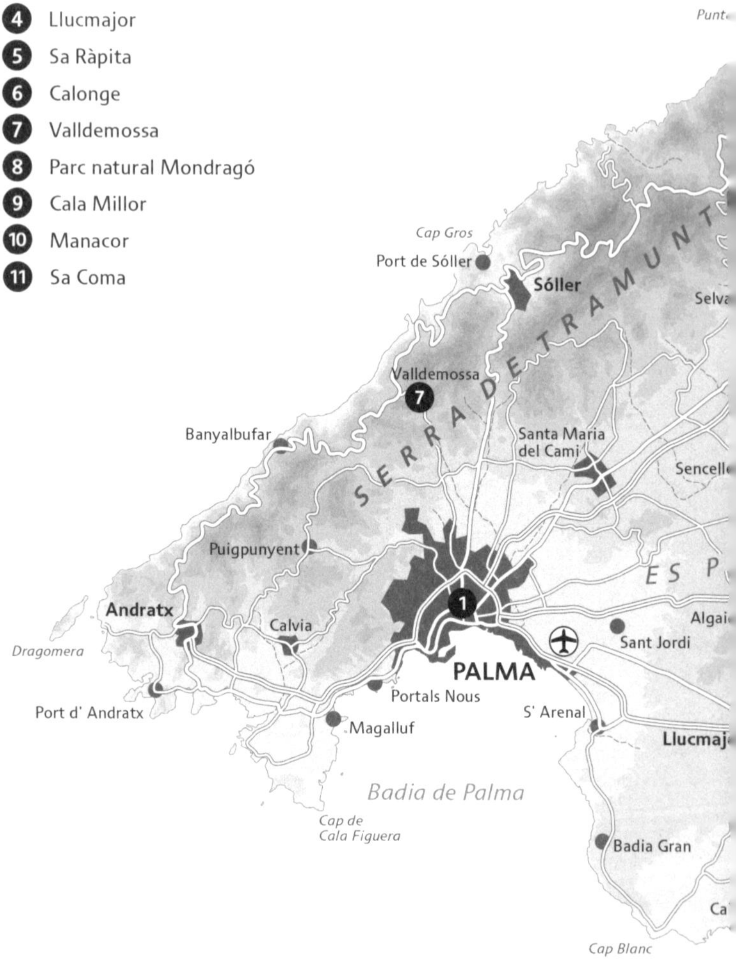

Kartographie: U. Beha

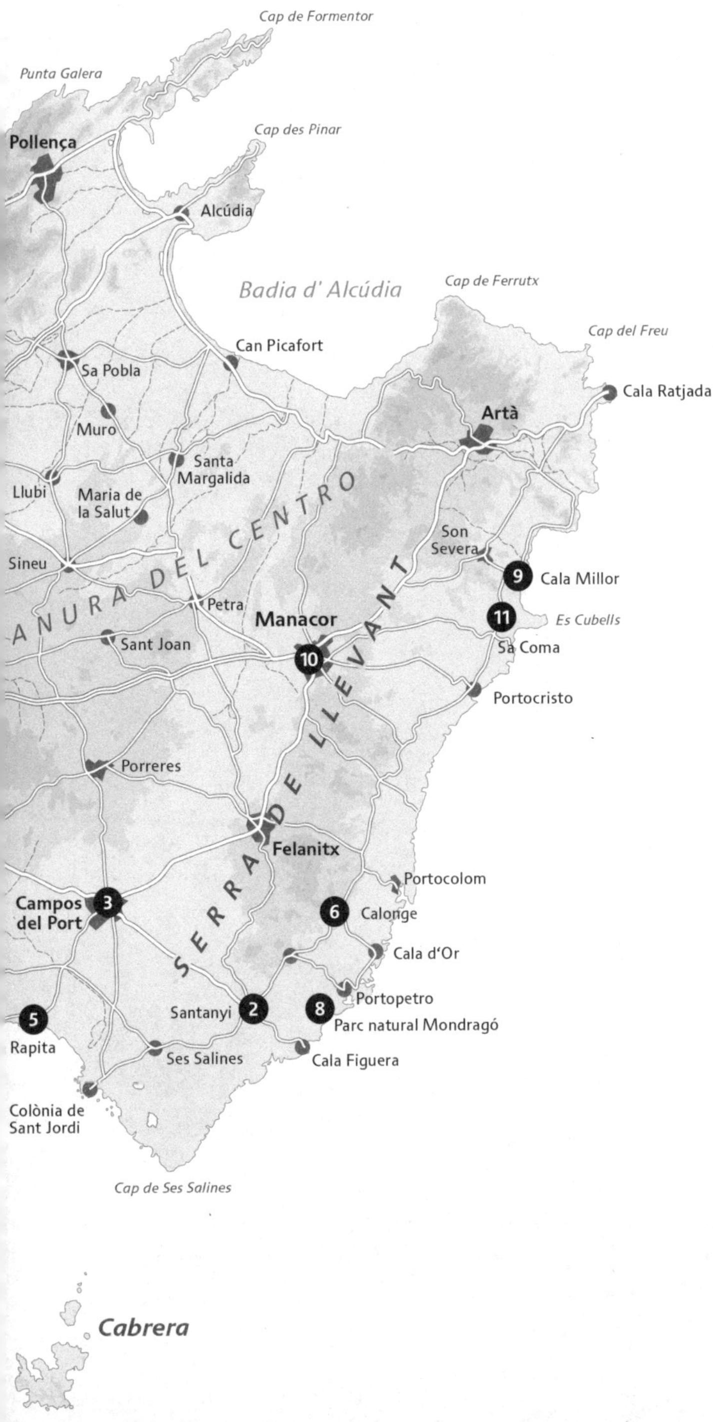
Cap de Formentor
Punta Galera
Cap des Pinar
Pollença
Alcúdia
Badia d' Alcúdia
Cap de Ferrutx
Cap del Freu
Can Picafort
Sa Pobla
Cala Ratjada
Artà
Muro
Santa Margalida
Llubi
Maria de la Salut
ANURA DEL CENTRO
Son Severa
Sineu
Cala Millor
Petra
Manacor
Es Cubells
Sant Joan
Sa Coma
Portocristo
SERRA DE LLEVANT
Porreres
Felanitx
Portocolom
Campos del Port
Calonge
Cala d'Or
Portopetro
Santanyi
Parc natural Mondragó
Rapita
Ses Salines
Cala Figuera
Colònia de Sant Jordi
Cap de Ses Salines
Cabrera
3
2
5
6
8
9
10
11

Andreas Schnabel, geboren 1953 in Hamburg, ist ausgebildeter Rettungsassistent, arbeitete als Hauptbrandmeister, Taxifahrer, Rundfunkreporter, RTL-Sportredakteur, TV-Producer, Filmproduzent, Event- und TV-Regisseur und Theater-Autor. Er lebt als Autor in Pulheim bei Köln.

ANDREAS SCHNABEL

Poolposition

MALLORCA KRIMI

emons:

Bibliografische Information der Deutschen Nationalbibliothek
Die Deutsche Nationalbibliothek verzeichnet diese Publikation in der Deutschen Nationalbibliografie; detaillierte bibliografische Daten sind im Internet über http://dnb.d-nb.de abrufbar.

FSC www.fsc.org
MIX
Papier aus verantwortungsvollen Quellen
FSC® C083411

Umschlagmotiv: iStockphoto.com/katjawickert
Umschlaggestaltung: Tobias Doetsch
Gestaltung Innenteil: César Satz & Grafik GmbH, Köln
Lektorat: Marit Obsen
Druck und Bindung: CPI – Clausen & Bosse, Leck
Printed in Germany 2014
ISBN 978-3-95451-364-2
Mallorca Krimi
Originalausgabe

Für Silke und Christian Volgmann,
die immer für mich da waren.
Danke!

EINS

In Norbert Kleinen kamen deutliche Zweifel auf. Er hatte noch nie eine derart tobende Menschenmenge erlebt. Lauter hätte es in einem Fußballstadion auch nicht sein können, nur saßen die Fans da nicht so nahe am Spielfeld. Was heißt hier Fans?, dachte Kleinen irritiert, das ist der blanke Mob, Hooligans in Ballkleid und Smoking, die sich rund um den Boxring gebärden wie Wilde.

Vor den drei Stufen, die auf das Podest hinaufführten, blieb er zögernd stehen. Zwei junge Damen in knappen Bikinis und High Heels, deren Absätze bis zu den drallen Hinterteilen ihrer Trägerinnen zu reichen schienen, waren damit beschäftigt, eine Ecke der Matte von etwas zu säubern. Das, was sie da über den Putzeimern aus den Wischlappen drückten, sah aus wie Blut.

Angst stieg in Kleinen auf. Sollte er das wirklich über sich ergehen lassen? Er brauchte einfach nur *nicht* diese dusselige Treppe hinaufzusteigen, und schon wäre er aus dem Schneider. Andererseits brauchte er das Geld.

Egal. Einfach laut Nein sagen und wieder in die Umkleidekabine gehen, das war das Gebot der Stunde.

Seine beiden riesigen Begleiter schienen diesen Gedanken jedoch zu erahnen, denn bevor er sich dazu entschließen konnte, seine Überlegung in die Tat umzusetzen, spürte er, wie seine Oberarme von jeweils einem Schraubstock umspannt wurden und er unter dem hämischen Gelächter der Menge annähernd wehrlos die Treppen hochgetragen und zwischen den von einem dritten Bodyguard auseinandergezogenen Ringseilen hindurch in das Kampfareal geschubst wurde.

Ein Häuflein Elend klatschte auf die Matte, ein ängstliches Bündel Mensch, das sichtlich Mühe hatte, sich im gleißenden Rampenlicht zu orientieren. Mühsam rappelte Kleinen sich hoch und schaute sich um. In einer Ringecke stand ein Mann in einem Trainingsanzug, der ihn zu sich winkte. Mit einem grimmigen Kopfnicken wies er ihn an, sich auf den Holzhocker zu setzen, der gerade von einem Assistenten unter den Ringseilen hindurchgeschoben und aufgestellt wurde.

»Wo ist mein Gegner?«

»Mach dir keine Sorgen, mein Junge, der kommt noch früh genug.« Der Betreuer überprüfte mit ein paar Handgriffen, ob die Bandagen an seinen Fuß- und Handgelenken richtig saßen. Dröhnende Musik setzte ein. Zu den Klängen von »Conquest Of Paradise«, der ehemaligen Auftrittsmusik von Henry Maske, und begleitet vom geradezu frenetischen Jubel der Massen, schob sich eine dichte Menschentraube durch die schmalen Gänge zwischen den Sitzreihen in Richtung Ring. Kleinen hatte Mühe, durch die gleißende Lichtwand der Scheinwerfer hindurch etwas zu erkennen. Da teilten sich die Seile, und mit federnden Schritten hüpfte ein junger, am ganzen Körper tätowierter und völlig haarloser Mann in den Ring. Ihm folgte eine weitere, in schwarz gekleidete Person, offensichtlich der Ringrichter der Veranstaltung.

Kleinen schöpfte neue Hoffnung. Sein Gegner war zwar drahtig, zudem hatte die Körperbemalung etwas Martialisches, doch der Mann war fast einen Kopf kleiner als er und, wie Kleinen fand, weniger muskulös. Er erhob sich von seinem Sitz und begann ebenfalls zu tänzeln – ein zaghafter Versuch, seinen Kontrahenten zu beeindrucken. Der schien ihn aber gar nicht zur Kenntnis zu nehmen. Seine leeren Augen starrten bei der Gegenüberstellung glatt durch ihn hindurch.

Kleinen musste nach Luft schnappen. Ihm war, als würde sein Herz in einen Bottich eiskalten Wassers getaucht werden.

Um die grölende Menschenmenge zu übertönen, brüllte der Ringrichter die beiden Kontrahenten an. Kleinen verstand trotzdem kein Wort, nickte aber, als der Mann mit seiner Rede geendet hatte. Das gesamte Ringpodest begann zu vibrieren, und ein infernalisches Sirenengeheul setzte ein. Unter einer Kaskade bunten Saalfeuerwerks wurden die Ringseile in den Boden hinabgelassen, während von oben gleichzeitig ein Stahlkäfig heruntergefahren kam. Es war nun keine Flucht mehr möglich. Kleinen fühlte sich wie ein Stück Pflaumenkuchen, das, vor Wespen geschützt, unter einer Netzkuppel darauf wartete, verzehrt zu werden. Vielleicht war dieser Vergleich mit dem Pflaumenkuchen gar nicht so falsch, denn nach dem Kampf könnte sein Gesicht der Kuchenauflage durchaus ähneln.

Ein lauter Gong dröhnte, und ehe Kleinen reagieren konnte,

durchzuckte sein Gesicht ein so furchtbarer Schmerz, wie er ihn sich nicht hätte vorstellen können. Der erste Faustschlag seines Gegners hatte ihn bereits getroffen, bevor der Ringrichter »Go« gerufen hatte, aber das schien ungeahndet zu bleiben. Kleinen fühlte direkt den nächsten Schmerz, als er zu Boden ging und mit dem Hinterkopf auf die harte Matte krachte. Mühsam richtete er sich wieder auf. Seine Nase und sein Mund fühlten sich an wie ein blutiger Brei, aus dem er seine Schneidezähne auszuspucken versuchte. Da seine Oberlippe bis zur Nase hin aufgerissen war, war das aber kein Spucken, sondern nur noch ein blutiges Schnauben und Zischen.

Gut, dachte Kleinen, jetzt werde ich ausgezählt, und dann hat der Spuk ein Ende. Schlimmer kann es ja nicht mehr kommen. Doch er hörte niemanden zählen. Ein wuchtiger, für ihn völlig unerwarteter Tritt in den Unterleib ließ ihn wie ein Tier aufbrüllen. Fast irrsinnig vor Schmerzen versuchte er, sich wie eine Kugel zusammenzurollen, doch der Gegner ließ nicht von ihm ab, im Gegenteil. In Panik schlug er mit der flachen Hand auf den Ringboden. Das war in der Welt des Kampfsportes das Zeichen zum Aufgeben und sollte ihn vor weiteren Angriffen schützen.

Stattdessen fühlte Kleinen, wie seine Handgelenke gegriffen und seine Arme gestreckt nach hinten gebogen wurden. Er spürte, wie die Bänder der Rotatorenmanschetten eines nach dem anderen rissen. Den darauffolgenden gewaltigen Tritt mit der Fußsohle zwischen seine Schulterblätter empfand er nicht mehr als besonders schmerzhaft. Das knirschende Schmatzen, mit dem die Gelenkkugeln beider Oberarme aus ihren Knochenpfannen gerissen wurden, befremdete ihn nur noch.

Es wurde immer leiser um ihn herum. Am Boden liegend öffnete er seine Augen und erblickte zwischen den in der ersten Reihe vor Begeisterung schier ausflippenden Zuschauern die schönste Frau, die er jemals in seinem Leben gesehen hatte. Aufregender konnte ein rotes hautenges Kleid gar nicht sein, und ihr unglaubliches Dekolleté würde selbst durch den teuersten Schmuck dieser Welt nur verschandelt werden. Sie war die Einzige, die es noch auf ihrem Sitz hielt. Reglos sah sie ihn an und lächelte. Kein aufreizendes Lächeln, eher ein mitleidiges. Ihre Blicke trafen sich, und Kleinen war von ihren Augen und ihrem

Wesen so fasziniert, dass ihn die Brutalität, mit der sein Gegner seinen Hals in den Mattenboden hineintrat, nicht weiter tangierte.

In diesem Moment war sie die einzige Liebe, die er in seinem Leben je gehabt zu haben schien, und er schwor sich, nie wieder eine andere zu lieben. Er fühlte sich in ihrem Blick gefangen, war in ihm geborgen, zutiefst erfüllt und völlig schmerzfrei. Ein ungeahntes Glücksgefühl durchströmte ihn, denn diese Göttin nahm ihn zur Kenntnis. Sie hob ihren rechten Arm, streckte die Faust aus und spreizte den Daumen ab. Dann nickte sie ihm seltsam spöttisch zu und drehte, begleitet vom hysterischen Kreischen ihrer Sitznachbarinnen, den Daumen in Richtung Boden.

Ob Kleinen das Knacken seiner Schädelbasis noch hörte, ist ungewiss. Er wusste nun aber, wie sich pures, unendliches Glück anfühlte, und starb mit einem grotesken Lächeln in seinem zerschlagenen Gesicht.

***

Es drohte wieder einmal ein brütend heißer Tag zu werden. Die Sonne war noch nicht ganz aufgegangen, doch das Quecksilber des Terrassenthermometers zeigte schon jetzt vierundzwanzig Grad an. Michael Berger legte das Telefon zur Seite und drehte sich zu Rosa um, die eben hereinkam. Er hatte sich zwar große Mühe gegeben, seine Gräfin nicht zu wecken, als er sich aus dem Bett gewälzt hatte, aber vermutlich war sie bereits beim Handyklingeln wach geworden.

»War das Cristobal?«, fragte sie.

»Wer sonst?«, brummte er verschlafen. »Jeder andere würde auch von mir erschossen werden.«

Gräfin Rosa hantierte an der Espressomaschine, während Berger seine Morgentabletten sortierte. Er war im Prinzip zwar gesund, aber hatte, wie fast jeder Mensch seines Alters, so seine Zipperlein. Mit Mitte fünfzig war man eben kein Jungspund mehr. »Was soll ich nur alles nehmen«, schimpfte er, »wenn ich wirklich alt bin?«

»Die Kugel, mein Schatz, dann hört wenigstens das Gejammer auf. Nehmen Sie sich ein Beispiel an Tante Auguste. Die ist hoch in den Achtzigern und verzweifelt auch nicht daran.«

»Die ist kein Maßstab. Auguste hält das Altwerden für das letzte große Abenteuer, das ein Mensch auf unserem Planeten noch erleben kann, und genießt es in vollen Zügen.«

»Dennoch beißt sie in mancherlei Hinsicht ganz schön die Zähne zusammen.«

»Wenn man noch seine eigenen hat, wird davon explizit abgeraten.«

Durch die Küche zog bereits ein verlockender Kaffeeduft, als Rosa die Milch mit Hilfe der Wasserdampfdüse in einer Stahlkanne erhitzte. »Weswegen müssten Sie denn schon wieder ran?«

Berger rieb sich den Schlaf aus den Augen. »Auf der Bundesstraße zwischen Llucmajor und Campos haben sie eine Leiche gefunden.«

Sie goss die heiße Milch in den Kaffee. »Ist sie denn mehr als nur tot?«

»Der Kleidung nach zu urteilen, hat es einen jungen Mann beim Sport erwischt, aber der Rest passt irgendwie nicht zur Leiche. Mehr kann ich Ihnen dann nachher erzählen.«

Obwohl die Beziehung der beiden inniger nicht hätte sein können und sie einander am Ende des Jahres das Jawort geben wollten, am »Sie« zwischen ihnen würde auch das nichts ändern. Für beide war es schon die zweite Ehe, und nachdem Bergers erste durch den gewaltsamen Unfalltod seiner Frau und seiner zwei Kinder furchtbar geendet hatte, versuchte er mit diesem »Sie«, seine Rosa vor einem ähnlichen Schicksal zu bewahren.

Kennengelernt hatten sich die beiden, als Rosa nach Mallorca gekommen war, um den Nachlass ihres kürzlich verstorbenen Mannes, des Grafen Ernst von Zastrow, zu regeln. Zum ersten Mal auf der Insel und des Mallorquinischen nicht mächtig, hatte sie die Hilfe des »Residente«, wie Michael Berger von den Einheimischen genannt wurde, in Anspruch genommen. Dass dieser ein emigrierter Ex-Kriminalkommissar aus Bonn und zudem ein enger Freund von Comisario Cristobal García Vidal war, hatte sich als glückliche Fügung erwiesen, denn wie sich bald herausstellte, plante ein Verbrechersyndikat, ganz groß ins mallorquinische Immobiliengeschäft einzusteigen. Als Filetstück wollte man sich die dreihunderttausend Quadratmeter große gräfliche Finca unter den

Nagel reißen und hatte kurzerhand den Grafen umgebracht. Der Plan der Schurken war es, der Witwe das Grundstück für wenig Geld abzukaufen. Sie gingen davon aus, dass es kein Problem sein würde, die Gräfin angemessen einzuschüchtern, hatten aber nicht mit der Wehrhaftigkeit dieser zierlichen Mittvierzigerin gerechnet. Nachdem die »feindliche Übernahme« erfolgreich vereitelt werden konnte, hatte Gräfin Rosa entschieden, der Insel nicht wieder den Rücken zu kehren. Inzwischen war sie die Inhaberin einer kleinen Detektei, deren einziger Angestellter Michael Berger war. Und dadurch, dass Comisario García Vidal bei kniffligen Fällen immer wieder um dessen Mithilfe bat, rechnete sich das Ganze auch.

García Vidal, der Berger vom Auto aus alarmiert hatte, und seine Assistentin Carmen Lucas, die mit Tomeu, ihrem Lebensgefährten und Verwalter des gräflichen Anwesens, ebenfalls auf der Finca wohnte, betraten fast gleichzeitig die Küche.

»Buenos días, Señora Condesa.« García Vidal inhalierte gierig den frischen Kaffeeduft. »Da unsere Leiche schon tot ist, dürfte gegen einen kurzen Cortado nichts einzuwenden sein, denke ich«, sagte er auf den fragenden Blick der Gräfin.

Rosa füllte frisches Kaffeepulver in das Sieb. »Carmen, du auch?«

Die junge Frau nickte verschlafen. »Gern, aber meinen bitte mit etwas mehr Milch.«

»Wissen Sie schon Genaueres über unseren Toten, Cristobal?«, fragte Berger, während er Zucker in seinen Cortado rührte.

»Leider nein. Ich weiß nur, dass dem Doc am Unfallort einige Dinge seltsam vorgekommen sind, deshalb haben sie uns alarmiert.«

***

Juan Valdo, der wachhabende Beamte im Foyer des Rathauses, schreckte hoch und sah sich nach der Quelle des Geräusches um, das ihn geweckt hatte. Sichtlich aufgeregt klopfte draußen im Morgengrauen eine junge Frau an die gläserne Rathaustür. Nur spärlich bekleidet, machte sie den Eindruck, als sei sie aus dem Bett geflüchtet, um Hilfe zu holen. Der Beamte der Policía

Local erhob sich von seinem Stuhl. Nachdem er sich auf dem Kontrollmonitor davon überzeugt hatte, dass niemand anderes neben dem Eingang und auf dem Vorplatz lauerte, öffnete er und ließ den Besuch ein.

»Señora, kann ich Ihnen behilflich sein?«

Sie nickte verstört. »Sí Señor«, erwiderte sie in schlechtem Spanisch, »bitte rufen Sie jemanden von der Kriminalpolizei, der Deutsch versteht.«

»Was ist denn passiert?«

»Ich befürchte, dass ich meinen Verlobten umbringen werde. Heute noch.«

Er glaubte, falsch verstanden zu haben. »Ihn umbringen werden?«

»Sí.« Sie wischte sich mit einer fahrigen Bewegung eine Haarsträhne aus dem Gesicht.

»Und wie kommen Sie darauf?«

»Ich träume es, immer und immer wieder.«

»Und da wenden Sie sich an die Polizei?«

»Sí. Ich weiß mir keinen anderen Rat.«

»Wenn Sie etwas träumen, was Ihnen offensichtlich Angst macht, sollten Sie zum Therapeuten gehen oder zum Hausarzt. Bei uns sind Sie da völlig falsch.«

»Ich habe keinen Hausarzt auf Mallorca und schon gar keinen Therapeuten.«

»Tja, junge Frau, ich weiß ja auch nicht.« Juan Valdo grinste. »Also … immer wenn *ich* Lust habe, meine Alte umzubringen, gehe ich in die Bar und geb mir die Kante.« Er lachte. »Wenn ich jedes Mal zur Polizei rennen würde, hätte ich gar keinen freien Tag mehr.«

Sie blieb stur. »Ich vertrage keinen Alkohol, und ich *will* ihn ja auch gar nicht umbringen.«

»Und warum träumen Sie es dann?«

Tränen der Verzweiflung schossen ihr in die Augen. »Woher soll ich das wissen? Rufen Sie nun jemanden, oder zwingen Sie mich zu einem Mord, den ich gar nicht begehen will?«

»Die von der Policía Nacional würden sowieso erst dann kommen, wenn Sie Ihren Mann wirklich umgebracht haben. Vorher rühren die keinen Finger.« Er zuckte ratlos mit den Achseln. »Wie heißen Sie eigentlich? Ich habe Sie doch schon mal gesehen, hier auf der Fiesta, mit Miguel zusammen.«

»Sí. Ich bin seine Verlobte. Mein Name ist Vanessa Riesche.«

»Und Sie wollen Miguel also wirklich umbringen?«

»Dios mío, eben das will ich ja gerade *nicht*. Deswegen bin ich hier. Ich träume nur davon.«

Valdo schüttelte entnervt den Kopf. »Das wird mir hier zu blöd. Ich rufe Hilfe für Sie.«

Er griff zum Telefon, und die Frau nickte erleichtert. »Na endlich. Mehr will ich doch gar nicht.«

***

Als sie am Unfallort auf der C-717 eintrafen, hatte die Guardia Civil die Fahrbahn bereits komplett geräumt und wieder freigegeben, was der Comisario fluchend zur Kenntnis nahm.

»Wozu rufen uns diese Deppen dann noch?« Er öffnete die Wagentür. »Es ist doch immer das Gleiche.« Wütend stieg er aus.

Berger und Carmen folgten ihm.

García Vidal verbreitete seine schlechte Laune auf der Einsatzstelle, indem er umgehend einen älteren Guardista anschnauzte, der sich gerade mit der Besatzung des Rettungswagens unterhielt. »Hättet ihr die Straße nicht auch gleich feucht wischen können? Was sollen wir hier, wenn es nichts mehr zu sehen gibt?«

»Erstens heißt es ›Guten Morgen, Kollegen‹, wenn man um diese Zeit einen Einsatzort betritt, und zweitens gab es nichts aufzuwischen. Alles, was zu sehen war und ist, liegt jenseits der Mauer. Begeben Sie sich also auf die Wiese und verpesten Sie dort die Stimmung.«

Bevor García Vidal explodieren konnte, zogen ihn Berger und Carmen zur Seite.

»Was wollt ihr von mir?«

»Wir wollen verhindern«, raunte Berger, »dass Sie sich vollends zum Deppen machen.«

»Wieso mache ich mich zum Deppen?«

»Weil Sie sich wie ein …« Er zögerte.

»Weil Sie sich wie ein Arsch aufführen«, komplettierte Carmen Bergers Satz. »Auch für die Kollegen ist es jetzt sechs Uhr morgens, und statt hier einen auf Rambo zu machen, wäre es schön, wenn Sie erst einmal die Fakten auf sich wirken lassen würden.«

García Vidal sah beide kurz an. »Ich denke, ihr habt recht.« Er ging zu dem Beamten und entschuldigte sich bei ihm.

»Dafür könnte ich ihn nun wieder küssen«, murmelte Berger.

Als der Comisario zu ihnen zurückgekehrt war und alle drei die flache Steinmauer überwunden hatten, standen sie vor einem ausgebrannten Trümmerhaufen, der einmal ein Motorrad gewesen war. Etwa zwanzig Meter weiter feldeinwärts lag die abgedeckte Leiche des Fahrers.

»Herrje«, brummte Berger. »Den hat es ja völlig zerbröselt.«

Ein paar Kollegen der Guardia Civil Tráfico waren dabei, die Fundorte der einzelnen Teile von Mensch und Maschine genau auszumessen, zu fotografieren und auf einem Lageplan zu markieren. Einer der Beamten kam auf García Vidal zu, um Meldung zu machen. »Guten Morgen, Señor Comisario.«

»Guten Morgen, Kollege. Was gibt es denn so Besonderes, dass man uns gerufen hat? Sieht aus, als hätte sich ein Chaot mit seiner ›Rennsemmel‹ selbst abgeschossen.«

»Im Prinzip schon, aber da sind einige Sachen, die nicht zusammenpassen.«

»Die da wären?«

»Dem Unfallbild zufolge muss die Maschine ein gutes Stück in diese Richtung«, er zeigte in Richtung Campos, »ungebremst abgehoben haben. Sie ist zunächst gegen die Mauerkrone geknallt, um dann im hohen Bogen hier zu landen und geradezu zu explodieren.«

»Bei dem Unfallhergang«, gab der noch immer etwas gereizte Comisario zurück, »ist es kein Wunder, dass es das Motorrad in Einzelteile zerlegt hat, oder?«

»Sí, Comisario, aber dass der Fahrer die Mauer erst zehn Meter weiter gestreift hat, um dann runde zehn Meter hinter ihr zum Liegen zu kommen, passt einfach nicht dazu. Wir haben an der entsprechenden Stelle Gewebereste gefunden. Das würde aber bedeuten, dass der Fahrer ein ganzes Stück ohne Motorrad weiter geradeaus gefahren ist, um dann ebenfalls abzuheben und die Mauer zu streifen.«

García Vidals schlechte Laune war schlagartig verschwunden.

Er wirkte jetzt aufmerksam und wach. »Und was meinen Sie, was der so auf dem Tacho hatte?«

»Das ist der zweite Punkt, der mich stutzig macht. Von der Flugkurve her schätze ich die Geschwindigkeit auf gute einhundertzwanzig Kilometer pro Stunde. Für eine 1100er Suzuki, wenn sie auch gute fünfzehn Jahre alt ist, ein leicht zu erreichendes Tempo. Zu der Zeit, als dieses Modell rauskam, wurden die Tachos aber noch über eine Welle angetrieben. Dadurch blieben sie bei einem so kapitalen Unfall meist stehen und zeigten weiter die Geschwindigkeit an, bei der sich der Unfall ereignet hatte. Wie man hier an den verschmorten Resten aber deutlich sehen kann, steht der Zeiger auf null.«

»Was bedeutet«, bemerkte der Comisario, »dass der Tacho entweder noch funktionsfähig ist oder der Aufprall im Stehen erfolgte.«

»Sí, exakt.«

Carmen schrieb die ganze Zeit mit. »Und auf der Straße ist wirklich nichts zu sehen? Keinerlei Bremsspuren?«

»Absolut nichts. Erst der Einschlag der Maschine hat Spuren hinterlassen und dann zehn Meter weiter der Körper an der Stelle, an der er die Mauer gestreift hat. Aber gehen Sie doch mal zum Doc. Der ist noch bei der Leiche und hat auch ein paar Ungereimtheiten für Sie.«

Sie fanden den Arzt neben der Leiche eines jungen Mannes, dessen Körper und Gesicht völlig zerschlagen waren. Ein Bein fehlte.

»Hola, Señor Médico«, begrüßte García Vidal den Rechtsmediziner. »Was haben Sie dem Toten bisher entlocken können?«

»Hola, ihr drei. Nichts Definitives, aber das, was er mir sagt, ist überaus interessant. Fangen wir mal mit dem Wichtigsten an: Der Mann war mit Sicherheit schon eine ganze Weile tot, als er seinen finalen Flug angetreten hat. Sein Bein liegt da hinten diesseits der Mauer. An der Fundstelle ist aber kein Blut zu finden, und so ein Bein blutet aus, wenn es einem Lebenden abgerissen wird. Auch an der Mauer fand ich zwar jede Menge Gewebereste, aber nur minimal Blut. Die Lebertemperatur ist mit der der Umluft identisch. Das heißt, dass der Mann bereits mehr als zwölf Stunden lang tot ist. Die Verwesungsspuren am

Bein deuten auf eine noch längere Liegezeit post mortem. Die Maschine hat bis vor einer Stunde aber noch gebrannt. So lange brennt kein Motorradwrack.«

»Sie wollen uns also weismachen, dass hier vor einer guten Stunde ein Mensch, der bereits seit einem Tag tot ist, mit hundertzwanzig Sachen über die Mauer geflogen ist?«

»Sí, und während des Fluges hat er noch den Helm abgenommen und ihn weggeworfen. Der liegt nämlich ganz weit da hinten auf dem Campo.«

Carmen schlug mit einem resignierenden Seufzer ihre Aluminiumkladde zu. »Und ich habe dann angeblich wieder ›irgend so ein Zeug geraucht‹, wenn ich den Bericht abliefere.«

»Mach dir nichts draus«, erwiderte Berger ungerührt, »es weiß ja jeder, wer dein Dealer ist.«

***

Vanessa Riesche atmete erleichtert auf, als sie durch die Glasscheibe, die das Revier vom Rathausfoyer trennte, einen Mann auf die Tür der Polizeistation zuhalten sah. Es schien ihr aber kein Kriminalpolizist, sondern eher ein Arzt zu sein. Ärzte hatten doch immer so eine ganz typische Tasche dabei, wenn sie auf Hausbesuch waren. Eine Tasche wie diese hier.

Nachdem der Mann auf Spanisch ein paar Worte mit dem Wachhabenden gewechselt hatte, kam er auf sie zu.

»Frau Riesche?«

Sie nickte. »Sie sind kein Kriminalpolizist.«

»Nein. Mein Name ist Dr. Ohrem. Ich bin hier in Santanyí Allgemeinmediziner.«

»Ich wollte aber mit einem Polizisten sprechen.«

»Ich weiß. Er sollte auch Deutsch sprechen können. Zumindest diese Voraussetzung erfülle ich. Wenn Sie mir sagen, was Sie so in Sorge bringt, kann ich Ihnen vielleicht helfen.«

Vanessa Riesche dachte kurz nach. »Ich habe das Gefühl, dass ich von dem Polizisten nicht ernst genommen werde.«

»Zu Unrecht, Frau Riesche. Aber der Wachtmeister glaubt, verstanden zu haben, dass Sie Ihren Mann umbringen wollen und dass es sich bei Ihrem Problem um eine psychische Krise handelt.«

Sie beugte sich vor und vergrub ihr Gesicht in den Händen. »Ich drehe wirklich langsam durch, wenn das so weitergeht.«

Dr. Ohrem setzte sich neben sie auf einen freien Stuhl und stellte seine Tasche ab. »Was, wenn ich fragen darf?«

»Dass ich Nacht für Nacht träume, meinen Mann umgebracht zu haben.«

»Wie?«

»Ich ersteche ihn mit einer Hutnadel, die ich vor langer Zeit von meiner Großmutter geerbt habe.«

Der Arzt schaute sie verwundert an. »Ausgerechnet mit einer Hutnadel? So etwas trägt man heute doch gar nicht mehr.«

»Ich habe doch auch keine Ahnung, wieso. Im Traum muss ich nachts aufstehen, weil ich aufs Klo muss. Danach gehe ich auf den Hof, eine rauchen. Und da schwimmt Miguel tot im Pool.«

»Und woher wissen Sie das mit der Hutnadel?«

»Weil ich sie in der Hand halte, völlig blutverschmiert.«

»Ist das Wasser in Ihrem Traum auch voller Blut?«

»Natürlich nicht. So eine Hutnadel ist doch schließlich kein Zaunpfahl.«

Dr. Ohrem zögerte. »Hat Ihr Mann Ihnen Gewalt angetan?«

»Er ist nicht mein Mann. Er ist mein Verlobter.«

»Aha. Wenn er tot im Pool schwimmt, sind Sie aber mit ihm verheiratet?«

Sie stutzte. »Ist das denn wichtig?«

»Ich weiß es nicht.«

»Warum fragen Sie dann danach?«

»Weil es vielleicht sein kann, dass Sie Angst vor der Ehe haben und das in Ihren Träumen verarbeiten.«

Sie begann zu weinen. »Seit heute ist es leider kein Traum mehr.«

Dr. Ohrem war entsetzt. »Schwamm Ihr Mann denn heute Nacht wirklich tot im Pool?«

»Nein, er lag friedlich im Bett und schnarchte. Aber ich hatte eine blutverschmierte Hutnadel in der Hand.«

»Oh. Verstehe. Haben Sie die mitgebracht?«

»Nein.«

»Warum nicht?«

»Na, wegen der Fingerabdrücke. Man soll nichts anfassen, was irgendwie mit einem Mord zu tun hat.«

Dr. Ohrem hatte Mühe, geduldig zu bleiben. »Aber wenn Sie die Nadel doch bereits in der Hand hielten, waren Ihre Fingerabdrücke ja schon darauf, dann hätten Sie sie auch gleich mitbringen können.«

»Da haben Sie eigentlich recht.«

»Außerdem sagten Sie«, der Doktor zeigte auf ihre Hände, »die Nadel sei blutig gewesen. Ich sehe aber nichts.«

Vanessa Riesche zog abrupt die Hände zurück und versteckte sie hinter ihrem Rücken. »Ich bin doch nicht verrückt, mit blutverschmierten Händen zur Polizei zu gehen. Nachher denken die doch, ich sei eine Mörderin«, entrüstete sie sich. Dann dämmerte ihr langsam, was für einen Unsinn sie redete, und sie sah ihn mit verzweifeltem Blick an. »Sagen Sie, Herr Doktor: Bin ich verrückt geworden? Meine Großmutter war manisch depressiv. Habe ich mich eventuell bei ihr angesteckt?«

Dr. Ohrem bemühte sich, wenigstens so zu wirken, als würde er diese Frau ernst nehmen. »An so einer Krankheit kann man sich nicht anstecken.«

»Ist sie vererbbar?«

»Ich fürchte, ja, Frau Riesche.«

»Mein Gott, dann bin ich ja eine Gefahr für meine Umwelt.«

»Nun mal langsam, junge Frau. Eine Anlage dazu *kann* vererbt werden, muss aber nicht. Und eine Gefahr für andere wird man dadurch auch nicht automatisch.«

Sie schwiegen eine Weile.

»Was soll ich denn nun machen? Nach Hause gehen, so tun, als ob nichts gewesen wäre, und warten, bis ich meinen Verlobten getötet habe?«

Der Doktor schüttelte den Kopf. »Nach Hause gehen, ja. Dort sollten Sie aber nicht warten, sondern Ihre psychischen Probleme, wenn es denn wirklich welche sind, offensiv angehen.«

»Was heißt, wenn es denn welche sind? Sie haben doch gerade gesagt, dass ich verrückt bin?«

»Das habe ich keineswegs. Das sind Ihre Befürchtungen. Außerdem bin ich kein Facharzt für Psychiatrie. Ich kann Ihnen Tabletten geben, damit Sie sich erst einmal traumlos ausschlafen können, und Sie bei einem deutschsprachigen Kollegen in Palma anmelden, den Sie heute Nachmittag anrufen sollten, wenn Sie wieder wach sind.«

Sie griff nach seinen Händen. »Herr Doktor, sagen Sie mir bitte: Bin ich nun verrückt oder nicht?«

»Einen Teufel werde ich tun und darüber ein Urteil fällen. Dazu fehlt mir die fachliche Kompetenz. Aber glauben Sie mir, wenn Sie jetzt nichts für sich tun, werden Sie langsam, aber sicher wirklich meschugge – und das wäre weder in Ihrem Interesse noch im Sinne Ihres Zukünftigen.«

***

Nachdem sämtliche Ungereimtheiten an der vermeintlichen Unfallstelle peinlich genau dokumentiert worden waren, saßen Berger und der Comisario gemeinsam mit einem Verkehrspolizisten in einem Wagen der Guardia Civil Tráfico über einen Tisch gebeugt, auf dem ein auf Millimeterpapier gezeichneter Plan lag, und versuchten, das Puzzle der Fakten zusammenzusetzen. Carmen war schon ins Büro vorgefahren, um die wenigen Informationen, die sie hatten, ins System einzupflegen.

García Vidal zeigte mit dem Finger auf die Stelle, an der das Motorrad die Mauerkrone gestreift haben musste. »Wenn wir eine Linie vom Fundort der Maschine zu dieser Stelle ziehen und sie über die Mauer hinweg zur Straße verlängern, dann haben wir den Punkt des Ereignisses, das die Maschine von der Straße gefegt haben muss. Also hier.« Er tippte mit dem Finger auf den angegebenen Punkt.

»Aber weder dort noch woanders«, kam es von dem erfahrenen Ermittler der Verkehrspolizei, »haben wir irgendwelche Spuren gefunden. Nicht einmal das kleinste Kratzerchen auf dem Asphalt, geschweige denn eine Bremsspur oder Ähnliches.«

»Okay.« García Vidal wirkte genervt. »Dann nehmen wir einfach an, dass die Maschine aus Lust und Laune abgehoben hat. Wenn man jetzt eine Linie vom Fundort der Leiche zu der Stelle an der Mauer zieht, an der Gewebereste gefunden wurden, ist der Fahrer ohne Maschine rund zehn Meter weiter auf der Straße geradeaus geflogen, um dann nach einer scharfen Rechtskurve gegen die Mauerkrone zu stoßen und zwanzig Meter querfeldein zu landen.«

»Erschwerend kommt hinzu, dass der Kerl bereits tot war, als er den Unfall gebaut hat«, meinte Berger. »Das verstößt doch sicher auch gegen irgendein Gesetz.«

García Vidal seufzte. »Kommt vielleicht auch noch irgendetwas von Ihnen, was zur Klärung dieses Phänomens beiträgt?«

»Nein.«

»Na dann. Gut, dass wir drüber gesprochen haben.«

»Wir hätten da außerdem noch die tote Natter«, nahm der Kollege von der Guardia Civil Tráfico den Faden wieder auf.

»War sie die Beifahrerin?«, fragte Berger frech.

»Nein, sie war – oder besser ist – ein toter Zeuge. Sie wurde, das zeigen die Spuren deutlich, von einem Wagen mit Zwillingsreifen überfahren. Da muss sie bereits tot gewesen sein, denn sie ist an Ort und Stelle liegen geblieben und hätte sich mit diesen Verletzungen sonst noch ein paar Meter weiterschlängeln können, um dann erst zu verenden.«

»Das könnte bedeuten, dass ein Wagen mit Zwillingsreifen in den Unfall involviert war«, schlussfolgerte García Vidal. »Ebenso gut könnte der Wagen die Natter aber auch schon Stunden zuvor überfahren haben. Zumal es sonst keine Hinweise auf die Beteiligung eines weiteren Fahrzeugs am Unfall gibt.«

Bergers Gesicht hatte ernste Züge angenommen. »Und was ist, wenn die Natter nicht von Zwillingsreifen, sondern vom gleichen Auto zweimal überfahren wurde? Nur dass der Fahrer beim zweiten Mal das Tier nicht exakt wieder so getroffen hat wie beim ersten Mal?«

Der Verkehrspolizist sah Berger zweifelnd an. »Und warum sollte man zweimal eine tote Schlange überfahren?«

»Weil man beim ersten Mal ein Motorrad über eine Mauer schmeißt und sich des vermeintlichen Fahrers erst bei der zweiten Tour entledigt.« Berger setzte einen triumphierenden Blick auf.

Der Guardista konnte seinem Gedankengang zwar folgen, war aber noch immer nicht zufrieden. »Und warum schmeißt man, wenn man auf diese Weise einen Motorradunfall vortäuscht, nicht Motorrad und Fahrer gleichzeitig vom Wagen?«

»Weil so eine Maschine allein schon rund zweihundert Kilo wiegt. Das stemmt man nicht mal eben kurz von der Pritsche.«

Der Polizist nickte. »Stimmt, macht Sinn.«

»Miguel«, kam es flehentlich vom Comisario. »Erläutern Sie mir doch bitte noch mal langsam und für einen Motorradidioten zum Mitschreiben Ihre Lösung unseres Problems.«

»Aber gern. Also: Nehmen wir mal an, dass irgendjemand, warum auch immer, eine Leiche zu viel im Keller hat. Die muss weg, weil sie auf verdächtige Weise ramponiert ist. Ein so junger Mensch wie unser Opfer stirbt ja nicht an Altersschwäche. Man kommt also auf die Idee, es wie einen Motorradunfall aussehen zu lassen. Maschine und Leiche werden auf einen kleinen Lkw geladen, der hundertzwanzig Sachen fahren kann. Ein Sprinter mit Ladepritsche kriegt das locker hin. Man fährt mit Vollgas so dicht an die Mauer, dass das Motorrad von mehreren Männern von der Ladefläche geschubst werden kann. Das titscht dann auf die Mauer, fliegt im hohen Bogen in die Pampa und fängt an zu brennen. Dann wird mit der Leiche ebenso verfahren, nur wird der Abwurfpunkt nicht hundertprozentig wieder getroffen. Der Helm wird der Leiche dabei einfach hinterhergeschmissen.«

García Vidal ging das Szenario im Geiste durch. »Und warum ist der Helm dann ganz woanders gelandet?«

»Weil man ihn viel weiter schleudern kann. Außerdem sieht man im Dunkeln nicht, wo er landet.«

Die drei Männer schwiegen.

Der Guardista war der Erste, der wieder Worte fand. »Tja, selbst die wundersamsten Mysterien können eine ganz simple Erklärung haben.«

»Wenn Ihnen das nicht passt«, konterte Berger grinsend, »dürfen Sie keine Atheisten zur Unterstützung anfordern.«

ZWEI

Dr. Michael Ohrem glaubte, seinen Augen nicht zu trauen, als er bei seinem Gang von einem Sprechzimmer zum anderen im Vorbeigehen die Silhouette von Frau Riesche erkannte. Er machte auf dem Absatz kehrt und sprach sie an.

»Frau Riesche, ich denke, Sie sind im Bett und schlafen. Hat das Tavor denn nicht gewirkt?«

»Ich denke schon«, erwiderte sie lallend, was von dem starken Beruhigungsmittel herrühren konnte, das er ihr gegeben hatte. »Geträumt habe ich nichts, aber ich wurde von den Stimmen geweckt.«

Er forderte sie auf, ihn in eins der Sprechzimmer zu begleiten. Mit unsicheren Schritten folgte sie ihm. Im Behandlungszimmer setzte sie sich in einen großen Stuhl neben seinem Schreibtisch.

»Was waren das für Stimmen, von denen Sie geweckt wurden?«

»Ich habe keine Ahnung. Es waren Stimmen.«

»Haben sie Deutsch mit Ihnen gesprochen oder Spanisch?«

Die Frau sah ihn mit großen Augen ratlos an. »Sie werden es mir vielleicht nicht glauben, aber ich weiß es nicht. Eine Frau sagte mir, dass ich das mit der Hutnadel gut gemacht hätte, dass es wichtig für mich war, meinen Mann zu ermorden.«

»Für die Stimme waren Sie also verheiratet?«

Sie dachte kurz nach. »Scheint so, sonst hätte sie doch nicht von meinem Mann, sondern von meinem Verlobten gesprochen. Der Mann hat dann zu mir gesagt, dass ich jetzt zur Polizei müsste.«

»Ein Mann hat auch zu Ihnen gesprochen?«

»Ja. Aber den kannte ich ja schon, von den Nächten davor. Die Frau war neu für mich.«

Dr. Ohrem runzelte die Stirn. »Frau Riesche, bisher haben Sie nichts von Stimmen gesagt, nur von Träumen.«

Man sah ihr deutlich an, dass sie immer mehr an sich selbst zweifelte. »Bisher hat die Stimme ja auch nur in meinem Traum zu mir geredet. Heute war ich aber ganz bestimmt wach. Ich lag auf meinem Bett, und da hat erst die Frau etwas zu mir gesagt, danach der Mann.«

»Aha, und was hat der Mann genau gesagt?«

Sie versuchte, sich zu erinnern. »›Vanessa‹, hat er gesagt, ›du hast es vollbracht, jetzt bring die Nadel zur Polizei.‹«

»Die Hutnadel?«

»Ja, die lag neben dem Pool, obwohl ich sie nicht dorthin gelegt hatte.«

»Heute Morgen erzählten Sie mir, dass Sie mit der Nadel in der Hand aufgewacht seien.«

Sie schloss die Augen, als würde sie die Bilder des Geschehenen an sich vorbeiziehen lassen. »Das kann gut sein. Vorhin lag sie aber neben dem Pool.«

»Und war sie wieder blutverschmiert?«

»Ja. Hier ist sie.« Frau Riesche griff in eine Plastiktüte, die sie bei sich trug, holte die Nadel heraus und legte sie vor den Doktor auf den Schreibtisch. Die Hutnadel war aus einer Art Vierkantstahl fein geschmiedet, zur Spitze hin immer schmaler werdend. Ihr Griff bestand aus fein geschnitztem Elfenbein, wie es den Anschein hatte. »Sie haben ja gesagt, dass ich sie ruhig anfassen könne, ich meine, wegen der Fingerabdrücke.«

Der Doktor betrachtete das Corpus Delicti eingehend. Es gab nur wenig Zweifel: Das Rote an der Nadel schien geronnenes Blut zu sein. »Und Ihr Verlobter? Lag er auch diesmal wieder schlafend im Bett?«

Sie verneinte mit schwerer Zunge. Das Reden fiel ihr augenscheinlich immer schwerer. »Diesmal schwamm er … im Pool. Mit dem Rücken nach oben, die Beine abgesackt, nur der Oberkörper dicht unter der … Wasseroberfläche.«

Dr. Ohrem dachte nach. Der Fall interessierte ihn nun doch so sehr, dass er die Frau nicht einfach nach Hause schicken und zur Tagesordnung übergehen konnte. Bei ihr lag Realität und Wahnsinn viel zu dicht beieinander. »Wissen Sie was, ich werde Sie jetzt nach Hause begleiten und mir das alles einmal mit eigenen Augen ansehen. Was halten Sie davon?«

Frau Riesche antwortete nicht. Sie saß zusammengesunken auf dem Patientenstuhl und sackte in eine immer tiefer werdende Bewusstlosigkeit. Speichel floss aus ihrem Mundwinkel. Er versuchte, sie zu wecken, indem er ihren Namen rief, sie schüttelte, sie kniff, doch alles erfolglos.

»Mein Gott«, murmelte Dr. Ohrem besorgt. »Die wird doch wohl nicht das ganze Tavor geschluckt haben?« Er überprüfte hastig ihren Blutdruck. Neunzig zu vierzig bei einem Puls von achtunddreißig Schlägen pro Minute. Hastig griff er zum Telefon und wählte die 112.

***

Comisario García Vidal und der Residente hatten in ihren Laufbahnen schon viele Leichen gesehen. Bei dem jungen Mann, der im gleißenden Licht auf dem Edelstahltisch vor ihnen lag, schluckten sie dennoch.

»Was hat dieser arme Mensch nur alles erleiden müssen«, murmelte García Vidal. An den Pathologen gewandt, ergänzte er: »Diese vielen Hämatome im Gesicht und an den Schultern müssen ihm doch zu Lebzeiten zugefügt worden sein, oder nicht?«

»Sie haben bei meinen Seminaren gut aufgepasst, Comisario. Aber die Schläge gegen Kopf und Oberkörper sind noch längst nicht alles. Seine beiden Hoden wurden förmlich zu Brei getreten. Zumindest ist anzunehmen, dass Tritte und kein Werkzeug ursächlich dafür waren, denn auf der Haut des Scrotums sind Abdrücke von einem groben Leinenstoff zu erkennen. Das könnten Fußbandagen gewesen sein, wie sie Kickboxer tragen. Außerdem hat man dem Mann bei lebendigem Leib beide Arme ausgekugelt und den Schädel eingeschlagen. In welcher Reihenfolge das alles passiert ist, vermag ich nicht zu sagen. Die übrigen Blessuren wurden dem Körper post mortem zugefügt.«

Berger betrachtete die Statur des Toten. »Wie ein Kampfsportler sieht der doch nun wirklich nicht aus.«

»Nein«, erwiderte der Rechtsmediziner bestimmt. »Der Mann war mit Sicherheit kein Kampfsportler, sonst wären diverse Muskelpartien viel besser ausgebildet. Ich fürchte, der Arme ist als eine Art lebender Punchingball zu Tode malträtiert worden. Folgt man dem Kampfsportszenario, könnte er durchaus der Sparringspartner einer völlig entfesselten Kampfmaschine gewesen sein. Was da aber nicht hineinpasst, ist die eigentliche Todesursache, nämlich ein Tritt ins Genick, der die gesamte Schädelbasis eingedrückt hat. Das ist in keinem Kampfsport zulässig.«

»Doch«, bemerkte Berger böse. »Es gibt Veranstaltungen, bei denen es erst dann einen Gewinner gibt, wenn der Tod des Gegners festgestellt wurde.«

»Aber doch nicht hier auf Mallorca«, widersprach García Vidal entrüstet. »Außerdem: Wenn dem Tod dieses Mannes eine derartige Kampfveranstaltung vorausgegangen wäre, hätte es an dem Abend mehrere Kämpfe und somit mehrere Leichen gegeben. Warum saß dann nur ein Toter auf dem Motorrad?«

Berger zuckte mit den Achseln. »Das Argument sticht.« Er dachte nach. »Wissen wir schon, ob es eine Vermisstenmeldung gibt, die auf den armen Teufel hier passen könnte?«

»Carmen kümmert sich drum. Es werden derzeit einige junge Männer vermisst. Bei diesem hier bedarf es aber noch einiger digitaler Rekonstruktionsarbeiten, bevor wir sein Gesicht durch die Datenbanken jagen können. Mit den von Carmen auf dem Campo gemachten Bildern ist angesichts der Verletzungen nichts anzufangen.«

»Mit Bestimmtheit kann ich Ihnen nur sagen, dass er einen Meter dreiundsiebzig groß und männlich war«, ergänzte der Arzt. »Aber schon beim Alter fängt das Schätzen an. Ich würde sagen, so um die dreiundzwanzig.«

Berger machte sich Notizen. »Ich wäre Ihnen dankbar, Doc, wenn Sie den Körper noch einmal nach Abdrücken absuchen könnten, die von Gittern oder Maschendraht stammen könnten.«

»Warum das denn?«, fragte García Vidal verwundert.

»Weil solche illegalen Kämpfe in der Regel in Käfigen stattfinden, aus denen keine Flucht mehr möglich ist. Werden die Kämpfer dagegen gedrückt, hinterlässt das oftmals Abdrücke auf der Haut.«

Der Arzt bedeckte den Leichnam mit einem Tuch. »Da muss ich Sie enttäuschen. Ich habe die Haut bereits nach Abdrücken abgesucht. Abgesehen von den mutmaßlichen Bandagen ist das Ergebnis absolut negativ.«

»Schade«, murmelte der Comisario. »Das wäre doch mal ein brauchbarer Anhaltspunkt gewesen.«

***

Nachdem Frau Riesche vom Notarzt ins Krankenhaus von Manacor gebracht worden war, bat Dr. Ohrem seine Sprechstundenhilfe, die Adresse ihres Verlobten herauszufinden. Wie sich nach einem Telefonat mit der Policía Local herausstellte, kannte er den Mann von einigen Stadtverordnetensitzungen her, an denen er als Vertreter der Residenten teilnahm.

Miguel Fluxá vertrat die Konservativen. Er war ein schwerreicher Mallorquiner, der im Laufe der vergangenen Jahre das gesamte Areal, das einmal zu seiner Finca gehört hatte, und fünf seiner sechs Stadthäuser an zahlungskräftige Deutsche verkauft hatte, zu denen auch Ohrems Schwiegereltern gehört hatten. Dabei dachte und handelte er nach dem unter Einheimischen verbreiteten Motto: Ihr Deutschen könnt die Insel ruhig kaufen, aber gehören tut sie nach wie vor uns Mallorquinern. Dementsprechend feindlich stand er Ohrem und allen anderen Residenten gegenüber, die sich für gleiche Rechte als Europäer auf europäischem Boden starkmachten.

Nach kaum zehn Minuten Fahrt erreichte Dr. Ohrem Fluxás Finca über die Verlängerung der Carrer d'es Rafalet, stieg aus seinem Auto und klingelte am großen Tor. Früher, so wusste er, waren derart gesicherte Grundstücke nicht üblich auf Mallorca. Noch vor zwanzig Jahren hatte man sich jedem Herrenhaus problemlos nähern können. Doch seitdem Einbrecher wussten, dass in den Landsitzen der vermögenden Deutschen viel zu holen war, konnte keine Einfriedung mehr hoch genug sein, gab es kaum einen laufenden Meter Zaun oder Mauer, der nicht videoüberwacht war. So auch hier. Doch was nutzte der ganze technische Schnickschnack, wenn niemand zu Hause war?

Nachdem er mehrfach erfolglos geklingelt hatte, suchte Ohrem den Zaun des Anwesens nach Stellen ab, an denen er vielleicht einen Blick auf den Pool erhaschen könnte. Vanessa Riesche hatte das Szenario so exakt beschrieben, dass ihr Verlobter jetzt eigentlich mit dem Rücken nach oben darin schwimmen müsste. So beschäftigt war er damit, ein geeignetes Sichtfenster zu suchen, dass er den sich von der Straße her nähernden Mann gar nicht bemerkte – und auch nicht den Dobermann, der sich schweigend, aber mit drohend gefletschten Zähnen neben ihn setzte und ihn nicht aus den Augen ließ.

»Hola, Señor Médico. Wenn ich meinen Hund jetzt nicht auf Sie hetze, habe ich bei der nächsten Abstimmung einen gut, meinen Sie nicht?«

Dem Arzt gefror kurzzeitig das Blut in den Adern. Beschämt drehte er sich um und sah Fluxá, der seinen Dobermann zu sich rief. Über seiner Schulter hing eine aufgeklappte Schrotflinte.

»Señor Fluxá, wie schön, dass ich Sie lebend antreffe«, sagte er.

»Das finde ich auch sehr angenehm«, kam es trocken zurück.

»Sagen Sie mal, ist Ihr Hund immer so schweigsam?«

»Ja, aber nur, wenn ich dabei bin. Ohne mein Beisein hätte er Sie gestellt und beim geringsten Fluchtversuch zerfleischt. Dabei ist er dann schon geräuschvoller.« Er tätschelte seinen Hund liebevoll am Hals. »Was treibt Sie hierher, Señor Médico, ausgerechnet in die Höhle ihres Todfeindes?«

»Ich komme wegen Ihrer Frau.«

»Soso. Nicht wegen Ihrer? Haben Sie etwa damit aufgehört, überall herumzuposaunen, dass ich sie in den Selbstmord getrieben hätte?«

»Fluxá, das ist doch Schnee von gestern. Sie wissen selbst, was man in seiner Trauer und Verzweiflung manchmal für einen Mist behauptet. Nein, ich komme wegen Ihrer Frau.«

»Da kommen Sie drei Jahre zu spät. Ihre Kollegen haben Maria längst auf den Friedhof gebracht.«

Ohrem lächelte milde. »Wie ich sehe, sind auch Sie noch nicht über den Tod Ihrer Frau hinweggekommen. Nein, ich meine Ihre zukünftige Frau, Ihre Verlobte, Frau Riesche.«

Fluxá öffnete das Tor. »Dann kommen Sie doch herein, Señor. Dank der Tabletten, die Sie ihr gegeben haben, wird sie allerdings noch wie ein Murmeltier schlafen.«

Sie betraten das Haus.

»Wann haben Sie Ihre Verlobte zuletzt gesehen?«

»Heute Morgen, nachdem sie bei Ihnen war. Ich habe noch gewartet, bis sie wieder eingeschlafen war, und bin los. Ich war den ganzen Vormittag über auf der Jagd.«

»Dann haben Sie es noch nicht bemerkt. Ihre Verlobte konnte leider nicht schlafen, weil sie Stimmen gehört hat, wie sie mir sagte. Sie wurde wach, als die Stimmen sie lobten, dass sie das mit dem Mord an Ihnen gut gemacht habe. Sie stand auf und hat Sie tot im Pool schwimmen sehen. Daraufhin ist sie zu mir in die Praxis gekommen.«

»Um Gottes willen. Ich hatte so gehofft, dass das mit den Tabletten nun ein Ende hat. Wo ist sie jetzt?«

»Ich musste sie ins Krankenhaus einweisen. Ihrem Zustand nach muss sie alle Tabletten auf einmal genommen haben. Ich bin hergekommen, um Sie zu informieren.«

»Seien Sie ehrlich zu mir, Señor Médico. Habe ich mich mit einer Irren eingelassen?«

Dr. Ohrem zuckte mit den Achseln. »Das kann ich Ihnen nicht sagen. Ich bin kein Facharzt für Psychiatrie.«

»Aber das ist doch alles nicht mehr normal!«

»Wer vorübergehend verwirrt ist, muss noch lange nicht nachhaltig irre sein. So seltsam es sich anhört, aber für all das, was Frau Riesche zurzeit umtreibt, könnte es eine völlig logische Erklärung geben.«

»Und welche, wenn ich fragen darf?«

»Zum Beispiel könnten sich reale Kindheitserlebnisse, die sie latent belasten, durch bestimmte, völlig nebensächlich erscheinende Auslöser so in den Vordergrund schieben, dass sie für sie, wie damals auch, real erscheinen.«

Fluxá seufzte entmutigt. Dann sah er sich in seiner Küche um. »Darf ich Ihnen einen Palo anbieten?«

Obwohl Ohrem dieses Zeug hasste, tat er erfreut. Wann ergab sich schon mal die Möglichkeit, mit seinem Intimfeind einen Schnaps zu trinken und dadurch vielleicht ein altes Kriegsbeil zu begraben?

»Gern, wenn es bei einem bleibt. Ich muss danach wieder in die Praxis.«

Fluxá goss in zwei Wassergläser jeweils zwei Zentimeter Palo, füllte die Gläser mit Soda aus einer Sprühflasche auf und schob dem Doktor eines davon hin. Die beiden prosteten sich zu und tranken schweigend.

»Sie müssen nämlich wissen«, kam Fluxá aufs Thema zurück, »dass meine Kinder mir damit in den Ohren liegen, ich solle Vanessa wieder nach Deutschland schicken und mir eine einheimische Frau nehmen.«

»Aber wenn Sie sie nun mal lieben, müssen Ihre Kinder das akzeptieren, selbst wenn sie im Augenblick etwas instabil ist.«

Fluxá nahm einen großen Schluck. »Ich will auch gar keine Mallorquinerin, die sind mir zu anstrengend. Seit Maria tot ist, habe ich wieder das Sagen in meinem Haus, und so soll es auch bleiben. Eine Deutsche akzeptiert das, eine Mallorquinerin nie.«

»Ausgerechnet Sie, Señor Fluxá, vertreten die Ansicht, dass Mallorca eine Amazoneninsel ist?«

Fluxá lachte hämisch. »Nein. Die Männer haben hier eindeutig das Sagen. Aber eben nur so lange, wie es sich mit dem deckt, was ihre Frauen bereits entschieden haben.«

Das stimmte mit den Beobachtungen des Doktors überein. »Und wo holen sich die Frauen Rat?«

»Bei ihren Müttern, ihren Schwestern oder weiß der Kuckuck, wo.«

»Señor, Sie haben Kinder. Die müssten Ihnen doch bei der Wahl Ihrer neuen Partnerin beratend zur Seite stehen.«

»Was die Partnerwahl betrifft, verzichte ich lieber auf ihren Rat. Mein Sohn hat sich für das andere Ufer entschieden, wenn Sie verstehen, was ich meine. Es gab in seinem ganzen Leben nur eine einzige Frau für ihn, und das war seine Mutter. Seit Maria tot ist, vergöttert er sie wie eine Heilige. Jede andere Frau an meiner Seite besudelt seiner Meinung nach das Andenken an sie. Er kann also nur ein schlechter Ratgeber sein.«

»Und Ihre Tochter?«

»Die hat sich mir gegenüber zwar nie geoutet, aber ich könnte wetten, dass die auch nicht normal ist«, erwiderte Fluxá gehässig.

»Trifft Sie das?«

»Was heißt treffen? Ich hätte gern einmal Enkel gehabt. Das kann ich mir unter diesen Voraussetzungen ja wohl abschminken.«

Dr. Ohrem sah auf seine Uhr. »Ihre Verlobte müsste bei geeigneter Medikamentierung mittlerweile wieder ansprechbar sein. Sicher möchten Sie zu ihr fahren. Sie wurde ins Krankenhaus nach Manacor gebracht.«

Fluxá stellte sein Glas ab. »Gut. Denken Sie, dass ich sie heute schon wieder mit nach Hause nehmen kann?«

»Das hat der behandelnde Arzt zu entscheiden. Wenn sie sich das Leben nehmen wollte und sich dementsprechend äußert, dann sicher nicht. Wenn sich die Überdosis als ein Unfall herausstellt, dürfte aus medizinischer Sicht nichts dagegensprechen.«

***

Auf der Rückfahrt von Palma nach Santanyí waren weder Berger noch der Comisario sehr gesprächig gewesen, denn beide hatten nun eine Ahnung von dem, was in den nächsten Tagen auf sie zukommen würde. Inzwischen saßen sie in ihrer Stammbar, der Bar Sa Plaça an der Plaça Mayor, und schwiegen über ihren Getränken.

»Was ist, Miguel? Immer wenn Sie minutenlang in Ihrem Cortado herumrühren, ohne etwas davon zu trinken, brodelt es in Ihnen.«

»Und immer wenn Sie anderen vorwerfen, es würde in ihnen brodeln, wollen Sie nur von Ihren eigenen dunklen Gedanken ablenken.«

»Stimmt. Mir geht der junge Mann aus der Pathologie auch nicht aus dem Kopf. Sollten wir hier auch so einen völlig verpeilten Millionärssohn als Killer haben wie den, der vor ein paar Jahren durch die amerikanische Presse ging?«

Berger wurde hellhörig. »Was war denn mit dem?«

»Er war ein begeisterter, aber sauschlechter Kampfsportler, dessen reiche Mama dafür sorgte, dass er ab und zu mal ein Erfolgserlebnis hatte, indem er einen ihm unterlegenen Gegner tötete, den sie ihm mit ihrem vielen Geld kaufen konnte.«

»Aber wer gibt sich denn für so was freiwillig her?«

»Freiwillig? Niemand. Das waren alles hoffnungslose Schuldner, die von irgendwelchen brutalen Inkassobüros einkassiert und für ein paar Tausend Dollar an den Meistbietenden weiterverkauft wurden.« Er machte ein ernstes Gesicht. »Sie müssen mich nicht so fragend ansehen, Miguel. Bevor ich Polizist wurde, hätte ich es nie für möglich gehalten, dass Menschen sich gegenseitig derartige Dinge antun. Doch die Reichen und Schönen, die wir hier auf Mallorca haben, wären nicht nur im Einzelfall durchgeknallt genug, um nur mal so zum Spaß jemanden zu killen.«

»Warum denn nur die Reichen und Schönen?«

»Weil die im Gegensatz zu allen anderen genug Spielgeld dafür übrig hätten.«

»Cristobal, Sie so reden zu hören, macht mir etwas Angst, wenn ich ehrlich bin.«

»Die Angst wäre berechtigt, wenn ich mir diese Gräueltaten aus den Fingern saugen würde. Sie sind aber Realität und haben mich gelehrt, jeden Augenblick mit meinen Freunden umso mehr zu genießen.«

Wie aufs Stichwort betrat in diesem Moment Carmen die Bar. Die schöne und sonst so freundliche junge Frau trug einen ziemlich finsteren Gesichtsausdruck vor sich her.

»Oje«, murmelte Berger, »das sieht nicht nach Freundschaft aus.«

»Liebste Freundin und Assistentin«, rief der Comisario dennoch, »die Sonne lacht am Firmament, wenn Sie unseren Alltag verschönern, Doña Carmen. Auch einen Cortado?«

Sie nickte missmutig. »Aber hören Sie auf mit dem Schmu. Danach ist mir momentan gar nicht.«

»Hast du Ärger, oder ist dir eine Dienstlaus über die Leber gelaufen?«, fragte Berger.

»Nachdem die Vermisstenmeldungen ohne Abgleichmöglichkeit nichts brachten, habe ich meine alten Kontakte in der Touristikbranche angebohrt. Und was da zum Vorschein kam, kann echt nicht wahr sein.«

»Was genau meinst du?«

Sie quittierte den Empfang ihres Cortados mit einem kurzen Kopfnicken. »Ich bin auf gleich zwei Fälle gestoßen, bei denen jeweils der Mann eines jungen deutschen Touristenpaares spurlos verschwunden zu sein scheint. Die Freundinnen haben in beiden Fällen erfolglos versucht, bei der Polizei eine Vermisstenmeldung aufzugeben. Sie wurden von den Kollegen aber gar nicht ernst genommen. Einer der beiden soll sogar gesagt worden sein, dass, wenn sie ihrem Freund mal öfter einen geblasen hätte, er noch da wäre. Nun habe er offensichtlich eine andere gefunden, die es ihm besorgt. Einer der Polizisten soll daraufhin den Reißverschluss seiner Hose geöffnet und gefragt haben: ›Neuer Versuch gefällig?‹«

García Vidal riss entsetzt die Augen auf. »Das hast du dir in deinem Zorn doch wohl ausgedacht, oder?«

»Leider nicht, Chef.«

»Die Frau hat aber hoffentlich Anzeige erstattet, oder?«

»Machen Sie sich nicht lächerlich«, ging Berger dazwischen. »Sie wissen ganz genau, dass eine Anzeige bei so etwas gar nichts bringt. Da sind immer mehrere Beamte, die das Gegenteil bezeugen werden, und die Dame kann vermutlich noch froh sein, dass sie keine Anzeige wegen ungebührlichen Verhaltens an den Hals bekommt.«

»Es ist auch ein Unding, dass nur Familienangehörige eine richtige Vermisstenmeldung aufgeben können«, schimpfte Carmen. »So ist es nur ein Vermisstenhinweis, und die Weitergabe liegt im Ermessen des Bearbeiters.«

Der Comisario nickte verdrossen. »Ich fürchte, ihr habt recht.

»Wäre das nicht ein Fall für Angela?«, schlug Berger vor. »Wenn man schon eine Polizistin beim deutschen Konsulat als Freundin hat, sollte man das auch ausnutzen.«

García Vidal nickte zustimmend. »Sie haben recht. Ich werde sie anrufen.«

»Warum machen wir nicht gleich ein offizielles Amtshilfeersuchen draus?«, wollte Carmen wissen.

»Dazu bräuchten wir den Stempel des Staatsanwaltes, und der wittert dann sicher gleich wieder nur eine widerliche Schmuddelkampagne gegen die Polizei Ihrer Majestät.«

»Also machen wir einen auf Duckmäuser?«, erwiderte Carmen verärgert. »So was gehört laut rausgeschrien!«

»Nun komm mal wieder von deiner Palme herunter«, sagte Berger beruhigend, »und denk dran, was ich dir einmal gesagt habe.«

»Ich weiß.« Sie rollte mit den Augen. »Wer gegen den Wind pinkelt, wird selbst nass.« Sie nahm zur Beruhigung einen großen Schluck Cortado aus ihrem Glas. »Und wie soll es nun weitergehen?«

»Finde raus, ob es noch mehr von diesen Fällen gibt, und schließe dich mit Angela kurz«, entschied der Comisario. »Sie wird uns mit Sicherheit weiterhelfen können.«

»Und was tun wir beiden Schönen so lange?«, fragte Berger.

García Vidal lächelte ihn an. »Wir werden uns erst mal schlaumachen, was man für so einen Kampftag alles benötigt und wo man so was überhaupt durchführen könnte. Dann hören wir uns um. Wenn es auf der Insel tatsächlich illegale Wettkämpfe gibt, muss es entsprechende Gerüchte geben. Wir kennen doch sicherlich ein paar Leute, die jemanden kennen, der jemanden kennt.«

»Und was machen wir dann mit dem?«

»Wir hören, was er zu erzählen hat.«

»Haben Sie für den Anfang schon jemanden im Auge?«

»Ja. Pepe von ›Pepes Boxstall‹ in Palma. Wer noch nicht vorbestraft ist und dort Sport macht, wird von Pepe in knapp zwei Semestern zum Schwerverbrecher ausgebildet.«

DREI

Wieder war es tiefe Nacht, und in der kleinen Kreisstadt Santanyí herrschte absolute Ruhe. Der wachhabende Beamte in der kleinen Rathausamtsstube der Policía Local kämpfte mit dem Schlaf. Immer wieder sackte Juan Valdos Kopf auf die Schreibtischplatte, und hätte es nicht an der Tür geklopft, wäre er in wenigen Sekunden sicher tief eingeschlafen.

Nun aber schreckte er hoch und hatte Mühe, zu orten, woher das Geräusch, das ihn geweckt hatte, gekommen war. Da klopfte es erneut. Das war eindeutig an der Glasscheibe der Eingangstür. Der Polizist erhob sich schwerfällig und machte sich auf den Weg. Als er aus seinem Büro hinaustrat, erkannte er die Störerin. »Ach nee, nicht schon wieder die«, murmelte er und drückte den Knopf, der die Tür zur Seite gleiten ließ.

Vanessa Riesche betrat den Vorraum des Rathauses, sie war sichtlich verstört.

»Frau Riesche, was ist denn nun schon wieder passiert? Konnte Ihnen Dr. Ohrem gestern nicht weiterhelfen?«

»Ich habe ihn schon wieder umgebracht. Diesmal wirklich«, erwiderte sie lallend.

Valdo setzte sie behutsam auf einen der Stühle, nahm ihr die blutverschmierte Hutnadel aus der Hand und griff nach dem Telefon. »Ich werde Hilfe holen.«

»Die Polizei muss kommen, er ist tot, ich … er …« Sie begann zu stammeln.

»Ist ja gut, Frau Riesche. Es kommt gleich jemand, das verspreche ich Ihnen. Haben Sie bitte etwas Geduld.«

Je länger die Frau in ihrem Stuhl saß, desto mehr trübte sie wieder ein und sackte schließlich zur Seite.

Nachdem es ein paarmal in der Leitung geknackt hatte, meldete sich jemand.

»Herr Doktor, schön, dass ich Sie erreiche. Frau Riesche sitzt schon wieder hier und behauptet, diesmal hätte sie ihren Mann wirklich umgebracht.«

»Können Sie ihr mal den Hörer geben?«

»Tut mir leid, das geht nicht. Kommen Sie bloß schnell her, die ist schon ganz weggetreten. Jetzt hängt sie nur noch in ihrem Stuhl und sabbert aus einem Mundwinkel.«

»Okay, ich mach mich auf den Weg. Rufen Sie schon mal die Rettung, damit es nachher nicht so lange dauert. Es sieht ganz danach aus, als würden wir sie benötigen. Überprüfen Sie immer wieder Puls und Atmung, bis ich da bin.«

Die Nachtstreife der Policía Local kam gerade von ihrer Kontrollfahrt zurück, sodass sie sich zu dritt um die inzwischen bewusstlose Frau kümmern konnten. Nach knapp zehn Minuten trafen der Rettungswagen und Dr. Ohrem gleichzeitig am Rathaus ein.

»Wie oft sollen wir die eigentlich noch ins Krankenhaus bringen?«, schimpfte einer der Rettungsassistenten.

»Sie war am Nachmittag wieder stabil, also hat man sie nach Hause gelassen«, erwiderte Dr. Ohrem.

Das besänftigte den Mann nur wenig. »Also, wenn ich jede Nacht davon träumen würde, meine Alte umzubringen, hätten mich meine Kollegen schon längst einweisen lassen.«

Bei der Patientin wurde ein Zugang gelegt, und Dr. Ohrem spritzte ihr ein den Kreislauf stabilisierendes Mittel.

»So, und nun packt sie ein und ab nach Manacor. Wenn ihr mich später wieder herbringen könnt, werde ich sicherheitshalber mitfahren.«

Keine drei Minuten später startete der Rettungswagen mit Dr. Ohrem an Bord.

Juan Valdo versuchte unterdessen, telefonisch den Verlobten von Frau Riesche zu erreichen. »Scheiße, der geht nicht ran.«

»Ich würde auch nicht rangehen, wenn mich jemand ermordet hätte«, sagte einer seiner beiden Kollegen dumpf.

»Blödsinn«, widersprach der andere. »Niemand wurde ermordet. Die hat doch einen weichen Keks, sonst wäre sie nicht dauernd hier.«

»Was machen wir also?«

Valdo legte den Hörer wieder auf das Telefon und entschied: »Ihr beide fahrt zu Miguels Finca und seht da nach dem Rechten. Das alles kommt mir irgendwie komisch vor.«

Der Streifenwagen traf in der Morgendämmerung bei der Finca ein. Hier draußen deutete nichts darauf hin, dass im Haus oder auf dem Gelände ein Gewaltverbrechen stattgefunden haben könnte. Die beiden Beamten klingelten mehrere Minuten lang Sturm, aber nichts tat sich.

»Dann werden wir wohl mal über den Zaun klettern, um nachzusehen.«

»Bist du verrückt?« Im Gesicht des Kollegen spiegelte sich Entsetzen. »Du weißt doch, was Fluxá für eine Töle hat. Mich bekommen keine zehn Pferde über den Zaun.«

»Mensch, überleg doch mal. Wenn der Hund hier wäre, hätte er doch schon längst Theater gemacht. Vielleicht hat die Alte ihn auch umgebracht, um dann in Ruhe Miguel abmurksen zu können.«

»Da ist was dran«, murmelte der Kollege. »Also los. Suchen wir eine geeignete Stelle am Zaun.«

Sie wurden bald fündig.

»Mach mal eine Räuberleiter, dann riskier ich einen Blick über die Oleanderhecke, ob die Luft rein ist.«

Der Angesprochene stellte sich mit dem Rücken zum Zaun und formte mit seinen Händen einen Steigbügel. Sein Kollege trat hinein, zog sich mit beiden Händen am Zaun hoch und peilte die Lage.

»Um Gottes willen. Lass mich sofort wieder runter. Die Töle sitzt da und fletscht die Zähne, macht aber keinen Mucks. Das Vieh zerfleischt uns, wenn wir da rübersteigen.« Mit einem Satz stand er wieder auf der Straße.

»Was machen wir nun?«

»Sag über Funk Bescheid, dass die uns die Kollegen der Policía Nacional herschicken sollen. Das hier übersteigt eindeutig unsere Befugnisse.«

***

Als Kriminalkommissarin vom Dienst wurde Carmen zu Hause benachrichtigt. Um kurz vor sechs Uhr erreichte sie mit ihrem Kollegen Jordi Vidal die Finca. Nachdem sie von den Lokalpolizisten über alles informiert worden war, warf sie selbst einen

Blick über den Zaun. Der Hund saß noch immer da und fletschte geräuschlos die Zähne.

Carmen wies Jordi an, einen Hubschrauber zu organisieren. »Aus der Luft müsste schließlich zu erkennen sein, ob im Pool eine Leiche schwimmt oder nicht. Und lassen Sie vorsichtshalber den Hundefänger aus dem Tierheim in Manacor kommen. Nicht dass wir auf den auch noch mal eine Stunde warten müssen.«

»Warum knallen wir das Vieh nicht einfach ab? Ist doch nur ein Hund«, schimpfte Jordi Vidal. »So ein Gewese, nur weil wieder ein deutsches Weibsbild austickt. Die sollte man nach Hause schicken. Da kann sie umbringen, wen immer sie will.«

Carmen sah ihren Kollegen böse an. »Wenn Sie mit Ihrem Job ein Problem haben, sollten Sie in die Politik gehen. Da geht es geregelter zu.«

Jordi machte sofort einen Rückzieher. »Ich meine ja nur.«

»Dann melden Sie sich bitte wieder, wenn Ihre Meinung etwas fundierter ist.«

Carmen ließ ihn stehen und lief rund zweihundert Meter in Richtung Llombards. Dort war genug Platz für den Hubschrauber, um zu landen und sie für den kurzen Rundflug an Bord zu nehmen. Kaum eine Viertelstunde später schwebten sie über dem Anwesen von Miguel Fluxá.

Aus der Luft konnte Carmen zwar nicht erkennen, wer da mit dem Rücken nach oben im Swimmingpool schwamm, aber der treue Hund bewachte diese Person, indem er sich aufmerksam an den Rand des Beckens setzte und mit gefletschten Zähnen den Hubschrauber nicht aus den Augen ließ. Carmen gab über Funk das Startzeichen für den Hundefänger, dessen Eintreffen sie von oben beobachtet hatte.

Mittels einer an einer langen Stange befestigten Schlinge wurde die wunderschöne Dobermanndame, die, als sie den Eindringling entdeckte, wieder den Zaun sichern wollte, eingefangen und vom Hundefänger auf Abstand gehalten. So konnte das nun wehrlose Tier in den auf dem Grundstück befindlichen Zwinger gesperrt werden.

»Sehen Sie«, sagte Carmen zufrieden, als sie wieder festen Boden unter den Füßen hatte, »es geht auch ohne Töten.«

»Aber das ist doch nur ein Hund«, erwiderte Jordi beleidigt.

»Es ist ein Leben, Kollege, und Polizisten haben Leben zu schützen, egal, auf wie vielen Füßen oder Pfoten.«

Am Pool bot sich ihnen ein groteskes Bild. Die Leiche schwamm friedlich in der Sonne. Das Wasser um Miguel Fluxá war klar und blau. Am Beckenrand hingegen schien ein Blutbad stattgefunden zu haben. Dort war eine Blutlache von beträchtlichem Ausmaß zu finden. In der Mitte war sie unterbrochen, dort war in der geronnenen Masse ein heller Strich mit einer Art Griff zu sehen. Auch Fußabdrücke von einem leichten Sommerschuh mit geflochtener Hanf- oder Kokossohle waren zu erkennen, sie bildeten ein eigenartiges Zickzackmuster.

»Was mag da gelegen haben?«, murmelte Carmen. »Irgendein dünner Stift oder ein Stäbchen?«

»Das könnte eine Hutnadel gewesen sein.«

»Sicher, wie kommen Sie darauf?«

»Auf der Wache haben sie der Verlobten von Señor Fluxá eine abgenommen. Die Kollegen von der Policía Local haben sie sogar dabei.«

»Dann sollen sie sie gleich der Spusi geben.« Carmen machte sich Notizen von allem, was ihr am Einsatzort auffiel, und bedeutete Jordi Vidal, ihr ins Haus zu folgen.

Nach der Menge Blut, die sie neben dem Pool vorgefunden hatten, erwarteten sie, im Haus Bilder eines wahren Schlachtfestes zu sehen, aber da war nichts, was auf eine Tötung oder einen Kampf schließen ließ. Alles stand sauber und ordentlich an seinem Platz. Im Schlafzimmer fiel auf, dass die Betten nicht gemacht waren.

»Könnte Señor Fluxá hier ermordet worden sein?«, fragte Jordi.

Carmen zuckte mit den Achseln. »Keine Ahnung. Es müsste dann doch mindestens genauso viel Blut hier drinnen sein wie draußen.« Die Spurenlage war verwirrend. »Das Einzige, was hier zusammenpasst, ist die Tatsache, dass wir eine Leiche und eine geständige Mörderin haben.« Sie warf ihrem Kollegen einen etwas hilflosen Blick zu. »Lassen Sie uns alles zusammentragen, was für den Fall relevant sein könnte. Dabei sollten wir aber auf keinen Fall die Dinge außer Acht lassen, die die Angeklagte entlasten könnten.«

»Wenn diese nicht der beste Zeuge des Anklägers wäre.«

»Leider«, murmelte Carmen. »So gern ich der Frau auch helfen würde, sie macht es uns nicht einfach.«

***

Berger hätte es nie für möglich gehalten, dass hier morgens um neun schon Sport getrieben wurde, aber da die Halle nicht klimatisiert war, musste das Training statt in den viel zu warmen Mittagsstunden eben in der Früh und vermutlich am Abend absolviert werden. Fast alle jungen Leute, die sich in »Pepes Boxstall« abrackerten, waren auf dem Arbeitsmarkt durch den Rost gefallen, und so träumten sie nun von einer sportlichen Karriere – und nicht selten auch von einer kriminellen.

Es roch muffig in der alten Sporthalle, ein Duftgemisch aus Blut, Schweiß und ungewaschenen Klamotten. Pepe war gerade dabei, einer jungen Marokkanerin die richtige Arbeit an der Boxbirne beizubringen. Der alte Mann mit dem zerfurchten Gesicht und augenscheinlich von Gicht geplagten Fingern drosch dabei auf das Ding ein wie ein junger Kerl. Als er García Vidal entdeckte, bedeutete er ihr, eine Pause zu machen, und drehte ihr den Rücken zu.

»Hola, Señor Comisario. Wollen Sie, dass ich jemanden verpfeife oder«, er musterte Berger von Kopf bis Fuß, »dass ich einen Kurs für Rentner anbiete?«

»Weder – noch, alter Freund, ich brauche einen Tipp.«

Pepe grinste den Comisario frech an. »Dann lassen Sie uns ins Büro gehen. Dort sind wir ungestört. Wie ich Sie kenne, sprechen wir gleich über Dinge, die ein Kriminalbeamter gar nicht wissen darf.«

In seinem Domizil bot Pepe ihnen Wasser an. Sowohl García Vidal als auch Berger nickten dankbar. Pepe holte zwei Flaschen aus einem kleinen Kühlschrank, stellte sie vor zwei leere Stühle auf seinen Schreibtisch und setzte sich in den Chefsessel dahinter. »Also, Comisario, machen Sie es sich bequem und beichten Sie.«

García Vidal und Berger setzten sich, öffneten die Plastikflaschen und tranken erst einmal einen Schluck.

»Ich möchte Ihnen meinen Kollegen von der deutschen Polizei

vorstellen«, begann der Comisario dann. »Das ist Señor Berger. Aber wie schon gesagt, Pepe, ich will wirklich nur eine Auskunft.«

»Und wenn Sie die nicht bekommen, hängen Sie mir was an?«

»Nein, das werde ich nicht tun.«

Pepe war sichtlich irritiert. »Das ist neu, Comisario. Dann mal raus mit der Sprache.«

»Was erzählt man sich in der Szene über illegale Ultimate-Fighting-Kämpfe?«

Pepe rümpfte die Nase. »Sie meinen Veranstaltungen, bei denen es so richtig was auf die Fresse gibt?«

»Aber hallo. Ohne Regeln und vor allem ohne Sieg nach Punkten, um genau zu sein.«

»Also ohne Abklopfen?«

»Was ist das denn nun wieder?«

»Wenn ein Gegner aufgibt, klatscht er mit der flachen Hand auf die Matte und beendet damit die Kampfhandlung.«

García Vidal winkte ab. »Das wäre ja noch richtiger Sport, und mit so einem Kram würden wir Sie nicht belästigen.«

»Sie meinen also die ganz heftige Variante. Ja, davon habe ich gehört. Auf dem Festland soll es sie geben, diese Art von Kämpfen. Hier eher nicht, dann hätten Sie sicher schon längst einen Wink von Ihrem Leichenfledderer bekommen.«

»Das haben wir gerade, deswegen sind wir hier.«

Pepe wirkte ernsthaft betroffen. »Scheiße, das fehlte gerade noch, dass Sie mir mit so was kommen.« Er rückte näher an den Schreibtisch und legte die Unterarme auf die Tischplatte. »Sie müssen mir glauben, dass ich damit nichts zu tun habe. Mit so was machen die Promoter zwar richtig Kohle, aber nur die Großen der Szene werden an den Sahnetopf gelassen.«

»Und wer sind die Großen in der Szene?«

»Die, die sauber sind, stehen in jedem Telefonbuch. Aber bei denen werden Sie wohl nur im absoluten Ausnahmefall fündig. Die Schmutzigen machen ihr Geschäft mit Drogen, die rund um den Ring verkauft werden. Da können Ihnen Ihre eigenen Koks-Köter sicher ein paar Tipps geben.«

»Ich will die richtig Dreckigen, Pepe.«

Der zuckte mit den Schultern. »Dann sollten Sie nach Armenien fahren, nach dem, was ich gehört habe.«

García Vidal machte eine ablehnende Geste. »Pepe, das reicht mir nicht. Sie sollten besser noch mal scharf nachdenken.«

»Was soll das?« Der alte Mann reagierte gereizt. »Ich denke, Sie haben nichts gegen mich auf der Kralle?«

»Habe ich auch nicht. Aber wer hindert mich daran, nach etwas zu suchen, mein Lieber? Und Sie wissen, dass ich fündig werde, wenn ich damit anfange.«

»Señor Pepe«, mischte sich Berger ein. »Ich habe eine Tante in Jerewan. Und die hat gehört, dass ihre Landsleute hier in der Gegend irgendwo einen Bridgeclub aufgemacht haben.« Er warf Pepe einen verschwörerischen Blick zu. »Die alte Dame spielt so gern Karten. Daher würde sie gern wissen, wo sich dieses Kasino befindet.«

Pepe war dankbar für diese »Brücke« und nutzte sie auch. »Also wenn das so ist, sollte sich das Tantchen mal im Hafen umhören«, erwiderte er zögerlich.

»Was hat der Hafen damit zu tun?«

»Mehr kann ich Ihnen wirklich nicht sagen. Ich würde gern, weil mir das Ganze selbst ein Dorn im Auge ist, aber ich kann nicht. Weil ich nicht mehr weiß.«

García Vidal wurde hellhörig. »Und warum sehen Sie das so kritisch?«

»Das Beste, was ich momentan im Stall habe, ist national gesehen höchstens C-Klasse. Idioten, die sich für unschlagbar halten, nur weil sie einem Klassenkameraden in der Grundschule früher mal einen Zahn ausgeschlagen haben. Wenn Sie denen ein paar lila Scheine unter die Nase halten, gehen die völlig hirnlos in jeden Ring. Drei dieser Exemplare vermisse ich seit zwei Wochen. Die anderen Jungs behaupten, sie hätten im Hafen Arbeit gefunden und kämen deshalb nicht mehr zum Training. Sie müssen verstehen, ich lebe davon, dass die mit den paar Kröten, die sie haben, das Training hier bezahlen.«

Berger lächelte schmal. »Nehmen wir mal an, meine Tante kann beim Bridge nicht Karo von Pik unterscheiden, ist aber völlig pleite – und ich meine richtig heftig pleite.«

Pepe nickte. »Dann wäre Ihr Tantchen vermutlich die perfekte Kandidatin für einen exklusiven Bridge-Abend. Idioten, die Einsatz bringen, sind da gefragt.«

»Würden Sie ihr in dem Fall noch ein paar Kniffe für den Spieltisch beibringen wollen?«

»Ich würde gern, aber ich kann noch nicht einmal Mau-Mau. Sorry, meine Herren, das ist nicht meine Liga. Würde ich da mitmischen, hätte ich einen Rolls-Royce und keinen zwanzig Jahre alten Polo.«

***

Juan Valdo wälzte sich unruhig im Schlaf im Bett hin und her. Das, was er heute Nacht auf dem Revier der Policía Local erlebt hatte, verfolgte ihn in seine völlig wirren Träume. Weit über zwanzig Frauen saßen darin in seiner Wachstube und versuchten, ihm zu demonstrieren, wie sie ihre jeweiligen Ehemänner umgebracht hatten. Laut um Ruhe brüllend schreckte Juan hoch.

Seine Frau kam ins Schlafzimmer gestürzt. »Mein Gott, Juan, was ist los?«

Er saß aufrecht im Bett, schweißüberströmt und verwirrt vor sich hin glotzend. »Was machst du hier? Willst du mich auch umbringen?«, fragte er panisch.

Sie setzte sich auf den Bettrand und nahm ihn zärtlich in den Arm. »Warum sollte ich das machen, Juanito? Was sollte ich denn ohne dich anfangen?«

Dem schon ergrauten Juan Valdo schossen Tränen in die Augen, und er begann zu weinen. »Maria, es war furchtbar. Ich habe geträumt, dass ich die ganze Wache voller Mörderinnen habe. Ich ganz allein gegen so viele Todesengel.«

»Und jetzt bist du wieder wach und hast es nur noch mit einem Todesengel zu tun, solltest du nicht augenblicklich zum Arzt gehen und dich krankschreiben lassen. Du bist überarbeitet. Wenn du deinen Dienst mit in deine Träume nimmst, ist es an der Zeit, die Notbremse zu ziehen.«

Juan wand sich aus der Umarmung seiner Frau und setzte sich neben sie auf den Bettrand. Verwundert betrachtete er seine Handflächen. »Habe ich tatsächlich wegen eines Traumes geweint?«

»Nicht nur das. Du hattest Todesangst. Was war denn los heute Nacht? Du warst schon so seltsam, als du am Morgen nach Hause gekommen bist.«

»Die Verlobte von Miguel Fluxá war schon wieder da.«

»Hat sie dir wieder einen mordenden Bären aufbinden wollen?«

»Genau das, fürchte ich, war es eben nicht. Bevor ich heute Morgen gegangen bin, habe ich noch mitgekriegt, was die alles zur Finca abkommandiert haben. Es muss etwas Schlimmes passiert sein.« Er stand auf, um ins Bad zu gehen. »Ich muss hinfahren und der Kommissarin ganz genau erklären, wie alles abgelaufen ist.«

Maria erhob sich ebenfalls. »Ich denke, du wolltest zum Arzt!«

»Nein. Du wolltest, dass ich zum Arzt gehe.«

Sie stemmte entrüstet ihre Hände in die Hüften. »Und wer hat den Herrn dann aufzupäppeln, wenn er schon wieder schweißgebadet aufwacht und Rotz und Wasser heult?«

»Niemand«, rief Juan aus der Dusche heraus. »Ich heule nicht, und schwitzen tu ich auch nicht. Ich schlafe famos!«

»Ach, und was war das eben?«, rief Maria mit keifiger Stimme.

»Jetzt lass mich in Ruhe, du nervst! Ich fahre zur Einsatzstelle. Die brauchen meine Aussage.«

Kaum zwanzig Minuten später stellte Juan Valdo seinen Motorroller ein gutes Stück vor dem Eingangstor der Finca ab. Die vielen Dienstfahrzeuge der Guardia Civil und der Policía Nacional, die er dort sah, beeindruckten ihn.

Hinter ihm hupte jemand. Juan trat zur Seite und ließ den Wagen der Rechtsmedizin vorbei. »Tja, dann hat sie es wohl doch durchgezogen. Wer hätte das gedacht?«, murmelte er und ging auf das Tor der Finca zu.

Aufgrund seiner Dienstkleidung wurde er von den Guardistas nicht am Betreten des Grundstücks gehindert. Zielstrebig steuerte er auf Carmen zu, die einigen Kollegen gerade Anweisungen gab. Er stellte sich neben sie und wartete.

Carmen drehte sich um und sah ihn an. »Was ist mit Ihnen, Valdo? Wollen Sie zu mir?«

»Sí, Señora. Ich war in den vergangenen beiden Nächten der Wachhabende auf dem Revier in Santanyí.«

Carmens Miene hellte sich auf. »Das ist aber schön, dass Sie zu mir kommen, dann habe ich einen Weg weniger. Haben Sie Zeit, mir alles genau zu erzählen?«

Juan straffte die Schultern und begann mit seinem Bericht. Da er versuchte, all seine Beobachtungen einzubauen, dauerte es eine Weile, bis er fertig war.

Carmen nickte. »Also, zuerst möchte ich Ihnen meine Anerkennung aussprechen, Valdo. Ihre Kollegen heute Morgen hierherzuschicken und dann alles an die große Glocke zu hängen, war goldrichtig, wie sich leider herausgestellt hat. Señor Fluxá schwamm tatsächlich tot im Pool.«

»Aber sie hat ihn doch wohl nicht wirklich mit einer Hutnadel erstochen?«

»Wie es aussieht, doch. Der Rechtsmediziner hat jedenfalls nur einen Einstich gefunden, der zur Hutnadel als Tatwaffe passt.« Sie sah ihn prüfend an. »Wann wurde Ihnen klar, dass diese Frau tatsächlich eine Mörderin ist?«

Valdo zuckte mit den Schultern. »Wenn ich ehrlich bin, verstehe ich es erst jetzt.«

»Aber warum haben Sie dann heute Morgen die Kollegen hierhergeschickt?«

»Meine Autoschlosserin sagt immer: ›Der Teufel ist ein Eichhörnchen‹, und hier hat es sich mal wieder bestätigt.«

»Aha.« Carmen war ratlos. »Und was tut so ein Eichhörnchen?«

»Es ist nie dort, wo man es vermutet, und es tut auch immer etwas anderes, als man von ihm erwartet.«

»Sie meinen also, dass Frau Riesche sich wie ein Eichhörnchen verhalten hat?«

Juan Valdo nickte. »Überrascht hat sie mich schon mit der Nummer. Wie sie uns die Irre vorgespielt hat, alle Achtung, dafür hat sie einen Oscar verdient. Das war doch der perfekte Mord.«

»Ein perfekter Mord zeichnet sich dadurch aus, dass der Mörder nicht erwischt wird. Frau Riesche hat Ihnen gegenüber aber doch ein Geständnis abgelegt.«

»Ja, das hat sie, nur tat sie es bestimmt nicht ohne Hintergedanken. Sie weiß sicher, dass sie als Schwachsinnige nicht verurteilt werden kann – oder jedenfalls nicht so streng wie normale Menschen.«

»Noch eine Frage, Señor Valdo. Sie sagten, Sie hätten Dr. Ohrem angerufen, weil die Dame jemanden haben wollte, der Deutsch spricht. Ihn hat es also nur ganz zufällig getroffen?«

»Sí, Señora. Warum fragen Sie?«

»Im Stadtrat waren Fluxá und Ohrem erbitterte Feinde.«

»Sí, Señora, aber das hat nichts zu bedeuten.« Valdos Körperhaltung bekam etwas Stolzes. »Unsere gewählten Volksvertreter mögen mauscheln und betrügen, morden tun sie jedoch nicht.«

»Da haben Sie recht, Señor Valdo. Hoffen wir, dass es so bleibt.«

***

Die Bar Sa Puerto hatte nichts von dem, was man sich unter einer verschwiegenen kleinen Hafenkneipe vorstellte. Schon gar nicht mittags. Sie war recht groß, das Mobiliar modern und nichtssagend, die Bedienung unfreundlich, das Bier warm und der Cortado kalt.

»Hier möchte ich nicht tot überm Stuhl hängen«, murmelte Berger. Er sah sich um. »Und das soll für Mallorcabesucher, die diese herrliche Insel mit der Fähre erreicht haben, die erste Anlaufadresse sein?«

»Gott sei Dank ist sie das nicht, sonst wäre es hier wesentlich voller.«

Sie versuchten nun schon seit einer ganzen Weile, mit jemandem in der Bar ins Gespräch zu kommen, aber außer den wenigen Touristen schien hier niemand einzukehren.

»Cristobal, ich sage es Ihnen nun schon zum dritten Mal: Diese Nummer ist Schwachsinn. Gucken Sie sich doch bitte mal die Preise an. In dieser Bar können Sie naive Touristen befragen, aber doch keine Hafenarbeiter.«

»Und wo trinken die ihren Pausenkaffee?«, erwiderte der Comisario gereizt.

»Bestimmt nicht da, wo man ihnen zwei Euro fünfzig für einen Cortado abknöpft. Ich komme mir hier jedenfalls vor wie der Typ aus der Sesamstraße, der seinen Trenchcoat aufklappt und Buchstaben verkaufen will. Außerdem haben Sie doch gehört, was Pepe gesagt hat.«

»Er hat nur etwas von Hafen gebrabbelt.«

»Nicht nur. Er hat auch sehr viel Geld erwähnt und Leute, die Rolls-Royce fahren. Ich sehe hier weit und breit niemanden, der sich so ein Geschoss leisten könnte.«

»Warten Sie, ich habe eine Idee.« García Vidal ging zum Tresen und beugte sich zum Barkeeper vor. »Hola, Señor«, raunte er konspirativ. »Ich bin auf der Suche nach einer echten Hafenspelunke, einer, in der die Gläser auf dem Tisch festkleben und in der man alles bekommt, was für Geld zu haben ist.«

Der Keeper beugte sich ebenfalls vor. »Ich will meinen Laden ja nicht schlechtmachen, Comisario«, raunte er zurück, »aber Sie haben diese Spelunke bereits gefunden. Hier kleben die Gläser auf den Tischen fest, und das bisschen, was Sie sich für Ihr Gehalt leisten können, kann ich Ihnen jederzeit besorgen.«

Berger kugelte sich vor Lachen. García Vidal hingegen kehrte eingeschnappt zum Tisch zurück. »Der nimmt mich nicht ernst.«

»Er hat auch keinen Grund dazu, Cristobal. Wollen Sie im Milieu recherchieren oder einen schlechten Film drehen?«

»Woher weiß der, dass ich ein Comisario bin?«

»Weil sich nur jemand aus dem öffentlichen Dienst so dämlich anstellen kann.« Berger packte seinen Freund am Arm und zog ihn behutsam aus dem Lokal. »Sie haben für einen Undercoveragenten einfach den falschen Stallgeruch.«

»Und Sie denken wohl, Sie stinken richtig?«, konterte García Vidal.

»Mit Sicherheit nicht, Cristobal, deswegen versuche ich es auch gar nicht erst. Wie sind die Anforderungen an die Räumlichkeiten für so einen Kampf, was meinen Sie? Unter vierhundert Zuschauern lohnt es sich garantiert nicht. Die müssen zudem an kleinen Tischen sitzen können, damit auch der Getränkeumsatz stimmt. Dreißig mal dreißig Meter sollten es demnach schon sein.«

»Das ist ja eine kleine Fabrikhalle«, widersprach García Vidal. »Wo soll es denn an dieser Ecke des Hafens derartige Hallen geben?«

»Eben.«

»Und was hat dann die Klientel hier zu suchen?«

»Exakt diese Frage gilt es zu klären, Cristobal. Nur dann kommen wir mit der Lösung unseres Problems weiter.«

»Wir sollten also nach der Antwort suchen. Oder Eurolotto spielen.«

»Wozu das?«

»Damit wir uns einen Rolls-Royce leisten können, um hier endlich einmal ernst genommen zu werden.«

García Vidals Handy klingelte. Seine Mitarbeiterin Arantxa

Burguera war dran. »Kollegin, was liegt an?«, meldete er sich und stellte auf laut.

»Ich sollte doch das Internet nach Hinweisen auf illegale Kämpfe abgrasen. Ich bin da auf eine Spur gestoßen. In der Nähe von Campos, auf einem alten Gehöft, könnte heute Nacht etwas steigen.«

»Wunderbar, Arantxa. Der Residente und ich kommen gleich ins Büro. Und nehmen Sie sich für heute Nacht bitte nichts vor. Wir besuchen eine ›Night of fight‹.«

***

In der Praxis des Doktors an der Carrer Ca's Majoral hatte sich Carmen, da Ohrem noch in einem Patientengespräch war, ins Wartezimmer gesetzt. Für die kurze Auszeit war sie recht dankbar, so konnte sie über alles noch einmal in Ruhe nachdenken. Nach rund zwanzig Minuten winkte die Sprechstundenhilfe sie freundlich ins Behandlungszimmer.

Nach weiteren fünf Minuten kam Dr. Ohrem.

»Señora Comisaria, es tut mir leid, dass Sie warten mussten. Was kann ich für Sie tun?«

»Das können Sie sich sicher vorstellen, Doktor. Ich brauche möglichst detaillierte Informationen über Ihre Patientin Vanessa Riesche.«

»Ich werde Ihnen dabei kaum weiterhelfen können. Ich habe Frau Riesche lediglich dreimal kurz behandelt. Das letzte Mal war sie noch dazu annähernd bewusstlos. Ich denke, dass Ihnen ihr Verlobter sehr viel mehr über sie erzählen kann.«

»Das geht leider nicht. Miguel Fluxá ist tot.«

Dr. Ohrem war sichtlich geschockt. »Jetzt sagen Sie bloß, dass er mit einer Hutnadel erstochen im Pool schwamm?«

»Exakt.«

»Mein Gott. Dann ist es ja genau so gekommen, wie Frau Riesche es die ganze Zeit geträumt hat.«

»Sind Sie sicher, dass das nur ein Traum war?«

»Natürlich. Ganz sicher. Gestern am späten Vormittag war sie deswegen noch mal hier bei mir in der Praxis. Ich hatte ihr ja in der Nacht auf dem Polizeirevier Tabletten gegeben, damit sie in Ruhe schlafen konnte. Doch der Traum, in dem sie ihren Verlobten mit einer Hutnadel erstochen haben will, kam trotzdem wieder. Sie gab auch an, Stimmen gehört zu haben. Also suchte sie mich auf. Die Hutnadel hatte sie sogar mitgebracht. Sie war blutverschmiert. In ihrer Panik hat sie wohl alle weiteren Tabletten auf einmal genommen, sie zeigte deutliche Symptome einer Vergiftung.«

»Was war das für ein Medikament?«

»Tavor. Das ist ein Psychopharmakum auf Lorazepam-Basis. Ich habe sie mit dem Rettungswagen in die Ambulanz nach Manacor bringen lassen. Dort hat man sie stabilisiert und an die Psychiatrie überwiesen.«

»Und damit war der Fall für Sie erledigt?«

»Nein, Señora Comisaria.« Er richtete sich in seinem Stuhl auf. »Wer mich kennt, weiß, dass ich mich um meine Patienten kümmere. Dazu gehört im Bedarfsfall eine umfassende Betreuung, und im Falle von Frau Riesche war das ja kein Bedarfsfall mehr, sondern schon ein Notfall.«

Carmen wurde neugierig. »Was haben Sie also gemacht?«

»Da wir im Hause Fluxá telefonisch niemanden erreichen konnten, bin ich hingefahren. Die Frau hat schließlich gesagt, sie habe Señor Fluxá umgebracht. Da muss man ja zumindest einmal nach dem Rechten sehen.«

»Wäre es nicht angebracht gewesen, die Polizei zu alarmieren?«

»Im Normalfall schon. Und hätte sich Frau Riesche normal verhalten, hätten Sie recht. Aber so musste ich davon ausgehen, dass sich Miguel Fluxá bester Gesundheit erfreute.«

»Und, haben Sie ihn angetroffen?«

»Aber ja, zwar nicht quietschfidel, aber äußerst vergnügt. Er kam gerade von der Jagd. Ich habe ihm erzählt, was vorgefallen war, wir haben zusammen einen Palo getrunken, und dann ist er zu seiner Verlobten in die Klinik gefahren. Weil sie sich wohl wieder gefangen hatte, durfte er sie am Abend mit nach Hause nehmen, wie man mir mitteilte, als ich mich später telefonisch in Manacor erkundigte.«

Carmen zog die Stirn kraus. »Sie haben mit Miguel Fluxá zusammen einen Palo getrunken?«

»Ja, warum nicht?«

»Soweit ich informiert bin, waren Sie erbitterte Feinde, oder nicht?«

»Im Stadtrat haben wir uns aus zwei völlig unterschiedlichen politischen Lagern heraus stets mit Leidenschaft befehdet, aber das ist in einer funktionierenden Demokratie doch wohl so üblich, oder?«

»Sicher. Das sehe ich auch so.« Carmen sah auf die Notizen, die sie sich die ganze Zeit über gemacht hatte. »Die Hutnadel, die Frau Riesche bei ihrem Besuch hier in der Praxis bei sich hatte, hat sie die mit ins Krankenhaus genommen?«

»Nein. Die habe ich, nachdem ich Miguel Fluxá zu Hause angetroffen hatte, in den Müll geworfen.«

»Wann wird der abgeholt?«

»Heute Abend.«

»Dann müsste sie noch da sein, oder?«

»Ich denke schon. Lassen Sie uns nachsehen.«

Sie gingen auf den Hof des Gebäudes und streiften sich Plastikhandschuhe über.

»Das ist Praxismüll. Kann ich da eventuell in irgendwelche gebrauchten Kanülen hineingreifen?«

»So, wie wir sie entsorgen, kann das eigentlich nicht passieren. Aber seien Sie trotzdem vorsichtig. Sicher ist sicher.«

Bereits im vierten Müllsack, den sie öffneten, fanden sie das Corpus Delicti.

Carmen blickte sichtlich irritiert auf die Tüte mit der Nadel.

»Was verwundert Sie so, Señora?«

»Diese Hutnadel sieht ähnlich aus wie die, die Frau Riesche heute Nacht auf dem Polizeirevier abgenommen wurde. Die eigentliche Nadel ist nahezu identisch, nur ist dieser Griff wundervoll aus Perlmutt oder Elfenbein gearbeitet, während der andere eher grob aus Holz geschnitzt ist. Beide sind aber blutverschmiert, und die hier«, sie hob die Tüte mit der Nadel, »stammt aus der Nacht *vor* dem Mord.«

Dr. Ohrem wusste anscheinend auch keinen Rat. »Ja. Und was sagt Ihnen das?«

»Herr Doktor, ich habe keine blasse Ahnung.«

VIER

García Vidals Team hatte fast komplett im kleinen Besprechungsraum Platz genommen.

»Wo ist Carmen hin?«, fragte er mit Blick in die Runde.

»Die recherchiert noch in der Mordsache Miguel Fluxá«, antwortete Jordi Vidal.

»Und warum sind Sie dann nicht bei ihr? Ich denke, Sie sind ein Team.«

»Wir haben uns aufgeteilt. Ich bin am Tatort geblieben, sie hat den behandelnden Arzt der Täterin aufgesucht.«

»Täterin?«

»Täterin. Sie hat ein umfassendes Geständnis abgelegt.«

»Na, dann ist da ja alles in trockenen Tüchern, und ich kann Sie bei mir einplanen?«

Jordi nickte. »Ich denke schon.«

»Okay. Arantxa, dann schießen Sie mal los.«

Die Kollegin erhob sich von ihrem Stuhl und trat an das elektronische Flipchart.

»Ich habe das Internet nach Kämpfen aller Art abgesucht. Dabei habe ich verschiedene Schlüsselworte probiert und bin auf Hinweise gestoßen, die wir durch die Befragung einiger Informanten als glaubwürdig einstufen konnten. Heute Abend gegen dreiundzwanzig Uhr soll auf einer eher heruntergekommenen Finca eine Kampfveranstaltung stattfinden. Wir haben einen Getränkehändler ausfindig gemacht, der den Stalltrakt mit Tresen und Stehtischen bestückt hat. Er meinte, dass in der Mitte des Stalls eine Art Podest errichtet wurde, auf dem durchaus Kämpfe stattfinden könnten.«

»Hat der Händler auch gesagt, was er an Getränken liefern soll?«, wollte Berger wissen.

»Bier und Cocktails.«

Der Residente winkte ab. »Ich weiß zwar nicht, was da stattfinden soll, aber mit Sicherheit ist es keine unserer Veranstaltungen. Die zahlungskräftige Crème de la Crème lässt sich nicht mit Bier und Cocktails abspeisen. Es ist zwar durchaus möglich, dass sich da ein paar Dorftrottel gegenseitig die Fresse polieren, aber in einem ollen Stall werden keine Millionen umgesetzt.«

Andrea Bastos meldete sich zu Wort. »Das ist kein oller Stall. Ich glaube, das Anwesen zu kennen. Es handelt sich dabei um ein uraltes Herrenhaus, in dem man ziemlich authentische Gruselfilme drehen könnte. Dort gibt es tatsächlich eine riesige Scheune, die man relativ schnell zu einem Saal für ein First-Class-Event herrichten lassen kann. Ich war vor drei Jahren mal dort, als die halbe deutsche Filmszene auf der Finca ein Fest gefeiert hat. Da war die Scheune von innen kaum wiederzuerkennen, und die Hautevolee hat sich verdammt wohlgefühlt.«

García Vidal hakte nach. »Und dieser Schuppen ist wirklich so groß, dass man dort um die vier-, fünfhundert Zuschauer unterbringen kann?«

Bastos war sich sicher. »Bei diesem Fest war in der Mitte eine Bühne aufgebaut, auf der Live-Bands gespielt haben, und rundherum steppte der Bär.«

»Dann sollten wir den Spuk heute Abend beenden – wenn es denn wirklich ein Spuk ist. Weiß Ramirez mit seinen SEK-Leuten schon Bescheid?«

Arantxa Burguera nickte. »Er steht in den Startlöchern.« Sie wirkte unsicher. »Aber sagen Sie, Chef, finden Sie das nicht ein bisschen gewagt, dort gleich mit dem SEK aufzukreuzen? Sollten wir nicht vorher gründlich observieren?«

»Im Normalfall würde ich Ihnen zustimmen. Aber die Zeit haben wir nicht mehr. Es ist Gefahr im Verzug. Stellen Sie sich nur mal vor, was los wäre, wenn auf einer von uns observierten Kampfsportveranstaltung ein Mensch zu Tode käme. Nein, meine Liebe, da wird nicht gekleckert, da wird geklotzt, selbst auf die Gefahr hin, dass wir mit Kanonen auf Spatzen schießen.« Er nickte ihr zu. »Gute Arbeit, Kollegin. Dann lassen Sie uns noch etwas essen, und los geht's.«

***

Carmen war noch nie allein zur Rechtsmedizin in Palma gefahren und kam sich dementsprechend seltsam vor. Etwas beklommen betrat sie den großen Sektionsraum. Der diensthabende Arzt schien ihre unsicheren Schwingungen aufzunehmen, denn er begrüßte sie betont locker.

»Da sage noch mal jemand, dass an so einem ungastlichen Ort nicht auch die Sonne aufgehen kann. Herzlich willkommen, Señora Comisaria. Was verschafft mir die Ehre?«

»Der Fall Fluxá ist zurzeit meine Baustelle.«

»Das Gesellenstück?«

»Mehr Zufall. Ich bin die diensthabende Kriminalkommissarin.«

»Und wie ich Sie kenne, wollen Sie den Fall morgen so perfekt wie möglich an Ihren Chef übergeben?«

Carmen lächelte. »Wer möchte das nicht, Señor Médico? Was haben Sie mir zu berichten?«

»Bis auf den toxischen Schnelltest bin ich so gut wie durch. Señor Fluxá wurde heute Morgen zwischen vier und halb fünf erstochen, und zwar durch einen einzigen Stich mit der Hutnadel, die man Frau Riesche auf dem Revier der Policía Local abgenommen hat.«

»Das steht fest?«

»Sí, Señora. Die DNA des Opfers stimmt mit dem Blut und die Nadel mit dem Stichkanal überein.«

Carmen zog die Tüte mit der Hutnadel, die sie aus dem Müll des Doktors gefischt hatte, aus ihrer Tasche. »Wenn das ebenfalls das Blut des Toten ist, könnte es dann auch diese Nadel gewesen sein?«

Staunend nahm der Arzt ihr die Tüte aus der Hand und hielt sie unter eine Lampe. Er hatte etwas Mühe, die Nadel durch die Plastiktüte hindurch genauer zu betrachten. »Ja, es könnte auch diese Nadel gewesen sein. Die beiden sind zumindest von der Klinge her gleich. Woher haben Sie sie?«

Carmen erzählte ihm, wie sie an das weitere Beweisstück gekommen war.

»Sie wurde der Täterin demnach bereits einen Tag vor dem Mord abgenommen?«

»Sí.«

»Natürlich werden wir das Blut analysieren, doch wenn es sich ebenfalls um das des Opfers handeln sollte, verstehe ich gar nichts mehr.«

»So geht es mir auch«, stimmte Carmen ihm zu. »Aber sagen

Sie mal, ist das nicht eine sehr seltsame Hutnadel? Ich kenne diese Dinger nur aus recht biegsamem Rundstahl, der aussieht wie eine Stricknadel. Das hier scheint aber eine Art Vierkantnadel zu sein. Kennen Sie sich mit derart exotischen Mordwerkzeugen aus?«

Der Arzt sah sie nachdenklich an. »Nein. Aber gehen Sie doch mal in die Carrer de Sant Feliu. Da ist ein kleiner Hutladen, die haben alles aus der Welt der Hüte. Die werden Ihnen sicher weiterhelfen können.«

»Ein prima Tipp, vielen Dank.«

»Wenn wir übrigens schon bei den Ungereimtheiten sind: Ich hätte da noch eine für Sie. Die Nadel ist in das Herz des Opfers eingedrungen und hat den Sinusknoten erwischt. Das Herz muss augenblicklich aufgehört haben zu schlagen, und es kam wie nach einem Stromstoß zum Kammerflimmern.«

»Mit welcher Folge?«

»Dass etwas Blut in den Herzbeutel geflossen ist, den Körper aber nicht verlassen hat. Schon gar nicht in der Menge, wie Sie sie am Tatort vorgefunden haben.« Er sah Carmen prüfend an. »Ich fürchte, mit meiner Arbeit tische ich Ihnen nur noch mehr Mysterien auf. Habe ich recht?«

»Leider.« Sie lächelte bedauernd. »Sie können die Fakten, die ich sammle, auch nur bestätigen oder widerlegen.«

»Leider bestätige ich im Augenblick nur das, was nicht zusammenpasst. Es soll aber ein Geständnis geben, stimmt das?«

»Das stimmt, allerdings nur zum Teil. Die mutmaßliche Täterin hat in den vergangenen Nächten mehrfach geträumt, sie habe ihren Verlobten umgebracht. Sie glaubt wohl, dass sie es nun wirklich getan hat, doch sie muss ziemlich verwirrt gewesen sein und stand außerdem unter dem Einfluss von Medikamenten. Ich habe noch nicht mit ihr sprechen können. Die Klinik gibt erst dann grünes Licht, wenn sie wieder stabil ist.«

»Dann gibt es gewisse Zweifel.«

Carmen nickte verdrossen. »Sí. Aber egal, was für Zweifel sich auftun, das Geständnis der Verlobten ist wie ein Generaltrumpf, der alle Karten sticht, die ich zur Entlastung der Frau in der Hand halte.«

Carmens Handy klingelte.

Nachdem sie sich gemeldet hatte, hörte sie eine Weile zu. »Sí, Señor«, erwiderte sie äußerst reserviert. »Ich werde mich bemühen, den Bericht so schnell wie möglich anzufertigen.«

Sie steckte das Telefon wieder ein. »Sehen Sie, Señor Médico, da war es schon, das gegnerische Trumpfass, das mein gesamtes Blatt alt aussehen lässt. Der Staatsanwalt möchte, da die Mörderin ja feststeht, heute noch den Abschlussbericht haben, damit er die Presse informieren kann.«

»Dann schreiben Sie ihn. Als Assessorin sind Sie nicht in der Position, sich dem zu widersetzen.«

»Obwohl das Ganze mit einer Reihe offener Fragen behaftet ist? Könnten Sie denn damit leben?«

»Meine Frau ist arbeitslos, und wir haben zwei Kinder. Solange ich darüber nicht nachdenke, klappt das mit dem Leben ganz gut.«

Von der Rechtsmedizin bis zu dem kleinen Hutladen, den der Arzt ihr genannt hatte, war es nicht weit. Die Straße selbst war mehr eine kleine Gasse. Einen seltsameren Laden hatte Carmen noch nie gesehen. Es handelte sich auch eher um eine völlig verwinkelte Werkstatt, in der neben der Herstellung auch Ware verkauft wurde. Sämtliche Wände waren mit Hutschachteln jeglicher Größe zugestapelt, selbst die Raumdecken waren überall, wo sich nicht gerade Ventilatoren drehten, vollgehängt.

Carmen ging auf einen alten Mann zu, der gerade dabei war, einem Rohling aus Filz die Form eines Borsalinos zu geben.

»Bon dia, Señor. Mein Name ist Carmen Lucas. Ich bin von der Policía Nacional und möchte Sie um ein paar Auskünfte bitten.«

Der Mann machte keine Anstalten, etwas zu erwidern. Er nickte nur wortlos in eine Richtung und beachtete sie nicht weiter. Erst nach genauem Hinschauen nahm Carmen eine alte Dame wahr, die sich mit ihrem grau in grau verwaschenen Hauskleid kaum von dem Hintergrund, vor dem sie stand, abhob.

Carmen ging leicht gebeugt auf sie zu, um nicht mit dem Kopf an Hutschachteln zu stoßen, und sagte ihr Sprüchlein erneut auf.

Die Frau machte ein gelangweiltes Gesicht. »Ich kann Ihnen nur über Hüte Auskunft geben, ansonsten über gar nichts. Wir haben noch nicht mal einen Fernseher.« Sie deutete vage mit der Hand in den Raum. »Wo sollten wir den auch aufstellen?«

»In Ihrer Wohnung, Señora.«

Sie griff hinter sich und öffnete mit einer Handbewegung einen schmuddeligen Vorhang. Dahinter tat sich ein kleiner Raum mit ebenfalls Hunderten von Hutschachteln auf, in dessen Mitte sich zwei Betten befanden. »Sie stehen in unserem Wohnzimmer, Señorita.«

Carmen hatte Mühe, sich ihr Befremden nicht anmerken zu lassen. »Gut.« Sie nahm ihr Handy heraus, suchte nach dem Bild, das sie von der Hutnadel gemacht hatte, und zeigte es der alten Dame. »Haben Sie eine derartige Hutnadel schon einmal gesehen?«

Die Frau sah aus, also würde sie ihren Augen nicht trauen. »Boniface!«, brüllte sie. »Komm mal schnell her, das glaubst du nicht, was du hier sehen kannst.«

Der Alte drehte sich seelenruhig um und schlurfte zu ihnen herüber. Um das Bild auf dem Handy besser erkennen zu können, klappte er seine dicke Brille hoch und kroch fast in das Display hinein. »Sollte es am Ende ein Land geben, in dem die Hüte auf den Köpfen festgenagelt werden?«, fragte er, klappte seine Brille wieder herunter und schickte sich an, an seine Arbeit zurückzukehren.

»Sie sehen«, antwortete die Frau auf Carmens Frage, »was wir über dieses Ding da denken.«

In Carmen stieg leise Verzweiflung hoch. »Ist das denn keine Hutnadel?«

»Der Griff schon. Das ist sogar ein sehr feiner Griff. Solche Nadeln wurden früher in der Gegend rund um den Polarkreis von den Eskimos geschnitzt. Die richtig guten aus den Stoßzähnen von Walrössern, die weniger wertvollen aus Walknochen. Dabei war aber auch die Nadel selbst aus Knochen, nicht wie hier aus Metall.«

Carmen nickte. »Ich kenne Hutnadeln von meiner Großmutter, und bei der waren sie auch nicht aus Metall, sondern aus Horn oder Perlmutt.«

»Metall war früher erstens zu teuer, und zweitens soll wohl mal bei einer Frau, die eine Haarklammer aus Silber trug, der Blitz in die Frisur gefahren sein. Dieser Stift passt auch durch keine der Ösen, die wir in die Damenhüte für Nadeln einarbeiten.«

»Aha.« Carmen war sichtlich enttäuscht. »Wie lautet also Ihr Fazit?«

»Wer immer dieses Gerät da zusammengebastelt hat, er hatte Sinn für Humor. Wenn die Nadel überhaupt mal von einer Frau getragen wurde, dann sicher nur, um ihren Haarknoten zusammenzuhalten und aus Liebe zum Schmied, aber niemals als Hutnadel.«

Carmen bedankte und verabschiedete sich, drehte sich dann aber noch einmal zu der Frau um. »Eine Frage kann ich mir nicht verkneifen, Señora: Wie machen Sie das eigentlich mit der jährlich vorgeschriebenen Inventur?«

Sie zuckte mit den Achseln, und Carmen glaubte zum ersten Mal ein leises Lächeln in ihrem Gesicht zu erahnen. »Wir machen gar nichts, und das nicht ohne Grund. Im vergangenen Frühjahr hat uns das Finanzamt einen Prüfer geschickt. Den haben wir bis heute noch nicht wiedergefunden.«

***

Berger und García Vidal saßen mit Gräfin Rosa und Angela Bischoff beim Essen im Restaurant »Goli« in der Carrer Portell in Santanyí. Sie alle mochten das liebevoll arrangierte Ambiente und die freundliche Bedienung. »Vor allem ist es dort sehr viel billiger, als es gut schmeckt«, pflegte die Gräfin spaßeshalber zu sagen. Den Satz hatte sie von ihrer Tante Auguste, der Großherzogin von Schleswig-Holstein Gottorf, die das »Goli« und vor allem dessen Holunderlimonade ebenso liebte.

»Und was habt ihr nun ganz genau vor?«, erkundigte sich Angela Bischoff.

García Vidal zerteilte mit großem Vergnügen seine frisch gegrillte Goldmakrele oder »Lampuga«, wie sie die Mallorquiner nennen. »Wir werden das Anwesen umstellen und mit Hilfe von Ramirez und seinem SEK stürmen.«

»Was mich an der Geschichte am meisten wurmt, ist die Tatsache, dass uns die Drahtzieher dort vermutlich direkt vor der Nase herumturnen werden, ohne dass wir sie überhaupt als solche erkennen«, murmelte Berger. »Daher wissen sie dann leider, dass wir ihnen auf der Spur sind, und können sich in aller Ruhe einen neuen Austragungsort ihrer Gladiatorenspiele aussuchen.«

Carmen betrat das »Goli« und kam an ihren Tisch. Sie machte einen etwas zerknirschten Eindruck. García Vidal holte ihr einen Stuhl, und sie setzte sich dankbar.

»So, meine Liebe.« Er tätschelte kurz ihre Schulter, bevor er selbst wieder am Tisch Platz nahm. »Nun atme erst einmal durch, und dann erzähl der Reihe nach.«

Carmen tat, wie ihr geheißen, und fasste zusammen, was sie bei ihren Recherchen im Mordfall Fluxá in Erfahrung gebracht hatte. Als sie damit fertig war, hatten alle aufgegessen. Selbst Carmen hatte während ihres Berichts einige Stücke Honigmelone mit Serranoschinken, Melón con Jamón, verdrückt. So gestärkt fühlte sie sich nun schon sehr viel besser.

»Kann man sie denn zwingen, vorzeitig einen abschließenden Bericht abzugeben?«, erkundigte sich die empörte Gräfin.

»Streng genommen«, erwiderte der Comisario, »berichten wir niemals abschließend. Das kann nur der Staatsanwalt. Also wird jeder Bericht, den Carmen abgibt, nur vorbehaltlich sein. Es kann jederzeit etwas hinzugefügt werden, wenn die Ermittlungen es erfordern.«

»Aber hier geht es ums Prinzip«, schimpfte Angela Bischoff.

»Doch was hätte Carmen davon, während ihrer Probezeit gegen den Strom zu schwimmen?« Berger bestellte fünf Cortados. »Sollen sich die hohen Herren bei der Pressekonferenz doch ruhig aus dem Fenster hängen. Wenn sie den falschen Täter präsentieren, sind sie diejenigen, die von den Reportern nach einem Dementi gegrillt werden, nicht Carmen.«

Carmen lachte gehässig auf. »Sollte es wirklich so weit kommen, werde ich wohl meine erste Pressekonferenz abhalten müssen.« Sie trank ihren Cortado aus. »Ich verstehe aber diese seltsame Eile nicht.«

»Ich schon.« Berger grinste sie an. »Sonst haben wir es meist mit Einheimischen zu tun, die wehrlose Touristen meucheln. Endlich ermordet mal eine Deutsche einen Mallorquiner, und dann auch noch einen Nationalisten. Das ist doch Labsal für die Seelen der

Konservativen. Die haben so viel Dreck am Stecken, dass sie ihre Parteitage im Knast abhalten könnten. So aber haben sie wieder einen Helden, einen Saubermann, der feierlich zu Grabe getragen werden kann.«

»Mein Schatz«, ging die Gräfin im Versuch, ihn zu bremsen, dazwischen. »Sehen Sie zu, dass Sie sich jetzt nicht auf die Zunge beißen. Sie würden am eigenen Gift zugrunde gehen.«

»Der Fall scheint jedenfalls längst nicht so klar zu sein, wie es heute Morgen den Anschein hatte. Ich begreife beispielsweise noch immer nicht, was die Nummer mit den beiden blutigen Hutnadeln, die dann doch keine sind, zu bedeuten hat.«

»Was soll denn daran nicht klar sein?«, widersprach der Comisario. »Am Tag vor dem Mord hat man der Dame eine blutverschmierte Hutnadel abgenommen und nach dem Mord eine zweite, ebenfalls blutverschmiert. An letzterer war nachweislich das Blut des Opfers, bei der vom Tag davor steht das Untersuchungsergebnis noch aus.« Er sah Carmen an. »War das so korrekt?«

»Sí, Señor. Aber genau das meine ich doch. Es liegen noch nicht einmal alle Untersuchungsergebnisse vor. Und was ist mit dem Blut neben dem Pool, das ja anscheinend vom Opfer stammt, aber nicht aus der tödlichen Wunde ausgetreten sein kann? Bei so vielen Ungereimtheiten beginnt man doch schleunigst mit den Ermittlungen und schreibt keinen Abschlussbericht.«

»Exakt. Aus diesem Grund warten wir auch erst mal ganz ruhig bis morgen ab, und wenn sich das Blut an der ersten Nadel ebenfalls als das des Opfers erweist, rufen wir beim Staatsanwalt an und sagen ihm, dass er gerade sein eigenes Pressegrab gräbt, wenn er sich nicht zurückhält. Vorher hat das ja doch keinen Sinn. Er würde uns kein Wort glauben.«

Berger grinste wieder. »Und was machen wir, wenn er dann schon in der Grube liegt?«

»Dann war's das wohl mit meiner Probezeit«, meinte Carmen achselzuckend.

»Blödsinn«, wehrte García Vidal ab. »Du bist mir unterstellt, somit tust du nichts anderes, als meine Anweisungen auszuführen.«

»Wie lauten denn Ihre Anweisungen, Chef?«

»Señora Lucas, Bericht schreiben und dann einfach ganz

genauso weitermachen. Wenn da überhaupt jemand Licht ins Dunkel bringen kann, bist du das.«

Berger schnalzte mit der Zunge. »Sollten wir eben den historischen Augenblick erlebt haben, in dem der Zeus des Kriminal-Olymps sein Zepter vertrauensvoll in die Hände der jüngeren Generation legte?«

»Blödsinn«, brummte García Vidal. »Ich fange heute Abend richtige Verbrecher. Da kann ich mich nicht auch noch um so einen Hutnadelschnickschnack kümmern.«

FÜNF

Das Briefing war auf zweiundzwanzig Uhr dreißig angesetzt. Im Rathaus von Campos hatten die Kriminalpolizisten Andrea Bastos und Arantxa Burguera im kleinen Sitzungssaal alles für eine umfassende Unterweisung vorbereitet. Der Saal war von ihnen deswegen gewählt worden, weil er über eine große elektronische Wandtafel verfügte, auf der angezeigt werden konnte, was der Vortragende mit seinem Notebook präsentierte. Im Moment zeigten sie den Einsatzkräften des heutigen Abends Luftbilder ihres Zielobjekts, die am frühen Abend von einer Aufklärungsdrohne gemacht worden waren.

Berger war von dem Anwesen beeindruckt. »So stelle ich es mir vor, wenn Familie Dracula auf Malle Finca-Urlaub macht. Aus welchem Jahr ist das Häuschen?«

Mit dieser Frage erwischte der Residente den Kollegen Bastos kalt.

»Das, was heute lediglich der zentrale Raum im Hauptgebäude ist, wurde 1730 gebaut«, sprang Arantxa für ihn ein. »Die mallorquinischen Besitzer fielen bei den Spaniern in Ungnade und wurden Anfang des 19. Jahrhunderts enteignet. Das Anwesen wurde dann 1814 inklusive Adelstitel von König Ferdinand VII. an den Mallorquiner Marqués Jaume de Bellpuig verschenkt. Er hatte es im Krieg gegen die Franzosen bis zum General gebracht und mit seinen Truppen entscheidende Schlachten gewonnen.«

García Vidal war beeindruckt. »Woher weißt du das alles?«

»Den Kram rund um Ferdinand VII. lernt man in Heimatkunde auf der Schule. Dass das Anwesen einmal Bellpuig gehörte, habe ich aus dem Internet. Als Polizeikadetten wollten wir dort unser Abschlussfest feiern. Das hat dann aber nicht geklappt.«

»Interessante Geschichte. Was genau hat denn ausgerechnet den Mallorquiner dazu bewogen, sich für die ungeliebten Spanier zu schlagen?«, wollte Berger wissen.

»Der schnöde Mammon. Den Bellpuigs gehörte schon fast ganz Calvia, als der Sohnemann sich 1809 entschloss, für den reichen König in den Krieg zu ziehen. Jaume war der erste mallorquinische

Söldner, wenn Sie so wollen. Er hatte hier unten bei Campos zwar seinen eigenen Landsitz, der von einem Verwalter bewirtschaftet wurde, aber gelebt hat der hier ungeliebte Marqués in Katalonien. Er kam nur ab und zu mal her, um Gericht zu halten. Das durften damals nur die Granden. Bis es so weit war, wurden die Leute in den Verliesen der Finca eingekerkert oder mussten Zwangsarbeit verrichten.«

»Wohnen heute auch noch Bellpuigs auf der Insel?«

»Nein. Franco hat Jaumes Teil der Familie 1938 sämtliche Titel aberkannt, da sich seine Nachkommen auf der für ihn falschen Seite engagiert hatten. Dieser Landsitz wurde in der Folge einem höheren Francista zugeschustert.«

»Aus der Luft sieht das Ding ziemlich verfallen aus«, meinte der Comisario.

Arantxa nickte. »Das ist es auch. Heute wohnen zwei alte Leute darin, die schon seit Jahren versuchen, das Gemäuer zu verkaufen. Da es aber unter Denkmalschutz steht, will es keiner haben.« Sie setzte sich.

Jordi Vidal, der ebenfalls zum Vorbereitungsteam gehörte, übernahm und machte seine Sache richtig gut.

Nachdem alle einen Überblick über das zu erstürmende Anwesen hatten, präsentierte der Leiter der Sondereinheit Capitán Ramirez die Einteilung seiner Leute und erklärte den Truppführern der Policía Local, wo sie die SEK-Leute unterstützen konnten.

»Unsere Beobachter melden, dass die Zuschauer langsam eintrudeln. Ich würde den Zugriff daher für dreiundzwanzig drei null einplanen. Noch Fragen?«

Berger meldete sich. »Sind bei diesem Gemäuer irgendwelche unterirdischen Fluchtwege bekannt?«

»Ja. Einer führt hier entlang zu diesem alten Schafstall.« Ramirez tippte mit einem Zeigestock auf ein kleines, etwa dreihundert Meter vom Hauptgebäude entfernt gelegenes Häuschen. »Wir werden den Stall mit Strohballen vollstopfen, sodass die Falltür vom Fluchttunnel aus nicht mehr geöffnet werden kann. Der Stall steht nämlich wie alle anderen Bauten auch unter Denkmalschutz. Wir dürften ohne Genehmigung des Landeskonservators nicht einmal einen Nagel ins Holz schlagen.« Er schaute sich um. »So, das war's von mir.«

García Vidal erhob sich. »Ich habe mich für die äußerst professionelle Vorarbeit zu bedanken und nur noch eine Kleinigkeit anzumerken: Carmen wird bei der Aktion nicht direkt involviert sein. Sie hat mit unserer Poolleiche eine eigene Baustelle.« An Carmen gewandt, ergänzte er: »Ab morgen übernimmst du die Leitung der Mordkommission und suchst dir dein Team bitte selbst aus. Sieh zu, dass du möglichst bald mit der vermeintlichen Täterin sprechen kannst. So, und nun viel Erfolg bei unserem Einsatz.«

»Moment bitte«, kam es vom Kommandanten der ortsansässigen Policía Local. »Ich habe gehört, dass es da schon ein umfassendes Geständnis geben soll. Demzufolge wurde das Opfer Miguel Fluxá von seiner deutschen Schlampe heimtückisch ermordet, nicht vermeintlich getötet.«

»Es freut mich, Señor, dass Sie so objektiv und ohne jeglichen Vorbehalt an die Sache herangehen. Vielleicht beginnen Sie schon einmal damit, auf der Plaça Mayor einen Scheiterhaufen aufzustapeln. Der nötige Schuldspruch zur Hexenverbrennung ist ja bereits am Stammtisch Ihrer Bar gefällt worden, oder?«

Der Mann erhob sich mit hochrotem Kopf und schickte sich an, den Raum zu verlassen. »Damit haben Sie, Señor Comisario, nur zu deutlich gezeigt, was aufrechte Mallorquiner, von denen Miguel Fluxá einer der Besten war, von Ihnen zu halten haben«, brachte er verärgert hervor.

»Und Sie, Señor Comandante, belegen mit Ihrem Gefasel meinen Verdacht, dass es sich bei diesen sogenannten ›aufrechten Mallorquinern‹ um nichts anderes als christianisierte Primaten handelt. Guten Tag.«

Betretenes Schweigen herrschte im Raum, als sich nun nach und nach auch alle anderen Kollegen erhoben und den Raum verließen, um die ihnen zugewiesenen Positionen einzunehmen.

Capitán Ramirez klopfte dem Comisario anerkennend auf die Schulter. »Meinen Respekt, Cristobal, aber wenn Sie sich so weit aus dem Fenster lehnen, sollten sie vorher überlegen, in welcher Höhe es sich befindet.«

»Danke, doch je höher, desto besser. Wenn ich schon Flagge zeige, soll sie auch jeder sehen können.«

***

Hayarpi Kevorkian liebte den Ausblick von ihrem Bürofenster auf die Stadt. Als Kind hatte sie davon geträumt, nur ein einziges Mal vom Dach eines Hochhauses auf eine europäische Stadt sehen zu können. Nun hatte sie sich ihren Traum mit einem Penthouse im zweiundvierzigsten Stock eines Bürohauses in Valencia erfüllt. Arsham Ramarkhan, ihr schon fast greiser Butler, betrat leise ihr Büro.

»Madame, wir sollten uns auf den Weg machen. Wenn Sie die Veranstaltung besuchen wollen, müssen wir jetzt zum Schiff.«

Sie nickte. »Du hast unser Gepäck beisammen?«

»Selbstverständlich, Madame.«

Sie erhob sich von ihrem Schreibtischstuhl und umarmte den weißhaarigen Mann. »Ach, Arsham, du bist das Wertvollste, was mir mein Vater hinterlassen hat.«

Er war sichtlich stolz. »Deswegen sind wir auch so ein gutes Team.«

Die drückte ihn herzlich. »Das beste Team, Arsham, das allerbeste.«

***

Die Gegend rund um die Finca war weiträumig abgesperrt, und bereits fünf Minuten vor dem Countdown standen sämtliche Teams an ihrem Platz. Eines davon bildeten Berger, der Comisario und Andrea Bastos.

»Miguel«, schimpfte García Vidal, »wo zum Kuckuck ist Ihre Waffe?«

Berger zog seine Sig Sauer und entsicherte sie. »So, zufrieden?«

Der Comisario nickte. »Wir sind hier schließlich nicht zum Kinderfest auf einem Ponyhof.«

Auf die Sekunde pünktlich kam von Ramirez das »Go«. Langsam schlichen die drei mit vorgehaltenen Pistolen zu der Tür, durch die sie in das Haupthaus eindringen sollten. So planten sie zu verhindern, dass sich Veranstaltungsteilnehmer darin verstecken konnten. Berger nahm auf dem Weg die Autos, die rund um das Herrenhaus parkten, mit Skepsis zur Kenntnis. »Miguel, ich schwöre Ihnen, dass wir hier und heute keinen einzigen Boxpromoter erwischen. Das sind alles ganz normale Autos. Ein gutes

Drittel davon Mietwagen. Diese Klientel ist vielleicht gut genug für ein Tipp-Kick-Turnier, aber das ist kein Publikum für Ultimate Fighting.«

»Wir werden sehen«, zischte García Vidal.

Auf ein Zeichen seines Chefs hin öffnete Bastos die ihnen zugewiesene Tür. Sie war nicht verschlossen. Geräuschlos betraten die drei die dunkle Küche des Anwesens. Der Nebenraum, der von diesem durch einen Kettenvorhang gegen die Fliegen im Türrahmen abgetrennt war, schien belebt zu sein, zumindest war ein Fernseher zu hören. Ein kurzes Nicken von Berger, und der Comisario zerteilte mit der vorgehaltenen Waffe die Aluminiumketten und stand gleich darauf in einem kleinen halbdunklen Raum, in dem ein altes Ehepaar vor dem Fernseher saß. Beide erschraken fürchterlich, als sie die drei bewaffneten Männer bemerkten.

Der Alte fasste sich als Erstes. »Buenas noches, Señores. Wie können wir Ihnen helfen?«

»Ich bin Comisario García Vidal von der Policía Nacional. Sind Sie die Besitzer dieses Hauses?«

»Sí. Also, uns gehört es, aber wir haben es für dieses Wochenende vermietet.«

»An wen?«

»An Marokkaner.«

»Kennen Sie die Leute?«

»Nein«, erwiderten beide. »Aber sie zahlen gut.«

»Sie wissen, dass es in Ihrer Scheune heute Nacht um Leben und Tod geht?«

»Sí.« Der Alte grinste verschmitzt. »Wir dürfen uns ja dann auch um die Opfer kümmern.«

Die Frau ergänzte: »Die Verlierer kommen in die Suppe. Ist lecker, Señor. Wenn Sie etwas Geduld haben, können Sie sie heute Nacht noch kosten.«

Aus der Scheune waren laute Rufe zu hören, aber keine Schüsse, wie García Vidal erleichtert zur Kenntnis nahm. Über Funk meldeten die Teams, dass sie ihren Teil des Hauses gesichert hatten.

Ramirez' Stimme erklang aus dem Funkgerät. »Comisario, ich denke, es wird Zeit, dass Sie in den Veranstaltungssaal kommen.«

Nach der Information, dass die Verlierer in die Suppe kämen, dämmerte es García Vidal langsam, dass er mit ganz großem Kino eine Hahnenkampfveranstaltung hatte auffliegen lassen. Die Oberen vom Inselrat werden mir das wieder vom Gehalt abziehen wollen, dachte er verdrossen, als er mit Berger und Bastos die Scheune betrat. Dabei war es im Prinzip das Gleiche wie Ultimate Fighting, nur eben mit Hühnern.

Im Saal selbst herrschte durch die Lichtkegel, die von vier Seiten her auf die kleine Kampfarena gerichtet waren, eine unwirkliche Stimmung. Die Grundfläche von ungefähr fünfundzwanzig Meter Breite und zwanzig Meter Länge war nur dort in der Mitte ausgeleuchtet, und der Raum hatte kaum Fenster, sodass auch tagsüber eine dunkle, muffige Atmosphäre herrschen musste. Im Sommer mochte es hier angenehm kühl sein, im Winter hingegen dürften sich Vieh und Gesinde den Tod geholt haben.

García Vidal sah in die betretenen Gesichter der Wetter und Veranstalter. Alles Kleinkriminelle, die der Staatsanwalt sicherlich ganz ohne Verhandlung nach einer Geldstrafe nach Hause gehen lassen würde. »Arantxa, Andrea und Jordi, ihr nehmt die Personalien auf«, befahl er knapp. »Ramirez, Sie und Ihre Leute können sich zurückziehen. Ich werde morgen gleich als Erstes nach Palma fahren, um dort zu beichten.« Er wandte sich um und verließ den Ort seiner Niederlage ohne weiteren Kommentar.

Draußen auf dem Parkplatz setzte er sich erschöpft in die offene Tür eines Mannschaftswagens. »Herrje, was für eine Scheiße. So eine Pleite hatte ich ja schon lange nicht mehr. Und zu allem Überfluss wird die Nachricht die Runde machen, und alle Promoter von echten Fights werden, wie Sie schon sagten, Miguel, gewarnt sein.« Er stützte niedergeschlagen den Kopf in die Hände. »Mann, ich hab's wirklich gründlich verbockt.«

»Erstens haben wir es alle verbockt«, sagte Berger und befreite seine Waffe mit einem kleinen Leinenlappen vom Staub, »und zweitens wurden Leben gerettet, wenn auch nur Hühnerleben.«

»Man kann es aber auch so sehen, dass ich zwei arme Rentner um ihre Suppe beschissen habe. Von meinen Gegnern im Inselrat werde ich morgen jedenfalls einiges zu hören kriegen.«

»Jetzt rächt es sich vielleicht, dass Sie den Dorfsheriff von Campos heute so rundgemacht haben.«

»Ach was. Was raus muss, muss raus. Dieses reaktionäre Arschloch hatte ich schon lange auf meiner Liste.«

»Dann sehen Sie zu, Cristobal, dass Sie von seiner Liste so schnell wie möglich wieder runterkommen. Es könnte sonst unangenehm für Sie und damit für uns alle werden.«

***

Der Comisario hatte sich verabschiedet und war schon auf dem Weg nach Hause. Berger wartete noch auf Carmen, die den Einsatz vom Kommandowagen aus beobachtet hatte. Sie wohnten ja beide auf der gräflichen Finca, da konnte sie ihn mitnehmen. Wortlos setzte sich Carmen ans Steuer ihres Wagens und fuhr los.

»Carmen«, begann Berger das Gespräch, »was liegt dir auf der Seele?«

»Sehe ich so aus, als läge da etwas?«

»Jede Menge, also raus mit der Sprache.«

Sie fand noch nicht die richtigen Worte.

»Hat er dich mit der Leitung der neuen Mordkommission überrumpelt?«

Sie nickte leicht. »Dass das einmal kommen würde, war mir klar. Aber nicht so schnell, und dann vor allem nicht bei einem so kniffligen Fall.«

»So knifflig ist der gar nicht. Dass da etwas nicht stimmt, liegt auf der Hand. Dein Job ist es, herauszubekommen, was das ist.«

»Ja, aber mir ist nicht wohl dabei. Die Konservativen wollen mit aller Gewalt ihr Bauernopfer, wie es scheint, und ich habe einfach das Gefühl, ich sollte bei der Suche nach der Wahrheit besonders auf der Hut sein, damit ich nicht dieses Opfer bin.« Sie sah ihn an. »Ich hätte da eine Idee. Haben Sie noch etwas Zeit?«

»Für dich immer, selbst mitten in der Nacht, aber wozu?«

»Ich würde gern mit Ihnen auf die Finca von Miguel Fluxá fahren. Vielleicht habe ich dort etwas übersehen, was Ihnen sofort ins Auge springt.«

Begeistert war Berger nicht. »Jetzt in der Nacht werden wir kaum etwas erkennen.«

»Wir können Licht machen.«

»Warum ist es denn so wichtig, dass wir da jetzt noch hinfahren?«

»Ganz einfach.« Sie lächelte ihn an. »Morgen früh werde ich zur Verlobten des Toten nach Manacor in die Klinik fahren. Ich hoffe, durch Sie Tipps zu bekommen, was ich Frau Riesche fragen soll. Außerdem ist da etwas in dem Haus, was ich nicht fassen oder beschreiben kann. Sie haben dafür doch Antennen.«

Berger gab sich geschlagen, und schon nach einer Viertelstunde ließ Carmen den Wagen vor der Finca ausrollen. Sie holte einen Schlüssel aus dem Handschuhfach und drückte darauf. Das Rolltor glitt zur Seite. Sie stiegen aus.

»Moment«, rief Berger, um sie zu stoppen, als sie arglos das Tor durchschritt. »Gab es hier nicht einen Dobermann, der schweigsam, aber unerbittlich sein soll?«

Carmen lächelte. »Er ist eine Doberfrau, und wir sind mittlerweile befreundet. Sie hat heute Nachmittag sogar Futter von mir angenommen. Sie sitzt da drüben und beobachtet uns.«

Berger wollte auf dem Absatz kehrtmachen und das Grundstück verlassen.

»Feigling«, rief Carmen und lachte.

»Wieso Feigling? Ich habe nicht umsonst Respekt vor solchen Viechern. Vor allem Dobermänner sind unberechenbar.«

»Blödsinn«, brummte Carmen. »Hunde sind weitaus berechenbarer als Menschen.« Sie kniete sich mit einem Bein auf die Erde und zog eine Plastiktüte mit Leckerlis aus der Tasche. »Schau doch mal her, meine Liebe. Komm bei Fuß und hol dir einen Hundekuchen.«

Die Hündin näherte sich Carmen erst, nachdem Berger ein paar Schritte zurückgegangen war. Dann aber schien das Eis zwischen den beiden Damen gebrochen zu sein. Das Tier ließ sich nicht nur von Carmen streicheln, es forderte sie geradezu dazu auf. Zum Dank leckte der eigentlich scharfe Dobermann Carmen dankbar über die Hände.

»Sie können jetzt wieder näher kommen.«

Berger machte ein paar Schritte auf die beiden zu, und es schien die Hündin wirklich nicht weiter zu stören.

»Warum hat sie uns nicht zerfleischt, als wir das Grundstück betreten haben?«

»Ihr wurde beigebracht, dass Freunde das Grundstück betreten, wenn sich das Tor bewegt. Hätten wir versucht, über den Zaun zu klettern, müsste sich jetzt wohl jeder von uns eine neue Jeans kaufen.«

»Und einen neuen Hintern, wenn ich mir dieses Tierchen so ansehe.« Berger fasste sich intuitiv an die rechte hintere Hosentasche. »Aber das Tor war es wohl nicht allein. Du scheinst mir so eine Art Hundeflüsterin zu sein.« Er sah die beiden lächelnd an. »Haben wir ein neues Teammitglied auf unserer Finca?«

Carmens Augen glänzten. »Von mir aus ja. Ich denke, wir müssen vor allem Shakespeare und Filou dazu befragen.«

»Und die Erben dieser Finca hier.«

Carmen streichelte die Hündin. »Bisher hat sich niemand um sie gekümmert, da ist es durchaus vertretbar, wenn ich sie erst einmal mit zu mir nehme.«

»Weißt du, wie sie heißt?«

Sie schaute der Hündin in die Augen. »Heißt du Bella?«

Das Tier bellte freudig.

»Okay, Bella. Du machst Sitz«, der Hund setzte sich artig, »und passt schön auf, während wir uns ein bisschen umsehen.«

Berger grinste. »Wenn die sitzen bleibt, fresse ich einen Besen.«

»Gut.« Carmen erhob sich wieder. »Dann suchen Sie sich schon mal einen aus. Es wird sicher irgendwo eine Besenkammer geben.« Sie machte eine einladende Geste. »Wollen wir uns umsehen?«

Sie schloss auf und machte überall Licht.

Berger schaute sich aufmerksam um. Miguel Fluxá schien Geschmack gehabt zu haben. Da standen traditionelle mallorquinische und Designermöbel wundersam harmonierend nebeneinander. Die Wohntechnik war auf dem modernsten Stand, ohne zu dominieren, und die Küche glich dem Kommandostand der Enterprise. Sie suchten der Reihe nach alle Zimmer ab.

»Wenn niemand aufgeräumt hat, hat hier mit Sicherheit kein Kampf stattgefunden.«

Sie betraten das Schlafzimmer.

»Die Betten sind das einzige Unordentliche im ganzen Haus. Auch sonst steht alles noch so da wie vorhin, bis auf die seltsamen Nasentropfen.«

Berger horchte auf. »Was ist an Nasentropfen seltsam?«

»Die standen auf dem Nachttisch und waren ganz neu.«

»Dann werden sie neu gewesen sein.«

»Ja, aber es waren keinerlei Fingerabdrücke darauf. Kein Mensch holt ein Fläschchen so aus der Schachtel, dass er es nicht einmal anfasst.«

Berger nickte. »Da hast du wohl recht. Habt ihr den Inhalt überprüft?«

»Sí. Es sind stinknormale Nasentropfen.«

»Du hast mit deinen Zweifeln vollkommen recht. Das alles hier ist sehr widersprüchlich. Niemand lässt sich, selbst wenn er schläft, ohne jegliche Gegenwehr mit einer Hutnadel abstechen. Wo wurde Fluxá gefunden?«

»Dort draußen im Pool schwimmend.« Sie wies auf die Tür zur Terrasse.

Berger öffnete sie, ging hinaus und blieb vor der Blutlache stehen, die nur so von Fliegen wimmelte.

»Er wurde mit der Hutnadel erstochen, deren Bild du uns vorhin im Restaurant gezeigt hast?«

»Sí.«

»Und das Blut hier ist zweifelsfrei das von Miguel Fluxá?«

»Sí.«

»Hm.« Er kratzte sich nachdenklich am Kopf. »Also, ignorieren wir mal, dass der Rechtsmediziner der Ansicht ist, es sei kein Blut aus der Stichwunde ausgetreten. Wenn Fluxá hier draußen abgestochen wurde, muss er gelegen haben. Würde so viel Blut im Stehen aus dem Körper austreten, gäbe es keine einzelne Lache, sondern Spritzer. Doch warum ist er dann noch in den Pool gefallen oder gerollt? Zumal dann auch viel mehr Blut im Wasser gewesen sein müsste. Habt ihr das eigentlich überprüft?«

»Ja, mit einem Schnelltest. Absolut keine Verfärbung.«

»Tja, Carmen, für deinen ersten Fall hast du dir gleich ein kniffliges Ding ausgesucht. Das muss der Neid dir lassen.« Er ließ den Blick durch den hell erleuchteten Garten schweifen. »Es ist nichts Besonderes zu sehen. Dennoch hast du recht. In diesen Räumen wabert eine seltsame Stimmung.«

»Lachen Sie mich bitte nicht aus«, erwiderte Carmen, »aber als ich vorhin eine Weile allein im Haus war und Bella gefüttert habe, da war mir so, als wollten mir die Möbel, die Accessoires etwas sagen. Doch sosehr ich auch versuchte, darauf zu lauschen, was es war, ich verstand sie nicht.«

Berger nickte. »Das kenne ich nur zu genau, meine Liebe. Es kommt einem vor, als würden sie mit einem reden, aber in einer Sprache, die man nicht versteht.«

»Und was soll ich nun machen?«

»Bleib einfach am Ball. Hör weiter zu. Irgendwann wirst du verstehen, was sie sagen. Ich stimme mit dir überein, dass hier etwas nicht stimmt. Das alles passt nur für diejenigen zusammen, die Fluxás Verlobte unbedingt als Sündenbock haben wollen.«

Sie löschten die Lichter.

»Wer profitiert von seinem Tod, hast du das schon herausfinden können?«

Carmen blätterte in ihrem Notizblock. »Soweit ich es bei dem Anwalt des Toten recherchieren konnte, seine zukünftige Ehefrau. Die beiden Kids bekommen jeder nur den Pflichtteil.«

Sie traten nach draußen.

»Daraus wird, wenn die Verlobte als seine Mörderin verurteilt wird, aber nichts. Weißt du etwas über das Verhältnis zwischen Vater und Kindern?«

»Nein, aber es kann nicht besonders gut gewesen sein. In keinem der Zimmer steht ein Bild von ihnen. Es deutet auch nichts darauf hin, dass noch mehr Leute zu diesem Haushalt gehören oder einmal gehört haben.«

Sie verließen das Haus, und Carmen verschloss die Tür. Bella wedelte vor Freude mit ihrem Stummelschwanz, als sie Carmen sah, blieb aber brav an genau dem Fleck sitzen, der ihr vorhin von ihrem neuen Frauchen angewiesen worden war. Die grinste Berger frech an und sagte: »Ich wünsche guten Appetit bei Ihrem Besen, Señor.«

***

Es war zwar schon tiefe Nacht, als die beiden mit Bella auf der gräflichen Finca eintrafen, dennoch brannte Licht im Wohnzimmer.

»Angela ist da«, bemerkte Berger mit Blick auf das Auto von Angela Bischoff, »und wird sich mit der meinigen festgequatscht haben. Da wird für uns zwei Hübsche noch ein Glas Rotwein übrig sein, denke ich.«

Sie betraten das Haus und gingen in die Küche, in der ein großer Napf mit Wasser für die Tiere stand. Bella trank, nachdem Carmen sie dazu aufgefordert hatte. Als sie fertig war, gingen sie gemeinsam ins Wohnzimmer. Tomeus Wolfshund Shakespeare und das gräfliche Hausschwein Filou richteten sich sofort auf ihrem gemeinsamen Lager auf, als Carmen mit dem Neuzugang in der Tür stand.

»Bella, sitz«, kam das Kommando, und der Hund setzte sich sofort. Die Tiere betrachteten sich aufmerksam, aber nicht feindlich gestimmt.

Rosa begrüßte Berger mit einem innigen Kuss. Angela Bischoff erhob sich zur Begrüßung ebenfalls.

»Ihr kommt aber spät. Wo wart ihr noch? Cristobal ist schon längst in seiner Wohnung angekommen.«

»Tut mir leid, ihr Lieben. Wir sind noch kurz zum Tatort von Carmens Fall gefahren.«

Die Gräfin holte zwei weitere Gläser aus einer Anrichte. Sie schaute zu Bella, die noch immer brav dasaß. »Und was ist das für ein freundliches Wesen?«

»Das ist Bella«, sagte Carmen, »und ich möchte hiermit offiziell einen Asylantrag für sie stellen.«

Gräfin Rosa sah Carmen etwas besorgt an. »Das ist ein ausgewachsener Dobermann. Hast du ihn auch im Griff?«

»Da macht euch mal keine Sorgen.« Berger grinste. »Über kurz oder lang hat dieses Vieh *uns* fest im Griff. Wie alle Vierbeiner hier.«

Carmen trank einen Schluck Rotwein, den die Gräfin ihr eingegossen hatte. »Viel wichtiger ist, dass Bella sich hier in der Rangfolge einreiht.« Sie drehte sich zu ihr und zeigte auf Shakespeare. »Bella, geh zu Shakespeare und stell dich vor.«

Bella erhob sich und ging vorsichtig und mit gesenktem Kopf auf das riesige Tier zu. Fast geduckt stand sie vor ihm. Erst beschnüffelten sich die beiden Hunde, dann Filou und der Dobermann. Von Shakespeare war ein kurzes, freundliches Knurren zu hören. Vorsichtig legte sich Bella zwischen die beiden noch sitzenden Tiere, was aber zu einem gellenden Protestquieken des

Schweins führte. Bella erhob sich sofort und legte sich brav auf die äußerste Kante des gemeinsamen Lagers.

Berger erhob sein Glas. »So einfach kann das Miteinander zwischen zivilisierten Lebewesen sein. Daran sollten wir Menschen uns ein Beispiel nehmen.«

***

Der Comisario hatte sich kurzfristig dazu entschlossen, alle an der gestrigen Aktion Beteiligten schon für acht Uhr früh zur Manöverkritik zusammenzutrommeln, um danach in Ruhe beim Inselrat Bericht zu erstatten.

»Das Fazit«, begann er, »ist schnell gezogen. Die Aktion war ein voller Erfolg, alles hat hervorragend geklappt, wir haben uns nur bis auf die Knochen blamiert. Für Letzteres übernehme ich natürlich die Verantwortung. Arantxa, du warst die Letzte, die gestern vom Hof geritten ist. Ich bitte um deine Zusammenfassung.«

Die Kollegin erhob sich. »Tja, es ist eigentlich alles Nötige gesagt. Die Initiatoren der Kämpfe sind überführt und identifiziert, der Staatsanwalt wird vielleicht Anklage gegen sie erheben.«

Berger wurde hellhörig. »Wieso nur vielleicht?«

»Weil es sich bei den Drahtziehern der Veranstaltung um die beiden Zwillingssöhne des Bürgermeisters von Llucmajor handelt. Zusätzlich haben wir die missratene Brut der halben Inselregierung geschnappt. Der Staatssekretär hat mich heute früh direkt zusammengeschissen. Wir hätten es bei dieser Aktion am nötigen Fingerspitzengefühl fehlen lassen, behauptet er.«

»Super.« Der Comisario stöhnte auf. »Dann werde ich mir in Palma gleich ebenfalls eine gehörige Standpauke abholen.«

»Das ist doch wohl nicht wahr«, raunzte Berger böse. »Interessiert es hier denn gar niemanden, dass die Herren Söhne der Inseloberen ihre Freizeit mit kriminellen Handlungen verbringen?«

Um ihn herum herrschte betretenes Schweigen.

»Wieso sind die, die diese Früchtchen geschnappt haben, jetzt die Bösewichte?«, verlangte Berger zu erfahren. »Wie tickt diese Insel eigentlich?« Seine Hand landete donnernd auf dem Konferenztisch.

García Vidal räusperte sich. »Sie tickt genauso, Miguel, wie jede andere Insel dieser Welt. Und nun hören Sie auf, den Moralapostel zu spielen. In ganz Europa müssen die Altvorderen eingestehen, dass wir unsere Nachkommen zu dekadenten Schnöseln erzogen haben. Je reicher sie sind, desto schlimmer ist es. Und glauben Sie mir, wir haben es noch gut getroffen. Hätte unsere Aktion so, wie sie gelaufen ist, in Moskau stattgefunden, hätte uns Putin senior schon längst in einen Viehwaggon verfrachten lassen und nach Sibirien geschickt. Da ist es dunkel, da ist es kalt, und da gibt es keine Gräfin und vor allem keinen Cortado.«

»Mallorca ist wunderbar«, kam es kleinlaut von Berger. »Um auch mal etwas Positives zu sagen: Hut ab vor dem Chef der Policía Local von Campos. So idiotisch, wie er sich in der Vorbesprechung auch aufgeführt hat: Er hat niemanden vor der Aktion gewarnt. Ein paar vor dem Gesetz Aufrechte scheint es doch noch zu geben.«

»Na also.« García Vidal entspannte sich. »Arantxa und Andrea haben die Nacht durchgemacht und gehen jetzt erst einmal eine Runde schlafen. Marga, du übernimmst bitte.« Die Kollegin Marga Santos nickte, und der Comisario schaute sich in der Runde um. »Kommen wir zu dir, Carmen, wie willst du heute vorgehen? Und vor allem hätte ich gern eine Erklärung dafür, dass du jetzt mit einer Kampfmaschine zum Dienst kommst.« Er richtete seinen Blick auf Bella, die ganz artig in der Ecke des Raumes saß und ihr neues Frauchen dabei keine Sekunde lang aus den Augen ließ.

Carmen lächelte. »Das ist keine Kampfmaschine, sondern eine Seele von Tier. Sie hört auf den Namen Bella und gehörte Miguel Fluxá. Ich kümmere mich um sie, bis ein neuer Besitzer feststeht. Ansonsten gibt es seit gestern nichts Neues. Der Staatssekretär hat für vier Uhr nachmittags eine Pressekonferenz anberaumt, und ich werde mich gleich auf den Weg machen, um von der vermeintlichen Mörderin ein gerichtsverwertbares Geständnis zu bekommen. Außerdem habe ich eine SMS aus der Rechtsmedizin bekommen, dass bei dem Toten K.-o.-Tropfen im Mageninhalt nachgewiesen werden konnten. Die Spurensicherung ist bereits unterwegs, um alle auffindbaren Lebensmittelreste und Trink- oder Essgefäße in der Finca daraufhin zu untersuchen.«

»Okay.« Der Comisario klopfte mit der flachen Hand auf den Tisch. »Lassen wir es dabei. An die Arbeit. Carmen, du bleibst bitte noch kurz bei mir.«

Alles erhob sich, und García Vidal wartete, bis er und Berger mit Carmen und Bella allein im Raum waren. Dann sah er seine Assistentin strafend an. »Hör mal, Carmen, bist du eigentlich verrückt, einfach so ein Tier vom Tatort zu entführen?«

»Wer spricht denn von entführen?«, fragte Carmen entsetzt.

»Derjenige, der dir an den Karren pissen will. Das Tier ist das Eigentum von irgendjemandem. Das kannst du dir nicht einfach unter den Nagel reißen. Außerdem finde ich die Aktion deiner Familie gegenüber unverantwortlich. Das ist ein ausgewachsener Dobermann. Du hast eine kleine Tochter.«

»Esmeralda und Bella waren heute Morgen bereits ein völlig ineinander vernarrtes Knäuel. Es ist nur in dem Sinne unverantwortlich, dass es ein großes Drama geben wird, wenn ich das Tier zurückgeben muss.«

»Also gut, aber bitte achte peinlichst genau auf die Dienstvorschriften. So, wie der Fall liegt, werden wir die hohen Herren da oben schwer verärgern, wenn du Ermittlungen in einem ihrer Ansicht nach abgeschlossenen Fall anstellst. Mit solchen Eskapaden wie mit dem Hund machst du dich angreifbar und tust denen nur einen Gefallen. Haben wir uns verstanden?«

»Sí, Señor.«

»Schreib also bitte explizit in deinen Bericht, dass du das völlig verwahrloste, hungrige und traumatisierte Tier nur so lange in Pflege genommen hast, bis die Besitzverhältnisse geklärt sind. Und lass dir das möglichst noch von einem Veterinär bestätigen.«

***

Da der Comisario den restlichen Vormittag mit dem Gang nach Canossa beschäftigt sein würde, beschloss Berger, Carmen nach Manacor zu begleiten, wofür sie ihm sehr dankbar war. Auf halbem Weg erreichte sie die Nachricht, dass der Staatsanwalt Alejandro Vela nach dem Erhalt von Carmens Bericht die Überführung von Vanessa Riesche vom Krankenhaus in die U-Haft nicht nur angeordnet hatte, sondern sie bereits vollziehen ließ.

Berger versuchte, Carmen zu beruhigen. »Das habe ich fast erwartet. Der will dich vor vollendete Tatsachen stellen.«

Carmen wendete den Dienstwagen und schlug den Weg nach Palma ein. »Und wie soll ich mich jetzt verhalten?«

»Du ermittelst natürlich weiter und stellst der Staatsanwaltschaft wie immer die Ergebnisse deiner Arbeit zur Verfügung. Das ist ja dein Auftrag als ihre Erfüllungsbeamtin. All das, was in den Akten steht, muss der Staatsanwalt auch dem Anwalt der Beklagten zur Verfügung stellen – oder besser gesagt: der zukünftigen Beklagten. Noch hat er ja keine Anklage erhoben. Deswegen musst du da auch den kleinsten Furz vermerken.«

»Laut der Unterlagen, die ich am Tatort gefunden habe, hat die Arme kein Geld. Also wird ihr ein Pflichtverteidiger an die Seite gestellt, den die Staatsanwaltschaft aussucht. Dementsprechend devot wird er ihr gegenüber sein. Er will ja wieder neue Mandanten zugewiesen bekommen.«

»Tja, Carmen, so funktioniert das eben mit der berühmten Gewaltenteilung. Die Judikative kann sich der Exekutive nur deshalb bedienen, weil die Legislative es ihr erlaubt.«

»Und wie kann man das ändern?«

»Du wählst diejenigen Menschen ins Parlament, die der Judikative auf die Pfoten hauen. Aber das hieße, mit Kanonen auf Spatzen zu schießen. Im Prinzip klappt es mit der Gewaltenteilung ja ganz gut, selbst hier in Spanien. Es ist also an dir, der Staatsanwaltschaft deine Spielchen aufzuzwingen. Was das betrifft, ist Cristobal übrigens ein wunderbarer Lehrmeister.«

»Der sich gerade von der Legislative in seinen Exekutivhintern treten lässt.« Sie winkte ab. »Verschonen Sie mich mit dem Blödsinn.«

»Das ist kein Blödsinn, das ist die hohe Kunst der Diplomatie. Du wirst sehen, Cristobal steht heute Abend als Punktsieger da.«

Den Rest der Fahrt ins staatliche Frauengefängnis legten sie schweigend zurück. Angela Bischoff, die Vanessa Riesche seitens des deutschen Konsulats unterstützen sollte, wartete dort schon auf sie. Der Verhörraum, der ihnen zugewiesen wurde, war kalt und zweckmäßig. Es stand nur ein Tisch mit vier Stühlen in der Mitte, die Wände waren kahl. Carmen wollte sich auf die Befragung konzentrieren, aber als das Häuflein Elend, das Vanessa Riesche war, hereingeführt wurde und vor ihr Platz nahm, war ihre Professionalität kurzfristig in Gefahr, von ihrem Mitleid weggewischt zu werden. Sie gab sich einen Ruck.

»Sie sind Frau Vanessa Riesche?«

»Sí.«

»Wären Sie damit einverstanden, wenn wir das Verhör in Ihrer Muttersprache führen?«

Ein Lächeln huschte über das Gesicht der Gefangenen. »Ganz im Gegenteil. Da wäre ich Ihnen sogar sehr dankbar.«

»Wunderbar, dann muss ich also keinen Dolmetscher rufen. Auf Wunsch der Beklagten sind vom deutschen Konsulat Frau Angela Bischoff, Herr Michael Berger als offizieller Berater der Policía Nacional und Carmen Lucas, die in diesem Fall leitende Kriminalkommissarin, anwesend. Frau Riesche, Sie stehen im dringenden Tatverdacht, Ihren Verlobten, Miguel Fluxá, mit einer Hutnadel erstochen zu haben. Haben Sie diese Anschuldigung in ihrer ganzen Tragweite begriffen?«

»Ja, das habe ich.«

»Sie haben auf einen Anwalt verzichtet. Sind Sie sicher, dass Sie zu dieser Befragung keinen Rechtsbeistand hinzuziehen möchten?«

»Ja. Ich kann mir auch keinen leisten. Außerdem hat mir Frau Bischoff versichert, dass ich Ihnen voll und ganz vertrauen kann.«

»Das freut mich zu hören.« Carmen war sichtlich gerührt. »Dennoch muss ich Sie darauf hinweisen, dass ich dazu verpflichtet bin, alles, was gegen Sie spricht, genauso zusammenzutragen wie das, was Sie entlastet.«

»Natürlich, aber ich habe Miguel nicht ermordet. Zumindest glaube ich das. Ich weiß im Grunde nicht, ob ich diese schreckliche Tat begangen habe. Ich habe mehrfach geträumt, dass ich es getan hätte, aber ich kann mich nicht daran erinnern, es getan zu haben. Verstehen Sie den Unterschied?« Ihre Stimme klang verzweifelt.

»Frau Riesche«, ging Angela dazwischen. »So, wie es im Moment aussieht, werden Sie mit ziemlicher Sicherheit wegen heimtückischen Mordes verurteilt werden. Sie haben schließlich die Mordwaffe selbst bei der Polizei abgeliefert.«

»Sie meinen die Hutnadel?«

»Ja, die meine ich. Daran klebte noch das Blut Ihres Verlobten. Die Nadel passt auch ganz genau in den Stichkanal.«

»Aber wenn ich es getan hätte, dann müsste ich mich doch daran erinnern!«

Carmen übernahm wieder. »Frau Riesche, ich bitte Sie, sich jetzt einmal ganz genau in Erinnerung zu rufen, wie Sie das alles erlebt haben.«

»Gut. Ich bin in den Nächten immer wieder neben Miguel aufgewacht. Erst hörte ich nur Stimmen, die mir sagten, dass ich Miguel umgebracht hätte. Irgendwann bin ich dann aufgewacht und hatte geträumt, ihn wirklich umgebracht zu haben. Danach hat er aber immer gelebt.«

»Was haben Sie genau geträumt?«

»Zuerst nur, dass Miguel tot im Pool schwimmen würde, wenn ich aufwache. Dann habe ich immer intensiver geträumt, der Traum wurde von Nacht zu Nacht ein Stück länger, und schließlich sah ich, wie ich ihn mit der Hutnadel ersteche und danach in den Pool schubse. Das war in den letzten beiden Nächten so.«

»Was haben Sie gemacht, als Sie wieder wach waren?«

»Ich bin aufgestanden und raus an die frische Luft gegangen. In der Nacht vor seinem Tod entdeckte ich dann die Blutlache vor dem Pool, mit der Hutnadel aus meinem Traum darin. Da bin ich das erste Mal zur Polizei gegangen.«

»Ihr Verlobter lag aber friedlich im Bett und schlief?«, fragte Berger.

»Ja. Dennoch bekam ich es mit der Angst zu tun. Ich sah ja diese blutige Nadel in der Lache liegen. Ich wusste einfach nicht mehr, was Traum und was Wirklichkeit war. Träumte ich, dass ich ihn ermordet hatte, oder träumte ich, dass er friedlich neben mir im Bett schlief? Ich wollte mich in meiner Not lieber jemandem anvertrauen, bevor ich wirklich zur Mörderin werde.«

»Warum haben Sie sich nicht Ihrem Verlobten anvertraut?«

»Weil ich Angst hatte, dass er mich eventuell wieder nach Deutschland schickt. Seine Kinder haben ja schon die ganze Zeit gegen mich Stimmung gemacht. Die sahen mich nur als eine Hure, die es auf Miguels Geld abgesehen hat. Das konnte ich durch meine Liebe zu ihm widerlegen. Aber würde er jemanden heiraten wollen, der verrückt ist?«

»War es denn für Sie belanglos, dass Ihr Verlobter Geld hatte?«

Sie lachte gequält auf. »Was soll ich dazu sagen? Natürlich hat es mir gefallen, dass er reich war. Wir haben im Alltag und mit unseren sexuellen Bedürfnissen gut zusammengepasst. Sollte ich das nur deswegen beenden, weil er Geld hatte?«

Carmen lächelte versöhnlich. »Nein, das wäre dumm gewesen. Sie sind also zur Polizeiwache gelaufen.«

»Ja. Dort haben sie dann Dr. Ohrem alarmiert, der mir Beruhigungstabletten gegeben hat, damit ich mich ausschlafen konnte. Er sagte, sie würden verhindern, dass ich wieder so krauses Zeug träume.«

»Sie sind also wieder nach Hause gegangen, haben die Tabletten genommen und sind zurück ins Bett?«

»Ja. Obwohl ich da schon gar nicht mehr wusste, was ich glauben soll. Als ich wiederkam, war die Blutlache neben dem Pool nämlich wieder weg und die Nadel auch, einfach so. Miguel hat tief geschlafen, und der Hund konnte sie nicht aufgeleckt haben, also dachte ich, dass ich wohl verrückt geworden bin.«

»Die Blutlache war verschwunden?«

»Ja. Keine Spur, kein Schatten war mehr zu sehen.«

»Wie kam es dann zu dem Tablettenmissbrauch?«

»Ich habe erst wirklich gut geschlafen, aber dann wachte ich auf, weil ich wieder diese Stimmen hörte.«

»Und was sagten die Stimmen zu Ihnen?«

»Eine Frau sagte mir, dass es gut gewesen war, meinen Mann zu ermorden, und ein Mann sagte, dass ich jetzt zur Polizei gehen müsse und ich solle die Nadel auf keinen Fall vergessen.«

»Ein Mann hat auch zu Ihnen gesprochen?«

»Ja, wie auch schon in den Nächten zuvor. Die Frau war neu für mich.«

»Und was haben Sie dann gemacht?«

»Ich bin voller Angst rausgerannt. Als Erstes habe ich wieder diese Blutlache gesehen, mit der Hutnadel darin.« Sie begann zu weinen. »Und dann sah ich Miguel. Er schwamm mit dem Gesicht nach unten im Pool. Ich schwöre bei allem, was mir heilig ist: Das habe ich mir nicht eingebildet. Aber ich wusste, dass man mir bei der Policía Local nicht glauben würde. Um nicht völlig durchzudrehen, habe ich die restlichen Tabletten im Röhrchen genommen und bin zum Doktor. Ich wollte ihm zeigen, dass ich nicht spinne, und habe die Nadel, so blutverschmiert, wie sie war, einfach eingesteckt. Als ich dort war, zeigten die Tabletten Wirkung. Abends hat mich Miguel dann in der Psychiatrie abgeholt.«

»Wie ist er Ihnen da begegnet?«

»Er hat mit mir Schluss gemacht. Ihm war das Theater zu viel. Ehrlich gesagt, mir auch, und so war es ganz gut, das wir uns in Freundschaft trennen wollten.«

»Frau Riesche«, beeilte sich Carmen zu sagen, »ich denke, wir sollten an dieser Stelle eine Pause machen und doch auf einen Anwalt warten.«

»Warum denn? Was ich Ihnen erzähle, ist die reine Wahrheit.«

»Trotzdem reden Sie sich gerade um Kopf und Kragen. Die Trennung kann als Mordmotiv ausgelegt werden. Die Staatsanwaltschaft wird das gegen Sie verwenden.«

»Dann ist das eben so. Ich will keinen Anwalt.«

Carmen war nicht wohl bei der Sache, doch auf einen Wink von Berger nickte sie. Man konnte Vanessa Riesche nicht zwingen, einen Anwalt zu nehmen. »Gut. Dann erzählen Sie bitte weiter.«

»Da gibt es nicht mehr viel. In der Nacht dann das gleiche Drama: Ich wurde wieder von dem Traum wach, aber diesmal war Miguel nicht in seinem Bett.«

»Sie haben im gemeinsamen Ehebett geschlafen, obwohl Sie Ihre Beziehung beendet hatten?«, hakte Angela Bischoff nach.

»Ja. Wir haben sogar noch einmal miteinander geschlafen, weil wir uns plötzlich nicht mehr sicher waren, ob eine Trennung wirklich das Beste für uns wäre. Wir liebten uns doch noch.«

»Und wie ging es dann weiter?«

»Nachdem die Stimmen mich geweckt hatten, bin ich …«

»Stimmen? Eben sagten Sie, der Traum habe Sie geweckt.«

Vanessa Riesche nickte. »Das ist richtig, aber ganz ehrlich, ich kann es Ihnen nicht zuverlässig sagen. Vermutlich gehörten die Stimmen zum Traum. Auf jeden Fall bin ich raus und habe wieder die Blutlache mit der Nadel gesehen. Miguels Leiche schwamm im Pool, genau wie in meinem Traum. Ich dachte, ich müsste durchdrehen. Ich hatte keine Ahnung, was genau passiert war, aber Miguel war offensichtlich tot. Ich habe mir wieder die Nadel geschnappt und bin zur Polizei.«

»Dort sind Sie zusammengebrochen. Sie hatten erneut zu viele Tabletten genommen. Warum diesmal? Sie kannten doch nun deren Wirkung.«

»Ich war panisch und verzweifelt und sah darin den einzigen Ausweg. Ich wollte wirklich Schluss machen. Als ich später im Krankenhaus aufgewacht bin, war ich natürlich froh, dass es nicht dazu gekommen ist.«

Carmen schob Frau Riesche ihren Notizblock und einen Stift zu. »Ich habe eine Bitte. Ich möchte, dass Sie mir drei Bilder malen. Vom Pool, wie Sie ihn sahen, bevor Sie das erste Mal zur Polizei gegangen sind. Vom Pool, wie Sie ihn sahen, bevor Sie Dr. Ohrem am nächsten Tag in seiner Praxis aufsuchten, und das Bild, das sich Ihnen bot, als Sie beschlossen, zum zweiten Mal auf die Polizeiwache zu gehen.«

»Sie meinen die Szene, als Miguel wirklich tot im Pool schwamm?«

»Ja.«

Vanessa Riesche sah Angela fragend an. »Muss ich das tun? Ich kann so schlecht zeichnen.«

»Sie müssen nicht, Frau Riesche. So können Sie uns aber vielleicht am besten klarmachen, was Sie alles gesehen haben. Das könnte für Ihre Entlastung wichtig sein.«

»Okay.« Sie griff nach dem Stift. »Dann werde ich mal loslegen. Hoffentlich mache ich mich nicht lächerlich.«

SECHS

Nach dem Verhör telefonierte Berger mit dem Comisario, der soeben das Parlamentsgebäude verlassen hatte und ein Treffen in einer kleinen Bar an der Avenida Gabriel Roca, Palmas Strandpromenade, vorschlug. Sie trafen gleichzeitig dort ein und ergatterten einen Vierertisch neben dem Eingang. Berger war noch immer ganz beeindruckt von Carmens Art, die Verdächtige zu verhören.

»Wie bist du eigentlich darauf gekommen, Frau Riesche die Bilder zeichnen zu lassen?«

»Das machen wir ab und zu mit Esmeralda. Wenn sie etwas nicht richtig ausdrücken kann, zeichnet sie es. Dann wird uns oft viel klarer, was sie uns sagen will.«

»Was sind denn das für Zeichnungen?«, fragte García Vidal neugierig.

Carmen schlug ihren Block auf und reichte ihn ihrem Chef. »Frau Riesche kam dreimal an den Pool, und dreimal fand sie eine andere Situation vor.«

Der Comisario studierte die Bilder konzentriert. »Hm ...«, brummte er und tippte mit seinem Zeigefinger darauf. »Habt ihr, während sie zeichnete, mit ihr über die jeweiligen Bilder gesprochen?«

»Nein. Sie hat sie hintereinander weggemalt, ohne dass einer von uns etwas dazu gesagt oder gefragt hätte. Warum?«

»Die Leiche hat hier eine gestreifte und dort eine blaue Badehose an.«

Berger beugte sich interessiert vor. Er konnte seine Freude an diesem Bilderrätsel kaum verbergen. »Das stimmt. Was noch?«

»Nichts. Dreimal Pool, zweimal mit Leiche, allerdings mit unterschiedlicher Badehose. Das ist alles.«

»Cristobal«, mahnte Angela. »Nun schau doch einmal richtig hin. Hast du etwa schon mal eine Wanderlache gesehen?«

»Menschenskinder, ja, die Blutlache ist auf allen drei Bildern an einer anderen Stelle. Habt ihr Frau Riesche, nachdem sie fertig war, auf die Unstimmigkeiten hingewiesen?«

»Ja.« Berger nickte. »Ihr ist selbst erst durch die Zeichnungen aufgefallen, dass die Lache jedes Mal woanders ist und dass Fluxá bei seinem falschen und seinem echten Tod offenbar verschiedene Kleidungsstücke anhatte.«

»Das kann aber auch bedeuten, dass sie ihn einmal in einer Badehose gezeichnet hat, die sie schon oft an ihm gesehen hat, und beim dritten Bild in der, mit der er tatsächlich bekleidet war.«

»Und wie lautet die Erklärung für die Blutlache?«

García Vidal überlegte einen Moment, bevor er antwortete. »Dafür gibt es keine. Was sagt sie dazu?«

»Zuerst schien sie irritiert zu sein«, erklärte Carmen. »Dann schloss sie ihre Augen und glich die Zeichnungen noch mal mit den Bildern ab, die sie mental abgespeichert hat. Sie stimmten überein. Die Lache war auch in ihrer Erinnerung auf Wanderschaft.«

García Vidal sah sie durchdringend an. »Aber was willst du damit beweisen? Ein Richter, der gegen die Frau gestimmt ist, wird sagen, dass sie nicht richtig tickt, und gut.«

Carmen winkte ab. »So weit bin ich mit meinen Gedanken noch gar nicht. In mir ist dadurch nur der Verdacht gereift, dass man die Arme vielleicht ganz gezielt in den Wahnsinn treiben wollte.«

»Wer und warum?«

»Fluxás Kinder könnten ein Motiv haben. Sie waren mit der Heirat nicht einverstanden und haben Frau Riesche vorgeworfen, lediglich eine Erbschleicherin zu sein, keine verliebte Ehefrau.«

Der Comisario war nicht überzeugt. »Da hätte es ja gereicht, sie bei ihrem Verlobten so weit zu diskreditieren, dass er sie in die Wüste schickt.«

»Was sie auch geschafft hätten«, warf Berger ein. »Frau Riesche hat ausgesagt, dass sich Miguel Fluxá von ihr trennen wollte.«

»Womit die Kids wieder aus dem Rennen wären. Wozu ihn dann noch ermorden?« García Vidal gab Carmen einen aufmunternden Stoß mit dem Ellbogen. »Mein Kind, die Idee ist klasse, doch dir fehlt ein Mörder. Bleib aber dran, vielleicht findest du noch einen. Aber Hut ab, du machst das bisher ganz großartig.«

Sein Handy klingelte, er meldete sich und lauschte aufmerksam. Nach einer kurzen Bestätigung klappte er es wieder zusammen.

»Señor Residente«, erklärte er mit düsterer Miene, »wir sollen zum Hafen kommen. Die Küstenwache hat dreißig Seemeilen südwestlich vor Mallorca eine männliche Leiche aus dem Wasser gefischt. Er sehe aus wie ein Boxer ohne Schuhe, hieß es über Funk.«

Angela nickte Carmen zu und freute sich. »Dann haben wir ja noch etwas Zeit für uns.«

»Das glaube ich nicht, mein Liebling.« García Vidal gab ihr einen Kuss. »Wie man den Tattoos entnehmen kann, handelt es sich um einen Deutschen.«

***

Als Berger und der Comisario am Hafen ankamen, hatte die »Rio Segura«, der neue Kreuzer der Guardia Civil, bereits festgemacht.

»Hola«, begrüßte sie der Kapitän. »Der Tote liegt auf dem Vordeck. So gut, wie die Leiche erhalten ist, kann er noch nicht lange in der See gewesen sein.«

Der Rechtsmediziner, der zeitgleich am Hafen angekommen war, machte sich sofort an die Arbeit. »Gebt mir eine Viertelstunde, dann kann ich sicherlich schon etwas sagen.«

Sie gingen mit dem Kapitän auf die Brücke des Schiffes, und García Vidal ließ sich auf der Seekarte den genauen Fundort des Mannes zeigen. »Ist da irgendeine Wasserstraße in der Nähe?«

»Was heißt in der Nähe, Comisario? Der Junge lag quasi genau auf der Autobahn nach Valencia. Da fährt alles, was von dort nach Ibiza, Mallorca, Menorca oder wieder zurückwill, inklusive der dicken Kreuzfahrtpötte.«

»War der Mann mit irgendwelchen Gewichten beschwert?«

»Wenn ja, dann sind sie abgerissen. Im Netz der Fischer, die ihn raufgeholt haben, lag jedenfalls nichts dergleichen. Warten Sie mal, wir haben auf dem Kutter Bilder gemacht.« Er klappte ein Laptop auf und zeigte sie ihnen. Der Mann lag mit geöffneten Augen genau so da, wie sie ihn auf das Vordeck gelegt hatten. Die Netze waren auf den Fotos zwar nicht vollständig zu sehen, wiesen aber keine Besonderheiten auf.

»Lange kann der wirklich nicht im Wasser gelegen haben. Die Fische gehen immer als Erstes an die Augen. Die scheinen ein Leckerbissen für die Viecher zu sein«, brummte Berger. »Außerdem fehlen selbst die typischen Waschfrauenhände. Ich bin gespannt, was der Doc sagt.«

Sie machten sich wieder auf den Weg zum Vordeck.

»Señor Médico, was sagt uns der Tote?«

Der Arzt wirkte nachdenklich. »Also, lange lag der nicht im Wasser.« Er zog die Lanze des Thermometers aus der Leiche und las die Temperatur ab. »Das ist bemerkenswert. Die Innentemperatur ist erheblich niedriger als die des Wassers.«

»Und was sagt uns das?«, fragte Berger.

»Ich muss mir erst die Zellstruktur unterm Mikroskop ansehen, aber ich denke mal, dass der arme Kerl einige Zeit in einem Kühlraum verbracht hat, bevor er ins Wasser geworfen wurde. Dort hat er vermutlich keine Stunde lang gelegen. Genau weiß ich das erst nach der Obduktion. Bei Wasserleichen lehne ich mich grundsätzlich nicht mehr aus dem Fenster. Da habe ich schon zu oft danebengelegen.«

»Okay.« Der Comisario machte sich Notizen. »Können Sie denn schon sagen, woran unser Freund gestorben ist?«

»Ertrunken ist er jedenfalls nicht. Diese Leiche wurde mit ziemlicher Sicherheit post mortem im Meer entsorgt. Zwar will ich mich noch nicht festlegen. Es gibt aber Anhaltspunkte dafür, dass der Mann zu Tode geprügelt wurde.«

García Vidal und Berger wechselten einen kurzen Blick. »Könnte unser Mann ein Kampfsportler gewesen sein?«, fragte der Comisario.

Der Arzt schüttelte den Kopf. »Ich denke nicht. Dafür ist das Kerlchen einfach zu schmächtig. Schauen Sie sich doch mal die Hände an. Wenn der in seinem Leben etwas Körperliches gearbeitet hat, war er vielleicht in der Poststelle einer Versicherung, mehr aber auch nicht.«

»Haben Sie sonst noch etwas Erwähnenswertes?«

»Ja. Der Gute hatte seine Blutgruppe auf seine Schulter tätowiert. Darunter eine Nummer, könnte ein Typisierungscode sein. Anhand dessen müsste man etwas über den Mann bei der deutschen Knochenmarkspenderdatei finden können.«

***

Da Carmen nun schon einmal in Palma war, ging sie mit Bella, die während der ganzen Zeit im Gefängnis brav im Auto gewartet hatte, ausgiebig Gassi und nutzte die Gelegenheit, um Miguel Fluxás Tochter aufzusuchen, die bisher auf keinen ihrer Anrufe reagiert hatte. Maria Antonia Fluxá arbeitete als Anwaltsgehilfin in einer Kanzlei am Passeig del Born, einer der besten Adressen in Palma. Als Carmen mit dem Hund die Kanzlei betrat, kam sie sich in ihren Jeans denn auch komplett underdressed vor. Die Hündin passte ebenfalls nicht so recht ins Ambiente. Hier rannte alles, was weiblich war, in High Heels herum und zeigte mit der Rocklänge deutlich, dass bei guten Sekretärinnen die Beine bis hoch zum Po gingen.

Am Empfangstresen präsentierte Carmen ihren Dienstausweis. »Hola, Señora. Mein Name ist Carmen Lucas von der Policía National. Ich hätte gern mit Maria Antonia Fluxá gesprochen. Ist sie hier?«

Die eigentlich sehr hübsche, aber in ihren Gesichtszügen etwas kantig wirkende Mittzwanzigerin reagierte nicht so, wie Carmen es gewohnt war. Nicht mit eifersüchtigen Blicken auf ihre Traumfigur, die durch die Jeans sehr gut zur Geltung kam, sondern mit unverhohlener Neugier. »Mit der sprechen Sie, Señora. Habe ich falsch geparkt?«

»Nein, ich … Können Sie sich denn gar nicht vorstellen, warum ich gern mit Ihnen reden möchte?«, fragte Carmen verdutzt.

Maria Antonia Fluxá wirkte noch immer völlig arglos. »Ich bin mir keiner Schuld bewusst.«

»Es geht um den Tod Ihres Vaters, oder wissen Sie das etwa noch nicht?«

»Natürlich weiß ich davon. Ich habe von meinem Bruder eine SMS bekommen. Doch wenn einem der Vater stirbt, erwartet man den Besuch eines Bestatters, um die Beisetzung zu besprechen, oder allenfalls einen Priester. Aber auf keinen Fall eine so gut aussehende Polizistin.«

Carmen war es unangenehm, derart unverhohlen angebaggert zu werden. Mehr noch: Sie hatte das Gefühl, von den Blicken der jungen Frau förmlich ausgezogen zu werden. »Man erwartet in dem Fall als Außenstehender allerdings auch etwas mehr Anteilnahme«, erwiderte sie.

Maria Antonia Fluxás Gesichtszüge wurden eiskalt. »Wozu?

Ich werde mich mit meinem Bruder beim Notar zur Testamentseröffnung treffen. Das ist Trauerarbeit genug.«

»Und wer sich bis dahin um den Besitz Ihres Vaters oder um den Hund kümmert, das interessiert Sie gar nicht?«

»Was für ein Hund?«

»Der hier.« Sie zeigte auf Bella.

Maria Antonia erhob sich von ihrem Stuhl und schaute über den Tresen. »Ach, sie meinen diesen auf Kehle dressierten Höllenhund. Sie wollen mir doch jetzt nicht allen Ernstes diese Bestie aufs Auge drücken?«

»Nein. Ich kümmere mich ja um ihn.«

Sie setzte sich wieder. »Von mir aus können Sie das Vieh behalten.«

Carmen lächelte sie kalt an. »Kann ich das schriftlich haben?«

»Gern.«

»Wann hatten Sie zuletzt Kontakt zu Ihrem Vater?«, fragte Carmen, während Maria Antonia ein paar Zeilen auf ein Blatt Papier kritzelte.

»Was verstehen Sie unter Kontakt? Wir sahen uns einmal im Jahr zu Mamas Gedenkmesse. Manchmal haben wir wegen irgendwelcher organisatorischer Dinge, die sie oder die Feier betrafen, miteinander telefoniert. Zu Weihnachten gab es eine Grußkarte. Richtig miteinander geredet haben wir schon seit Ewigkeiten nicht mehr. Wir hatten uns nichts zu sagen.«

»Gab es Zerwürfnisse?«

»Keine, die jemals ausgesprochen wurden. Für meinen Vater war ich eine dreckige Lesbe.«

»Und, sind Sie eine?«

»Merken Sie das nicht?«

»Nein. Es wäre mir auch egal.«

»Schade«, erwiderte Maria Antonia. »Dann sind Sie leider hetero und für mich somit uninteressant.« Sie musterte sie von oben bis unten. »Was für eine Verschwendung an die Herren der Schöpfung. Wollen Sie sonst noch etwas mit mir besprechen?«

»Im Augenblick nicht. Danke.« Carmen wollte gehen, drehte sich aber noch einmal um. »Eine Frage hätte ich doch noch. Interessiert es Sie eigentlich gar nicht, warum die Polizei im Todesfall Ihres Vaters ermittelt?«

»Mein Bruder erzählte mir, dass man ihn tot im Pool gefunden hätte. Die Lebensversicherung wird Sie geschickt haben, oder nicht?«

»Nein. Ihr Vater wurde ermordet.«

Maria Antonia Fluxás Gesicht blieb ausdrucklos freundlich. »Dann sagen Sie mir nach Abschluss Ihrer Ermittlungen doch bitte, wer der Mörder ist. Ich würde ihm gern einen Kuchen ins Gefängnis schicken.« Sie reichte Carmen den beschriebenen Zettel.

»Was ist das?«

»Meine schriftliche Erlaubnis, dass Sie das Vieh behalten dürfen. So etwas brauchen Sie doch in Ihrer Beamtenwelt.«

***

Hayarpi Kevorkian war über das, was ihr soeben gemeldet wurde, alles andere als erfreut. »Wie konnte das geschehen? Ich denke, ihr habt den Körper zusammen mit Gewichten in ein Segeltuch eingenäht.«

Ihre leitenden Mitarbeiter standen vor ihr wie die Schulbuben, mit betretenen Gesichtern, als wären sie bei einem dummen Streich erwischt worden. »Ja, das haben wir.«

»Aber wie ist es dann möglich, dass ein Fischkutter ihn nur Minuten später direkt wieder aus dem Wasser zieht? Ein Toter kann sich schließlich nicht selbst befreien.«

»Wir denken, dass die Segeltuchhülle von einem Schleppnetz aufgerissen wurde. In der Nähe befanden sich Trawler.«

»Setzt euch zusammen und arbeitet sofort Alternativen aus. Wir können es uns nicht leisten, dass uns so eine Panne jemals wieder passiert. Ab sofort wird wieder die herkömmliche Methode angewandt.«

»Aber Patrona, sollten wir nicht lieber die Unfallmethode weiter ausarbeiten? Wir waren uns doch einig, dass es mit der Zeit auffallen muss, wenn die Leute reihenweise spurlos von der Insel verschwinden.«

»Eine Leiche vom Motorrad zu schubsen, ist auch nicht optimal, das hat der Test deutlich gezeigt. Die Gefahr, dass uns ein pfiffiger Rechtsmediziner auf die Schliche kommt, ist mir zu hoch. Wenn die jetzt auch noch den zweiten Todesfall untersuchen, kann es eng für uns werden. Was ist mit der dritten Leiche?«

»Die haben wir in ein Naturschutzgebiet gelegt. Bis sie gefunden wird, ist sie bei diesem Wetter längst vergammelt.«

»Was ist übrigens mit der Idee, die Kämpfe an Land zu verlegen?«, fragte ein anderer. »Dann hätten wir diese Probleme ja nach jedem Kampf.«

»Die ist gestorben. Wir bleiben erst mal auf der sicheren Seite. Es wird sich nichts ändern.« Sie sah ihre Mitarbeiter mit finsterer Miene an. »Der Nächste von euch, der Mist baut, wird sich dafür im Ring verantworten. Haben wir uns verstanden?«

Alle nickten betreten. Eine kleine Handbewegung von Hayarpi Kevorkian führte dazu, dass sich die Männer devot vor ihr verbeugten und sich aus dem Büro der schönen Frau entfernten.

***

Carmen war außer sich, als sie die Anwaltskanzlei verließ. So eine Kaltschnäuzigkeit war ihr in ihrer kurzen Laufbahn noch nicht untergekommen. Wie benebelt beschloss sie, erst einmal ihre Gedanken zu sortieren, und setzte sich auf eine der Steinbänke, die auf dem Mittelstreifen der Prachtstraße standen und zumeist von Touristen besetzt waren, die dort eine Pause vom Sightseeing einlegten. Bella setzte sich neben sie und legte den Kopf in ihren Schoß. Carmen streichelte ihr über den Kopf und kraulte sie hinter den Ohren. Der Hund saugte diese liebevollen Gesten geradezu in sich auf und leckte ihr dankbar die Hände.

»Hör mal, du Bestie, in was für eine Familie bist du da eigentlich reingeraten? Dein Herrchen ist ein nationalistisches Arschloch, seinen Kindern scheinst du völlig schnuppe zu sein, und zumindest die Tochter hat nicht alle Tassen im Schrank. Du bist wohl die einzig Normale in diesem Haufen.« Sie tätschelte dem Hund die Schulter, und Bella jaulte auf.

»Nanu?« Carmen beugte sich vor, um die Stelle genauer zu untersuchen. Sie ertastete eine leichte Schwellung. Schon ein leichter Druck darauf schien Bella Schmerzen zu bereiten. Sie erhob sich von der Bank. »Komm, meine Schöne, das zeigen wir gleich dem Doktor. Noch gehörst du nicht völlig mir, und bis es so weit ist, brauche ich eine dienstliche Anweisung, dass ich mich um dich kümmern muss.«

Gleich neben der Kaserne der Guardias waren die Stallungen für die Polizeipferde und die Diensthundezwinger. Dort hatte ein Veterinär seine Praxis, der sich als Gegenleistung für die räumliche Unterbringung kostenlos um die Vierbeiner der Polizei kümmerte. Da Carmen außerhalb der normalen Sprechzeiten kam, fand sie den Doc in den Stallungen.

»Señor Médico, es tut mir leid, dass ich Sie außerhalb Ihrer Arbeitszeit störe, aber ich kann nicht in die Praxis kommen, ich bin mitten in den Ermittlungen zu einem Mord in Santanyí.«

»Sie meinen den ermordeten Stadtverordneten?«

»Sí. Haben Sie davon schon etwas gehört?«

»Ja, in den Nachrichten. Aber Sie haben die Täterin doch schon. Soweit die gesagt haben, eine Deutsche, oder?«

»Ich bin zwar die leitende Comisaria in dem Fall, doch ich möchte mich da nicht festlegen. Es deutet einiges darauf hin, dass es auch jemand anderes gewesen sein könnte.« Sie zeigte auf Bella. »Das ist übrigens die Hündin des Opfers. Ich benötige von Ihnen die offizielle Beschlagnahme des Tieres, da es nach dem Tod des Halters herrenlos ist. Außerdem hat sie eine, wie ich finde, seltsame Beule an der linken Schulter. Könnten Sie da mal kurz draufschauen?«

Er sah Bella an. »So ein schönes Tier. Ein Jammer, dass es ins Heim soll. Dann kommen Sie mal mit ins Sprechzimmer, da kann ich sie untersuchen.«

Bella hielt sich eng an Carmens Seite, als sie den Behandlungsraum betraten. Die Hündin musste in derartigen Räumlichkeiten schon schlechte Erfahrungen gemacht haben, denn sie hatte offensichtlich große Angst. Sie begann sogar, leicht zu zittern. Als sie vor dem Behandlungstisch standen, reichte dennoch ein kurzes »Hopp« von Carmen, und der Hund sprang auf die Edelstahlplattform.

»Sie sind aber ein gutes Team, Sie beide. Das muss Ihnen der Neid lassen.«

Er begann damit, Bella zu untersuchen, und erfühlte die Beule sofort. »Um Genaueres sagen zu können, muss ich das Fell an der

Stelle wegrasieren. Wenn das nicht Ihr Hund ist, sollten wir ihn besser leicht sedieren.«

Carmen war dagegen. »Das Rasieren tut ja nicht weh. Ich halte sie am Kopf fest, und Sie machen Ihre Arbeit. Ich habe das Tier unter Kontrolle.«

»Okay, einen Versuch lasse ich Ihnen.«

»Bella, sitz.«

Sie setzte sich.

»So, meine Schöne, jetzt nehme ich deinen Kopf in meine Arme, und du lässt den Doc an deine Beule, ist das klar?«

Die Hündin quittierte das mit einem kurzen »Wuff«, und Carmen nahm ihren Kopf. »Señor Médico, Sie können loslegen.«

Bella zuckte zwar kurz zusammen, als die Trimmmaschine gestartet wurde, hielt aber während der Behandlung still.

»Señora Comisaria, ich weiß nicht, wie Sie das geschafft haben, aber der Hund vertraut Ihnen, als wäre es Ihrer. Das Tier ins Heim zu geben, wäre eine Schande. Besteht nicht eventuell die Möglichkeit, dass Sie es für die nächste Zeit zu sich nehmen?«

Carmen zwinkerte Bella zu. »Also, da müsste ich erst einmal drüber nachdenken. Das kommt jetzt ein wenig überraschend, und so etwas will gut überlegt sein.«

»Es war ja nur so eine Idee, im Interesse des Tieres. Ich wollte Sie nicht überrumpeln.«

»Nein, Señor Médico, ist schon gut. Sie brauchen sich gar nicht zu entschuldigen, ich verstehe das schon.«

Der Arzt hatte die kahl rasierte Beule ausgiebig befühlt, während er sprach, und hielt nun inne. »Sagen Sie mal«, er nahm sich eine Lupe vom Instrumententisch, »musste der Hund mit einem Betäubungsgewehr oder einem Blasrohr ruhiggestellt werden?«

»Nein. Nicht dass ich wüsste.«

»Bestimmt nicht?«

»Nein, Señor Médico, ganz bestimmt nicht. Wie kommen Sie darauf?«

»Weil diese Beule von so einem Geschoss stammt. Es ist nichts weiter als eine Prellung, verursacht durch die Wucht des Aufpralls. In der Mitte kann man auch ganz deutlich den Einstich und darum herum das Hämatom erkennen, das die Spritze verursacht hat.« Er ließ seine Hände nach unten gleiten und betastete die Hüftpartie des Tieres. Als er auf eine ganz bestimmte Stelle über der Muskulatur drückte, quiekte Bella wieder auf. »Und hier haben wir den Einstich für die Aufwachspritze. Der Hund ist definitiv in den vergangenen achtundvierzig Stunden betäubt worden.«

Carmen war verwirrt. »Aber von wem?«

»Das herauszufinden, ist Ihr Job, Señora Comisaria. Ich gebe Ihnen eine Salbe für die Einstichstellen, und in drei Tagen ist alles vergessen.« Er sah sie aufmunternd an. »Nun denn, haben Sie sich schon entschieden?«

»Sí, Señor. Wenn ich die nötigen Papiere von Ihnen bekomme, bleibt der Hund bei mir.«

»Wunderbar. Ich kümmere mich darum. Señora, eine Frage hätte ich noch: Glauben Sie denn, dass der Hund etwas mit dem Mord zu tun hat?«

»Ich denke mal, nicht direkt. Sonst hätte er nicht betäubt werden müssen. Aber sowie ich schlauer bin, werde ich es Sie wissen lassen.«

***

Im Konferenzraum der Policía Nacional war die Luft zum Schneiden dick. Alles brütete stumm vor sich hin.

»Betrachtet man die Auffindesituation, gibt es nichts, was die beiden Fälle gemeinsam hätten«, konstatierte der Comisario. »Abgesehen davon, dass die Opfer nicht am eigentlichen Tatort, sondern woanders aufgefunden wurden.«

»Aber beide wurden totgeprügelt«, sagte Berger. »Auch wenn das bei dem zweiten Opfer äußerlich weniger offensichtlich war. Allen Unterschieden zum Trotz scheinen wir es also mit einer identischen Todesursache zu tun zu haben, nämlich heftigen Kampfhandlungen.«

»Kann das ein Zufall sein?«

»Blödsinn. Selbst wenn die beiden normalen Kampfsport betrieben hätten, geht da zwar hin und wieder mal einer k. o., und hier und da zersplittert eine Rippe, aber es wird in der Regel niemand getötet. Und wenn, wäre das ein tragischer Unfall. Bei diesen Ultimate-Fighting-Veranstaltungen hingegen ist es das Ziel, seinen Gegner umzubringen, erst dann gilt der Kampf als gewonnen.«

Arantxa Burguera hatte bisher recht teilnahmslos am Tisch gesessen, doch nun wurde sie unruhig. »Leute, wenn diese Turniere tatsächlich regelmäßig stattfinden, dann sind sie, wo immer die Kämpfe durchgeführt werden, überall verboten. Will sagen, dass die Veranstalter alle das gleiche Problem haben, nämlich: Wohin mit den Leichen?«

García Vidals Gesicht hellte sich auf. »Stimmt. Wir sollten einmal recherchieren, wo auf der Welt die Existenz solcher illegalen Turniere bisher aufgedeckt wurde. Und ebenso, wo die dortige Polizei die unterlegenen Teilnehmer jeweils gefunden hat. Wenn hier nämlich schon seit Längerem so etwas stattfindet, haben wir womöglich noch einige Schätzchen auszugraben.«

Jordi Vidal kam herein. »Wir haben einen Treffer. Das Opfer ist ein gewisser Stephan Reimann aus Saarbrücken. Vierundzwanzig, Bankkaufmann, ledig und bei der Polizei als Hooligan einschlägig bekannt und diesbezüglich auch vorbestraft.« Er legte den Ausdruck mit Bild und Stammdaten des Mannes dem Comisario auf den Tisch.

»Hooligan, Bankkaufmann? Wie passt das zusammen?«, fragte Arantxa Burguera verwundert.

»Eigentlich gar nicht«, brummte García Vidal. »Aber dabei handelt es sich um ein bekanntes Phänomen. Vielleicht fehlt diesen Idioten hinter ihrem Bankschalter einfach der Thrill.«

»Ich hätte da noch etwas«, bemerkte Jordi. »Beim routinemäßigen Durchlesen der Berichte der Policía Local ist mir vorhin einer besonders aufgefallen. Die haben im Landesinneren eine Landstreicherin aufgegriffen. Sie gibt an, dass ihr Freund, mit dem sie hier auf Mallorca in einem Hotel in Cala D'or war, seit ein paar Tagen spurlos verschwunden ist und mit ihm die gesamte Barschaft, die sie auf ihrem gemeinsamen Konto in Deutschland hatten. Sie will die Insel nicht verlassen, solange der Aufenthaltsort ihres Freundes nicht geklärt ist.«

García Vidal wirkte ungeduldig. »Und was sollte uns an dieser Dame interessieren? Wir haben doch nun wirklich genug an der Backe, oder?«

Der junge Kollege wurde verlegen. »Ich meine ja nur, weil die Beschreibung, die sie von ihrem verschwundenen Freund abgegeben hat, sehr gut auf unseren Motorradtoten passt.«

Berger wurde hellhörig. »Haben Sie den Ausdruck hier?«

»Sí.« Jordi legte ihn auf den Tisch.

García Vidal las die Zeilen aufmerksam. »Ein Muttermal an der linken Schulter. Hatte unser Mann so etwas?«

»Sí«, kam es schüchtern von Jordi Vidal. »Ich habe schon in der Akte nachgeschaut.«

»Wo ist die Frau jetzt?«

»Irgendwo in Manacor. Man hat sie wieder freilassen müssen, weil sie sich nichts zuschulden kommen lassen hat. Sie konnte sich ja schließlich ausweisen.«

»Die sollen sie wieder einsammeln und herbringen. Wenn es sich bei unserem Toten wirklich um ihren Freund handelt, könnten wir durch sie auf eine heiße Spur kommen.«

***

Von Palma aus war Carmen nach Valldemossa, zum Sohn des Mordopfers, gefahren. Sie war gespannt darauf, was er für eine Geschichte über seinen Vater zu erzählen hatte. Laut ihrer Recherche war Esteban Fluxá der Besitzer eines schwulen Wellnessclubs mit dem Namen »Relax Inn«. Ihren Dienstwagen stellte sie in der Avenida Arxiduc Lluis Salvador ab, der Hauptstraße des malerischen Städtchens. Wegen der Hitze konnte sie Bella nicht im Auto lassen, und sie freute sich auch ein wenig über die Begleitung.

Sie klingelte am Eingang des Clubs. Ein mit einem atemberaubend gut geschnittenen grauen Anzug bekleideter Mann öffnete ihr. »Womit kann ich dienen, Señora?«

»Mein Name ist Carmen Lucas. Ich bin von der Policía Nacional und hätte ein paar Fragen an Esteban Fluxá. Ist er da?«

»Moment bitte«, kam es freundlich, aber so bestimmt, dass sie meinte, Anatol, der Butler von Rosas Tante Auguste, hätte gesprochen. Der Mann drehte sich von ihr weg und rief in den Raum: »Esteban, hier ist eine Dame für dich.«

»Eine Dame?«, antwortete eine andere Stimme. »Die kann sich eigentlich nur verirrt haben.«

Wieder öffnete sich die Tür ganz, und sie stand einem weiteren perfekt gekleideten männlichen Model gegenüber. »Einen schönen guten Tag«, begann Carmen irritiert aufs Neue«, ich bin von der –«

»Polizei«, unterbrach sie der Mann.

»Woran sehen Sie das?«

»An Ihrem erstaunten Gesicht. Polizisten scheinen nur Fummeltrinen in einem Wellnessclub für Schwule zu erwarten.« Er bat sie mit einer Geste einzutreten. »Kommen Sie herein, meine Dame, aber ich bitte Sie herzlich, Ihren Hund draußen warten zu lassen.«

Carmen schnippte mit den Fingern und zeigte auf den Boden. »Platz.«

Bella legte sich folgsam neben sie und begann leise zu knurren.

Esteban Fluxá riskierte einen genaueren Blick. »Na hoppla, ist das nicht der Hund meines Herrn Vaters? Sie wollen mir dieses Untier doch wohl nicht etwa hierlassen? Für Hunde bin ich überhaupt nicht zu haben. Außerdem ist das doch ein Weibchen, die haben hier schon gar nichts zu suchen.«

»Machen Sie sich wegen des Hundes mal keine Sorgen. Ich möchte mich nur kurz mit Ihnen über Ihren Vater unterhalten.«

Es war, als hätte der Stock in seinem Rücken an Stabilität verloren, und er sackte etwas in sich zusammen. »Aber machen Sie's kurz, ich erwarte Gäste.«

»Freunde?«

»Nein. Zahlende Gäste.«

Carmen trat in ein riesiges und so pompös eingerichtetes Wohnzimmer ein, wie sie es nur von exklusiven Designmagazinen her kannte. Ihr blieb im wörtlichen Sinn die Spucke weg.

Esteban sah ihr die Sprachlosigkeit an. »Tja, Señora, auf unserer Seite des Ufers genießt der Mann Entspannung und Sex vor allem mit Stil.«

»Und wie viel zahlt man als Ihr Gast, wenn ich fragen darf?«

»Das wollen Sie lieber nicht wissen, Comisaria.«

Carmen verstand. Fluxá bot ihr einen Platz an einem Tresen an, der aussah, als würde er aus der fernen Zukunft stammen.

»Was soll ich Ihnen über meinen Vater erzählen?«

»Möglichst alles.«

»Miguel Fluxá war ein Schwein. Privat, geschäftlich und politisch. Wenn in Santanyí irgendeine Ferkelei stattfinden sollte, mit der man Residenten oder Ausländern eine verpassen konnte, dann war mein Vater unter Garantie mit dabei.«

Carmen hörte interessiert zu. »Was genau meinen Sie?«

»Um denen eins auszuwischen, mischten sich diese miesen Gesellen zum Beispiel während der Karwoche unter die eigentlich völlig harmlosen und gesellschaftlich integrierten Semana-Santa-Gesellschaften. Sie hatten Spaß daran, Farbige und Marokkaner zu ›klatschen‹. In den weißen Gewändern mit den unheimlichen Kapuzen ging das besonders gut.«

»Ich bin selbst in einer Semana-Santa-Gesellschaft. Da wird altes christliches Brauchtum mit sehr viel Liebe und Gemeinsinn gepflegt. Da gibt es keine Politik und schon gar keine gegen Andersdenkende.«

»Ganz richtig, Comisaria. Aber was wollen Sie machen, wenn sich Außenstehende verkleiden und als Mitglieder ausgeben, um während der Feierlichkeiten Randale zu machen? Vor dreißig Jahren ging mit diesen Typen so etwas wie der Ku-Klux-Klan durch Santanyí. Die Brüder sind sehr viel zahmer geworden in den vergangenen dreißig Jahren, aber wenn Sie die gespeicherten Nummern im Handy meines Vaters aufrufen, haben Sie die komplette Liste der Schwarzhemden von Santanyí und Umgebung.«

»Camisa Negras, hier in Santanyí?«

»Sí, Señora. Natürlich die von 1981. Ich schwöre Ihnen, hätte Oberst Tejero die Abgeordneten im spanischen Parlament damals auch nur einen Tag länger mit seiner Pistole in Schach gehalten, wäre mein werter Herr Vater heute Gauleiter von Mallorca. Es hätte kein Jahr gedauert, und er hätte diese Insel für judenfrei erklärt.« Er machte eine verächtliche Geste.

»Sind die heute immer noch so krass drauf?«

»Nein. Die sind schließlich auch in die Jahre gekommen. Aber die Gesinnung ist nach wie vor dieselbe. Wenn denen jemand in die Quere kommt, kennen die auch heute noch kein Pardon. Da wird zur Warnung schon mal eine Finca oder ein Auto abgefackelt.«

»Wusste Ihre Mutter davon?«

»Ich bitte Sie. Mama war eine Heilige, aber nicht blöd. Gegen so viel Hass und Bitternis war selbst sie machtlos.«

»Wie standen Sie der Verlobten Ihres Vaters gegenüber?«

»Seiner Mörderin?«

»So weit sind wir noch nicht«, gebot Carmen ihm Einhalt. »Die Ermittlungen sind noch nicht beendet.«

»Was heißt das? Sie hat ihn doch umgebracht. Das kam sogar im Radio.«

Carmen winkte ab. »Da wird so viel Blödsinn erzählt.« Sie sah Esteban Fluxá durchdringend an. »Was haben Sie gegen diese Frau? Wenn man ihr glauben darf, hatte sie bei Ihnen und Ihrer Schwester von Anfang an keine Chance, oder?«

»Da hat sie völlig recht. Sie hätten unsere Mama einmal kennenlernen müssen. Das war eine Frau! Durch und durch eine stolze Mallorquinerin. Sie war die Einzige, die meinem Vater jemals Kontra gegeben hat, aber so richtig. Und kaum war sie tot, kam der mit so einem blauäugigen germanischen Fickfrosch an. Pfui Teufel!« Esteban schüttelte sich. »Dieses Flittchen im Bett unserer Mutter zu wissen, macht mich krank.«

»Okay.« Carmen spürte, dass sie hier nicht weiterkam. »Wann hatten Sie zuletzt mit Ihrem Vater Kontakt?«

Esteban Fluxá beruhigte sich etwas. »Das war bei der Beerdigung von Großtante Lucia, vor etwa zwei Monaten. Er wollte unbedingt, dass ich meinen ›Tuntenpuff‹, wie er es nannte, schließe und wieder zu ihm ziehe. Ansonsten würde er mich enterben. Und dann sei ich aus der Gesellschaft ausgestoßen.«

»Wie haben Sie reagiert?«

»Ich habe ihn in der Kirche angebrüllt, dass ich eher einem Muli einen blasen würde, als zu ihm zurückzuziehen.«

Carmen konnte sich ein Lächeln nicht verkneifen. »Und warum haben Sie ihn so angebrüllt? Das hätten Sie ihm doch auch normal sagen können.«

»Nein. Mein Vater war extrem schwerhörig. Er war so taub, dass er sich sogar einen Vibrator ins Bett bauen lassen hat. Nicht für etwas Spaß im Hintern, sondern damit er nachts wach wurde, wenn er einen Anruf bekam. Das Ding war ans Telefon gekoppelt.«

»Sie scheinen Ihren Vater wirklich abgrundtief gehasst zu haben.«

»Sí, Señora, das habe ich in der Tat. Und er mich. Kurz nach unserer Auseinandersetzung auf der Beerdigung hat er seine speziellen Gesinnungsfreunde von der Ostküste hierher in meinen

Laden geschickt, um mich und meine Mitarbeiter zu verprügeln, sexuell zu erniedrigen und zu misshandeln und alles kurz und klein zu schlagen.« Er zeigte mit der Hand um sich. »Wir sind gerade erst fertig mit dem Renovieren. Und ich sage Ihnen eines: Möbel zertrümmern kann ich gerade noch akzeptieren, aber ich hätte nie gedacht, dass Menschen so brutal auf andere einschlagen können. Wenn sie noch einmal kommen müssten, hieß es damals, würden sie meine Eier durch eine Knoblauchpresse jagen, wie sie es vor dreißig Jahren mit einem Senegalesen gemacht haben, der was mit der Tochter eines höheren Beamten der Policía Local angefangen hatte.«

»Konnten die Männer, die Ihnen das angetan haben, überführt werden? Was hat die Polizei dazu gesagt?«

»Gar nichts hat sie gesagt. Mein Vater und seine einflussreichen Freunde haben dafür gesorgt, dass das Ganze unter den Teppich gekehrt wurde. Damals bei dem Senegalesen und auch bei mir.«

»Sie haben also keine Anzeige erstattet?«

»Ich wollte, bin sie aber nirgendwo losgeworden.«

»Das tut mir aufrichtig leid, Señor Fluxá. Unter diesen Umständen ist es sehr mutig, dass Sie den Club weiterführen. Hatten Sie denn keine Angst, dass diese Leute dasselbe noch mal veranstalten, wenn Sie den Wünschen Ihres Vaters nicht nachkommen?

»Die hatte ich, Señora. Doch nun ist die Gefahr ja gebannt. Seit man mir vor rund vierundzwanzig Stunden gesagt hat, dass mein Vater tot ist, kann ich endlich wieder lächeln.«

***

Es dauerte ein wenig, bis sich Ramona Kriegelstein beruhigt hatte. Es war nicht einfach für den Comisario gewesen, der jungen Frau zu erklären, wie die furchtbaren Blessuren, die der Körper des Motorradtoten aufwies, entstanden waren.

»Es ist zwar nur ein schwacher Trost für Sie, doch die schlimmsten Verletzungen wurden ihm post mortem zugefügt, dabei musste er wenigstens nicht leiden.«

Ramona Kriegelstein nickte und trocknete ihre Tränen. Sie hatte den Toten anhand von Fotos zweifelsfrei als ihren verschwundenen Lebensgefährten Norbert Kleinen identifiziert.

»Ich hatte es die ganze Zeit geahnt. Ihre Kollegen von der Policía Local haben mir gesagt, Norbert sei bestimmt nur mit unseren Ersparnissen durchgebrannt, aber das war für mich unvorstellbar.«

»Trotzdem sind Sie auf Mallorca geblieben, noch dazu als Obdachlose.«

»Ich habe nach Norbert gesucht und darüber meinen Rückflug verpasst. Sämtliche Kreditkarten waren gesperrt, die Konten überzogen, und unser Handy ist mit Norbert zusammen verschwunden. Wir brauchten ja nur eins hier im Urlaub. Dann bin ich auch noch aus dem Hotel rausgeflogen und saß hier fest, da meine Eltern zurzeit selbst im Urlaub sind. Für mich hieß das, bis kommenden Montag irgendwie durchzuhalten.«

»Wo haben Sie die letzten beiden Nächte geschlafen?«

»In einem Schafstall bei Calonge.«

Der Comisario nickte mitfühlend. »Frau Kriegelstein, was glauben Sie, wie Sie in diesen finanziellen Schlamassel hineingerutscht sind?«

»Ich habe keinen Schimmer. Norbert war auch völlig verzweifelt. Man hat ihn mir eines Morgens vollkommen zerstört ins Hotel gebracht. Er meinte, er sei in einem Lokal mit K.-o.-Tropfen abgefüllt worden. Als er morgens im Garten dieses Schuppens aufwachte, waren seine sämtlichen Kredit- und EC-Karten weg. Wir versuchten daraufhin, mit meinen Partnerkarten Geld abzuheben, doch die Konten waren komplett leer geräumt. Natürlich kam es zu einem Riesenkrach zwischen uns. Nachmittags tauchte dann jemand vom Konsulat bei uns im Hotel auf und sprach eine Weile mit Norbert. Danach war er nicht mehr ganz so niedergeschlagen und erzählte mir, dass er noch einmal eine Nacht wegmüsse und wir dafür aber hinterher keine Geldsorgen mehr hätten. Seitdem suche ich ihn.«

»Warum haben Sie sich nicht noch mal an das Konsulat gewandt?«

»Weil doch dieser Mann bereits da gewesen war und Norbert mir gesagt hatte, dass die nichts mehr für uns tun könnten.«

Berger sah sie ungläubig an. »Das war niemals jemand vom Konsulat. Das war ein Werber für diese Kämpfe. Frau Kriegelstein, denken Sie, dass Ihr Freund wusste, worauf er sich da eingelassen hat?«

»Ich fürchte, ja. Er hat vor einem halben Jahr mit Kickboxen angefangen und dachte wohl, dass es reichen würde, um einen dieser Kämpfe zu gewinnen.« Sie begann wieder zu weinen. »Hätte ich doch nur geahnt, worauf er sich da eingelassen hat. Ich hätte alles darangegeben, ihn von diesem Irrsinn abzuhalten.«

»Denken Sie, dass Sie ihn hätten aufhalten können?«

Sie sah García Vidal traurig an. »Nein. Wenn Norbert sich etwas in den Kopf gesetzt hatte, dann war das eben so. Da konnte man nicht mit ihm diskutieren.«

Der Comisario schaute auf seine Uhr. »Frau Kriegelstein, ich lasse Sie jetzt nach Palma zum deutschen Konsulat bringen. Dort wird man Ihnen ein Zimmer in einem Hotel besorgen. Morgen wird dann ein Polizeikollege zu Ihnen kommen und Ihre Aussage protokollieren. Er wird außerdem mit Ihnen in die Rechtsmedizin fahren, damit Sie Ihren Freund zweifelsfrei identifizieren. Es tut mir leid, aber das können wir Ihnen leider nicht ersparen.« Er ging für sich kurz durch, ob er an alles gedacht hatte. »Wenn Sie dann bitte noch so freundlich wären, uns Ihre Kontonummern aufzuschreiben, damit wir herausfinden können, wer Ihr Geld wann und wo abgehoben hat oder wohin es eventuell überwiesen wurde.« Er schob ihr Zettel und Stift hin und reichte ihr seine Karte. »Das ist meine Telefonnummer. Übers Handy bin ich für Sie Tag und Nacht erreichbar.«

Nachdem die junge Frau gegangen war, fand Berger als Erster die passenden Worte. »Was für eine Scheiße. Wir können doch nicht alle Touristenkonten von hier aus kontrollieren, um solche Schweinereien in Zukunft zu verhindern.«

»Wir können es von den Kapazitäten her nicht, und dürfen tun wir es schon dreimal nicht. Das Einzige, was Sinn machen würde, wäre, diese Überfälle auf Touristen zu verhindern, aber das geht nicht mit unseren paar Figuren.« García Vidal griff zum Telefon.

»Was gedenken Sie jetzt zu tun?«

»Ich werde in der Chefetage Bescheid sagen, dass sich etwas zusammenbraut.«

Berger nickte. »Wenn wir nur annähernd wüssten, wo.«

SIEBEN

Gräfin Rosa hatte sich angewöhnt, ab und zu in der Bar Sa Plaça vorbeizuschauen, wenn Mordfälle aufzuklären waren. So hatte sie die Chance, ihren Lebensgefährten zumindest hin und wieder auch tagsüber zu sehen. Heute hatte sie Glück und begrüßte ihn mit einem liebevollen Kuss, obwohl gerade eine ziemlich dunkle Wolke über dem Tisch schwebte.

»Was ist los, ihr Lieben? Supergau bei der Mordkommission, denn die Leiche war noch gar nicht tot?«

Berger küsste zurück. »Mausetot, mein Schatz, und wir haben sogar noch eine dazubekommen. Allem Anschein nach auch ein Kampfopfer. Wenn die Fälle zusammengehören, und davon gehen wir momentan aus, wird auf unserer schönen Insel gerade eine ganz große Nummer durchgezogen. Leider haben wir keinen Schimmer, von wem oder wie viele Leichen hier noch versteckt liegen.«

»Wir glauben aber zu wissen«, vervollständigte der Comisario den Bericht, »dass potenzielle Opfer von den Initiatoren erst in die finanzielle Pleite getrieben werden, um sie danach für solche Irrsinnskämpfe anzuwerben.«

Für die Gräfin war der Fall klar. »Dann raus damit an die Presse und an das Fremdenverkehrsbüro, damit die keine weiteren Kämpfer rekrutieren können.«

»Nein, meine Liebe, so einfach ist das nicht.« Berger rührte nachdenklich in seinem Cortado. »Es gibt genügend testosterongeschwängerte Primaten, die von ihrer Kampfkraft dermaßen überzeugt sind, dass sie sich nicht von dem Gedanken abschrecken lassen, bei einem Kampf getötet zu werden. *Ihnen* kann das schließlich nicht passieren, weil sie natürlich viel mehr draufhaben als alle anderen.«

»Mit so einem Aufruf«, ergänzte García Vidal, »würden wir den Veranstaltern außerdem zu verstehen geben, dass wir ihnen auf der Fährte sind.«

Jordi Vidal betrat die Bar, bestellte sich ein Tonica und setzte sich zu ihnen an den Tisch. »Es gibt was Neues in Sachen Kampfopfer. Stephan Reimann, unsere Meeresleiche, hat in Cullera Urlaub gemacht. Das ist ein Badeort südlich von Valencia.«

»Ach, schau mal einer an«, murmelte Berger, »und gefunden hat man ihn auf der Wasserstraße zwischen Valencia und Mallorca. Da wird der arme Kerl wohl nur ein halbes Ticket für die Überfahrt gelöst haben.«

»Doch was«, fragte Jordi laut, »hat der Mann überhaupt auf See gemacht? Oder besser: Was hat er falsch gemacht, dass er über Bord gegangen ist?«

»Er könnte einen Kampf verloren haben.« Berger bestellte neue Cortados. »Aber ist es überhaupt möglich, auf einem Schiff so eine Kampfveranstaltung durchzuziehen? Die Autodecks stehen voller Wagen, und in den größeren Sälen ist das Mobiliar festgeschraubt. Die kann man nicht so einfach wegräumen.«

»Auf den ganz großen Pötten gibt es ziemlich große Theater«, meinte García Vidal und verwarf diesen Gedanken sofort wieder. »Nein. In so einem Theater sitzt das zahlende Publikum viel zu weit weg vom Geschehen. Für ihre Tausende von Euros, die so eine Karte am Ring mit Sicherheit kostet, wollen die aber garantiert ganz dicht dabei sein. Die wollen den Todesschweiß der armen Teufel riechen können. Dann doch eher die Fähre.« Er dachte nach. »Jordi, Sie gehen bitte wieder zurück ins Büro und versuchen, jemanden aufzutreiben, der auf so einem Riesenschiff arbeitet, einen Kapitän oder ein höherrangiges Besatzungsmitglied. Erklären Sie demjenigen unser Problem und lassen Sie sich beraten, wo man so einen Kampf durchführen könnte. Arantxa soll mit den Kollegen in Valencia Kontakt aufnehmen. Andrea soll veranlassen, dass sämtliche Fähren zwischen Valencia und Palma von jetzt an keine Sekunde mehr aus den Augen gelassen werden. Ich selbst werde nachkommen, wenn ich mit der Küstenwache telefoniert habe, damit die Überwachung auch auf hoher See gewährleistet ist. Ich will, dass mir jedes ungewöhnliche Ereignis sofort gemeldet wird, und wenn es nur eine Fehlzündung sein sollte.« Er stand auf. »Sorry, ihr Lieben, ich muss mich auf den Weg machen.«

Carmen und der Comisario verpassten sich nur um Sekunden. Nachdem sie Bella zu trinken gegeben hatte, setzte sie sich zu Rosa und Berger an den Tisch. »Hola, Gräfin, hola, Residente, hatte der Chef keinen Kaffeedurst?«

Sie brachten sie bei einem weiteren Cortado auf den neuesten Stand der Ermittlungen.

»Und wie sieht es bei dir aus?«

»Ich habe die beiden Kinder des Mordopfers aufgesucht. So viel Verachtung für den Vater habe ich bei jungen Menschen noch nie erlebt. Vor allem beim Sohn war das sehr ausgeprägt.«

»Ich habe den Alten zwar nicht gekannt«, brummte Berger, »aber er soll ein ziemlich harter Knochen gewesen sein. Einer von den Ewiggestrigen.«

»Das klingt noch geschmeichelt. Ein Ewiggestriger zeichnet sich für mich dadurch aus, dass er vor allem mit Sprüchen glänzt. Die Truppe um Fluxá hat sich aber anscheinend auch durch Taten in Szene gesetzt.«

»Es gab hier vor vielen Jahren mal einen Vorfall«, sagte Berger. »Eine Art Mob hat einen Senegalesen, der wohl die Tochter eines Polizisten angebaggert haben soll, übel zugerichtet, und das auch noch in aller Öffentlichkeit. Dabei trugen die Täter die Kluft einer Semana-Santa-Gesellschaft. Die müssen mit ihren weißen Zipfelmützen wie Ku-Klux-Klan-Aktivisten ausgesehen haben.«

»Ich habe im Archiv recherchieren können. Das war Ende der siebziger Jahre. Die haben den armen Kerl mitten auf der Plaça Mayor nackt an ein Kreuz gebunden und ihn unter dem Gejohle der Menge kastriert. Danach haben sie ihn mit Benzin übergossen. Eine junge Mallorquinerin hat damals verhindert, dass sie den armen Kerl auch noch anzünden. Dabei soll sie einem dieser Aktivisten die weiße Mütze vom Kopf gerissen haben. Bevor sie am nächsten Tag bei der Polizei aussagen konnte, ging ihr Auto mit ihren beiden Hunden darin in Flammen auf. Im Polizeibericht wurde vermerkt, dass die Tiere beim Spielen im Auto wohl versehentlich den Zigarettenanzünder betätigt hätten. Die Frau konnte sich danach nicht mehr an das Gesicht dieses Kerls erinnern.«

»Tja, die Zeiten waren damals andere.« Berger nickte wissend. »Es sind auch noch andere Autos oder Häuser abgebrannt, ohne dass die Schuldigen jemals gefunden wurden, aber irgendwie hat doch jeder gewusst, wer dahintersteckte.«

»Und immer mit von der Partie: die Herren von der Policía Local.« Carmen schnaubte vor Wut.

»Nun mach nicht so ein Fass auf. Die Polizei ist heute eine andere. Damals gab es ja gar keine Insulaner bei der mallorquinischen

Guardia Civil. Man durfte als Guardist in einem Umkreis von zweihundert Kilometern um seine Heimatstadt nicht eingesetzt werden, um eben diese Auswüchse von Eigen- und Lynchjustiz zu verhindern. Und das war ein gutes Gesetz, denn fast jede Familie war mit irgendeinem anderen Clan seit dem Bürgerkrieg verfeindet. Das wäre früher ein einziges Hauen und Stechen geworden. Mit dieser Regelung hat Franco das Schlimmste verhindern können. Außerdem ist man als Polizist härter zu Fremden als zu seinen eigenen Leuten.«

»Wussten Sie, dass Fluxá bei den Schwarzhemden gewesen sein soll?«

»Mein Gott, Carmen, wer war das nicht? Wenn du das heute verfolgen wolltest, müsstest du die Großväter halb Santanyís ins Gefängnis stecken. Wobei ich betonen möchte, dass die roten Aktivisten auch keine Kinder von Traurigkeit waren. Das ist ein von der Zeit mühsam verschlossenes Wespennest, meine Liebe, aber darin brummt es noch. Sollte jemand auf die Idee kommen, mit dem Ast der Gerechtigkeit darin herumzustochern, kann ihm der Teil der Historie, den gründlich aufzuarbeiten sich ein Großteil der Mallorquiner weigert, ganz gewaltig um die Ohren fliegen.«

Man sah Carmen förmlich an, wie sehr ihr das gegen den Strich ging. »Nichtsdestotrotz habe ich einen Durchsuchungsbeschluss für Fluxás Finca beantragt. Und ihn auch bekommen.« Sie zog ein Kuvert aus ihrer Gesäßtasche und wedelte damit herum. »Wollen wir doch mal sehen, wie viele schwarze Hemden Señor Fluxá noch in seinem Schrank hängen hat.« Sie erhob sich von ihrem Stuhl und verließ, gefolgt von Bella, die Bar.

Berger fehlten die Worte. »Und den hat sie so einfach bekommen? Das ist erstaunlich.«

»Dafür muss sie ja nicht zur Staatsanwaltschaft. Da reicht ja auch ein kleiner Haftrichter.« Gräfin Rosa rutschte sichtlich aufgeregt auf ihrem Stuhl hin und her. »Michael, bitte gehen Sie da mit. Das Mädel rennt in ihrem Gerechtigkeitswahn noch in ihr Verderben.«

Sie küssten sich kurz, und Berger folgte Carmen.

***

Es war zwar schon früher Abend, aber im Büro der Policía Nacional glühten noch immer sämtliche Leitungen. An jedem Platz wurde fieberhaft gearbeitet, um sämtliche von García Vidal eingeforderten Recherchen beizubringen. Den Kapitän eines Kreuzfahrtschiffes hatte Jordi Vidal schnell gefunden, doch der schloss diese Kategorie Schiff für Kampfveranstaltungen aus. Derartige Kämpfe ließen sich an Bord nur im Freien auf einem der großen Freizeitdecks durchführen, und davon wüssten dann inklusive des Personals über dreitausend Menschen. Das ließe sich niemals geheim halten. Inzwischen war Jordi damit beschäftigt, die durch die Hotelanmeldungen bekannten Bankverbindungen der in letzter Zeit vermisst gemeldeten Touristen zu checken. Dafür mussten deren deutsche Banken über Europol um Amtshilfe gebeten werden. Angela Bischoff hatte dank ihrer BKA-Kontakte wertvolle Informationen über den zweiten Toten beisteuern können. Dabei bestätigte sich die Hooliganvergangenheit des jungen Mannes, und in diesem gefährlichen und sinnlosen Hobby hätte wohl auch seine Zukunft gelegen, wenn der Sensenmann dem keinen Riegel vorgeschoben hätte.

Arantxa Burguera kam zu ihnen an den Tisch. »So, die Überwachung der Fähre steht, die Kollegen vom Festland ziehen mit. Ich habe der Guardia Civil zwei Beamte aus dem Kreuz leiern können, die heute Nacht, als Touristen getarnt, mit nach Palma fahren. Es muss nur noch geklärt werden, über welche Kostenstelle das geht.«

»Zur Not über unsere«, brummte García Vidal, »wo ist das Problem?«

»Es liegt darin, dass wir, sowie wir unsere Kostenstelle angeben, einen roten Reiter draufgesetzt bekommen.«

»Na und?«

»Der rote Reiter besagt, dass unsere Kostenstelle gesperrt ist und wir jede Büroklammer, die wir bestellen wollen, von ganz oben mit sechsundneunzig Stempeln genehmigen lassen müssen. Leider haben wir unser Budget überzogen, Chef.«

»Aber wir haben doch erst Oktober«, polterte der Comisario verärgert.

»Eben, deswegen haben wir ja auch die Sperre.«

»Scheiße, so kann ich einfach nicht arbeiten!« Wütend warf

García Vidal seinen Kuli in die Ecke. »Sorge bitte dafür, dass ich augenblicklich den Staatssekretär ans Rohr kriege, sonst drehe ich in diesem von Erbsenzählern verseuchten Puff noch durch.«

***

Schon Hunderte Meter vor Fluxás Finca benahm sich Bella auf ihrem Rücksitz wie verrückt. Als sie den Wagen abstellten, begann sie zu knurren und drohte fast, durch das geschlossene Fenster zu springen.

»Na, da bin ich ja gespannt, was uns drinnen erwartet.« Carmen stieg aus, ließ den Hund aus dem Wagen und öffnete das elektrische Schiebetor. Das hatte sich kaum zwanzig Zentimeter weit geöffnet, da schoss Bella schon durch die Lücke und rannte böse knurrend, die Nase immer dicht am Boden, auf das Haus zu. Vor der geschlossenen Tür blieb sie bellend stehen. Carmen zog ihre Waffe. »Es scheint uns jemand zuvorgekommen zu sein.« Sie sah auf Berger. »Haben Sie Ihre Waffe schon wieder nicht dabei?«

Er zuckte verlegen mit den Schultern. »Woher sollte ich ahnen, dass ich heute Abend noch mal Cowboy und Indianer spielen muss.«

»Mit der Einstellung werden Sie vermutlich irgendwann am Marterpfahl enden.« Die Pistole in beiden Händen, ging sie langsam auf die Eingangstür zu. Den Hund, der immer wieder daran hochsprang und versuchte, sie mit den Pfoten zu öffnen, pfiff sie zurück. »Sitz, Bella.« Die Hündin folgte, am ganzen Körper vor Anspannung bebend. Carmen drückte die Klinke herunter. Es war offen.

»Policía National«, rief sie laut. »Kommen Sie mit erhobenen Händen heraus.«

Sie warteten einen kurzen Augenblick.

»Ich lasse jetzt meinen Hund von der Leine!«

Als sich wieder nichts regte, kam der Befehl an Bella. »Los, Bella, such!«

Das Tier schoss hoch und lief schnüffelnd durch das Haus. Nach einer knappen Minute kam Bella zurück und setzte sich neben ihr neues Frauchen.

»Hm«, brummte Berger, »es scheint wohl doch niemand mehr hier zu sein.«

Carmen steckte die Waffe wieder ins Holster.

Sie betraten langsam das Wohnzimmer. Staunend sahen sie sich um. Sämtliche Schranktüren und Schubladen standen offen, und es befand sich kein einziger Gegenstand mehr in den Schränken und Kommoden.

»Da war aber jemand gründlich. Etwas suchen ist ja normal, aber gleich alles, was es in so einer Wohnung gibt, mitzunehmen, ist eine völlig neue Variante.« Berger drehte sich einmal um sich selbst. »Hör mal, hingen hier nicht gestern noch überall Fotos an den Wänden?«

Carmen nickte. »Und wenn wir wüssten, wer dadrauf ist, hätten wir jetzt mit ziemlicher Sicherheit den, der im Haus Tabula rasa gemacht hat.«

Sie suchten die restlichen Räume ab. Überall das gleiche Bild. Selbst die Schränke und Kommoden im Schlafzimmer waren komplett geleert worden.

Berger öffnete die Tür zum Hof der Finca. »Nun fehlt nur noch, dass neben dem Pool feucht gewischt wurde, um auch das Blut zu entfernen.«

»Das würde wenig bringen. Ich habe mir von der Spusi eine Sprühflasche mit Luminol geben lassen und so eine Speziallampe. Damit können wir alle Blutflecken wieder sichtbar machen.« Sie drehte sich um und ging zum Auto, um die Sachen zu holen.

»Und warum hast du das Zeug jetzt besorgt?«, fragte Berger neugierig, als sie zurückkam. »Die Blutlache ist noch dort, wo wir sie gesehen haben.«

»Davon ging ich aus.« Carmen ging daran vorbei, sprühte neben der Pooltreppe eine andere Stelle ein und beleuchtete sie dann mit der Lampe. Ein großer hellblauer Fleck leuchtete auf. »Aber hier haben wir den Beweis, dass die Zeichnungen, die Vanessa Riesche für uns angefertigt hat, exakt sind.« Sie zog eine der Zeichnungen aus ihrer Mappe und zeigte auf die leuchtende Stelle. »Genau dort, wo sie sie eingezeichnet hat.« Sie schob die zweite Zeichnung über die erste. »Und dort drüben, neben dem Tisch, muss die dritte Lache gewesen sein.«

Sie umrundeten den Pool, sprühten die Stelle ein, und bei der Bestrahlung mit der Lampe leuchtete dort ebenfalls ein Fleck auf.

»Schauen Sie nur.« Carmen war begeistert. »Hier sieht man noch ganz deutlich, wo die Hutnadel gelegen hat.«

»Das bedeutet«, fasste Berger die Fakten zusammen, »dass die Riesche gar keinen weichen Keks hat, sondern mit ziemlicher Sicherheit gezielt in den Wahnsinn getrieben werden sollte. Wie machen wir Staatsanwalt Vela jetzt klar, dass er sich in Funk und Fernsehen zu Unrecht als Super-Sherlock-Holmes hat feiern lassen?«

Carmen setzte sich zum Nachdenken an den Gartentisch neben dem Pool. »Erste Nacht: Vanessa Riesche liegt im Bett und wird wach, wodurch auch immer.« Sie stutzte. »Da fängt's schon an, schwammig zu werden. Waren es Stimmen? Woher kommen sie dann? Es wird sich ja kaum jemand mit einer Flüstertüte neben das Bett gestellt haben.«

Berger zückte sein Handy. »Capitán Ramirez hat doch so ein junges Technikgenie in Colonia St. Jordi sitzen. Ich sage ihm, dass er ihn uns herschicken soll.«

Nach einem kurzen Telefonat war alles in die Wege geleitet. »Er ist in zwanzig Minuten hier.«

»Okay«, fuhr Carmen fort. »Jetzt gilt es, die zweite Nuss zu knacken. Wie hat man Miguel Fluxá ohne sein Wissen anzapfen und sein Blut lachenweise am Pool verteilen können?«

»War es denn auch mit Sicherheit sein Blut?«

»Sí, Señor, wenigstens zweimal. Dass das Blut an der Hutnadel aus der zweiten Lache ebenfalls von Fluxá stammt, habe ich vom Institut für Rechtsmedizin heute Nachmittag schwarz auf weiß bekommen. Nur von der ersten Blutlache haben wir keine Probe, die wir untersuchen könnten.«

»Dann ruf doch bitte kurz in der Rechtsmedizin an, dass die das Blut noch mal untersuchen sollen. Diesmal aber auf CPD-Stabilisatoren.«

»Was sind denn das für Dinger?«

»Das ist ein Mittel, das Blut haltbar macht. So viel Blut kann man einem Menschen nicht einfach unbemerkt abzapfen. Das können eigentlich nur Konserven gewesen sein.«

Carmen leuchtete das nicht ein. »Gut. Nehmen wir einmal an, das Fluxá Blutspender war. Es wäre aber doch ein irrsinniger Aufwand, dieses ganz bestimmte Blut aus den Safes der Blutbank zu rauben. Und woher wollen die Räuber wissen, dass es dann auch noch verfügbar ist und nicht zur Herstellung anderer Blutprodukte verwendet wurde?«

»Warum musst du ausgerechnet mich mit derart intelligenten Fragen bombardieren?«, erwiderte Berger ungehalten. »Schreib sie für Jordi auf, der kann dann den Rechtsmediziner oder Fluxás Hausarzt damit nerven.« Er trommelte ungeduldig mit den Fingern auf dem Gartentisch. »Wir beide sollten uns lieber um die Beantwortung der Frage kümmern, warum es drei Termine gab, an denen hier etwas manipuliert wurde, der Hund aber nur einmal betäubt werden musste.«

Carmen lief konzentriert überlegend am Rand des Pools auf und ab. »Weil bei den ersten beiden Malen vielleicht jemand hier war, der das Schiebetor öffnen konnte. Bella ist darauf konditioniert, befugtes Betreten zu akzeptieren. Wer durch das geöffnete Tor kommt, gehört zu den Guten.«

»Das leuchtet ein.« Berger nickte. »Ergo ist jeder, der einen Schlüssel hat oder die Kombination kennt, tatverdächtig.«

»Zumindest ist er verdächtig, versucht zu haben, Vanessa Riesche in den Wahnsinn zu treiben. Dass er letztlich auch am Mord irgendwie beteiligt war, ist nicht unbedingt anzunehmen. Der Mörder hatte weder einen Schlüssel, noch kannte er die Kombination, sonst hätte er Bella nicht betäuben müssen.«

»Exakt. Demnach wäre aber Vanessa Riesche auf jeden Fall Opfer und nicht Täterin.« Berger zuckte mit den Achseln. »Womit wieder einmal etwas ist, was nicht sein darf, denn jede Rehabilitierung dieser Dame ist ein Dolchstoß in den Rücken der Staatsanwaltschaft. Je sorgfältiger du also deine Arbeit machst, meine Liebe, desto mehr reitest du dich in die Scheiße. Das ist dir doch wohl klar, oder?«

»Sí, Señor.« Sie lächelte ihn an. »Womit ich dann ja wohl in die Fußstapfen meines Lehrmeisters trete, oder?«

Er legte mit väterlicher Miene seine Hand auf ihre. »Ich hoffe inständig, dass nicht. Ich habe nämlich die Hoffnung, dass du sogar viel besser wirst, als ich es jemals war. Im Gegensatz zu mir bist du immerhin eine schöne Frau, der man das nicht übel nehmen wird.«

Es bummerte am Stahltor. Bella lief sofort in die Richtung, setzte sich davor und fletschte lautlos die Zähne.

Carmen ging ins Haus und drückte den Öffner.

Das Tor schob sich leise zur Seite. Davor stand ein junger Mann, der beim Anblick des Hundes vor Entsetzen die Augen aufriss und aussah, als wäre er am liebsten im Erdboden versunken.

»Aus, Bella, und komm bei Fuß.«

Das Tier gehorchte, und bei dem Besucher wich die Anspannung.

»Hätten Sie mich nicht warnen können, dass hinter diesem Höllentor ein Zerberus sitzt?« Er trat ein und stellte sich vor. »Mein Name ist Joau Gómez. Ich bin technischer Mitarbeiter von Capitán Ramirez.« Mit Blick auf Berger ergänzte er: »Ich glaube, wir kennen uns schon, oder?«

»Sí, Señor. Ich war dabei, als Sie Ihrem jetzigen Brötchengeber zum ersten Mal begegneten.«

Carmen und Berger sagten dem jungen Mann, wonach er suchen sollte. Er nickte knapp, klappte seinen Koffer auf und entnahm ihm ein Gerät von der Größe eines Transistorradios.

»Was ist das?«, fragte Berger neugierig.

»Ein Breitband-Kennungsgeber.«

»Aha. Und was macht der?«

»Er sendet einen Signalton auf sämtlichen analogen und digitalen Frequenzen. Wenn hier im Haus irgendwo ein Empfänger sein sollte, wird er gleich mörderisch anfangen zu pfeifen.« Es sah sich irritiert um, als würde er seine Umgebung jetzt erst richtig wahrnehmen. »Warum ist hier alles so leer?«

»Gute Frage«, antwortete Carmen. »Es hat wohl jemand versucht, sämtliche Hinweise auf seine Person zu entfernen. Da er aber anscheinend selbst nicht wusste, welche das sind, hat er oder sie einfach alles mitgehen lassen.«

Joau Gómez schien seit Aufnahme seines Jobs bei Capitán Ramirez eine Menge über Polizeiarbeit dazugelernt zu haben. »Sie haben doch sicher Fotos aus der Zeit, als noch alles an Ort und Stelle stand?«

Carmen zeigte sie ihm auf ihrem Handy.

Er betrachtete sie eingehend, griff nach dem Frequenzgeber und stellte ihn aus. »Sehen Sie mal, dort auf dem Nachttisch, das ist eine digitale Lautsprecherbox.« Er vergrößerte mit einer schnellen Schiebebewegung das Foto, das die Spurensicherung von Fluxás Schlafzimmer gemacht hatte. »Die wird über Bluetooth vom Zentralrechner aus gesteuert. Wenn ich den über einen Virus versklave, kann ich demjenigen, der hier geschlafen hat, nachts via Internet ganze Hörspiele unterjubeln.«

Berger hatte verstanden. »Wenn Sie diesen Rechner hätten, könnten Sie mir doch sicherlich auch sagen, wer den Geräuschzauber veranstaltet hat, nicht wahr?«

»Sí Señor. Die Festplatte würde mir schon reichen, um den Übeltäter dingfest zu machen.«

Berger verzog das Gesicht.

»Haben Sie plötzlich Zahnschmerzen?«

»Nein, ich denke nur darüber nach, wie sehr wir uns zum Deppen machen würden, wenn die Riesche doch die Mörderin ist. Im Grunde machen wir jetzt den gleichen Fehler wie Alejandro Vela. Dass sie eine Mörderin sein könnte, kommt in unserem Denken gar nicht mehr vor.«

Carmen sah Berger enttäuscht an, dann ging ein Ruck durch ihren Körper. »Okay, in dem Fall ist es eben so. Durch uns hat sie dann wenigstens eine faire Chance.«

***

Zum ersten Mal seit längerer Zeit saßen sie mal wieder in großer Runde um den gräflichen Küchentisch herum. García Vidal mit seiner Angela, Gräfin Rosa mit dem Residente, Carmen und ihr Tomeu. Während sich die Erwachsenen mit Cortado und Vino Tinto »beschäftigten«, hatte es sich Esmeralda, die kleine Adoptivtochter von Carmen und Tomeu, mit den Tieren auf deren Lager gemütlich gemacht.

»Bevor gleich wieder euer Pieper geht«, sagte Gräfin Rosa, »möchte ich bekannt geben, dass uns Tante Auguste morgen für ein paar Wochen besuchen wird. Es war ihr zu Hause wieder einmal zu langweilig.«

»Das ist doch vorgeschoben«, widersprach Berger. »Sie will garantiert die Vorbereitungen für unsere Hochzeit angehen und Ihre offizielle Adoption in die Wege leiten.«

»Das auch.«

Er strich seiner Gräfin liebevoll über den Rücken. »Dann macht mal schön. Solange es dabei bleibt, dass ich Sie heiraten darf, ist mir der Rest egal.«

»Geheiratet wird aber erst«, mischte sich García Vidal ein, »wenn der oder die Herren Mörder in U-Haft sitzen. Vorher brauche ich Sie noch, Miguel.«

»Ich übrigens auch.« Carmen verzichtete auf den Wein, den die Gräfin ihr gerade einschenken wollte, da sie dienstlich auf dem Sprung war, und nahm lieber noch einen Cortado. Sie wartete nur noch auf die Erteilung der Durchsuchungsbeschlüsse für die Wohnungen der beiden Fluxá-Nachkömmlinge.

»Glaubst du denn, dass sie es waren, die die Finca ihres Vaters ausgeräumt haben?«

»Sie haben zumindest ein Motiv. Ich wüsste sonst niemanden, der ein Interesse daran gehabt hätte, ihre zukünftige Stiefmutter psychisch derart zu terrorisieren. Wenn wir ihnen das nachweisen können, ist es strafrechtlich relevant.«

»Da würde ich vorsichtig rangehen.« García Vidal blieb skeptisch. »Momentan würden sie lediglich als mallorquinische Helden gefeiert werden, die die Gefahr, in der sich ihr von einer Deutschen hinterrücks gemeuchelter Vater befand, vorausgesehen haben. So werden es nationalistische Kräfte hinstellen wollen.«

»Auf der Nummer kocht doch jeder sein Süppchen.« Berger goss sich Wein nach. »Nach dem, was dir der Sohnemann erzählt hat, Carmen, könnten Fluxás alte Weggefährten aber ebenfalls ein Motiv haben, die Wohnung ihres Kumpels zu räumen. Es sind jede Menge Bilder von den Wänden verschwunden, auf denen mit Sicherheit einige dieser Typen zu sehen waren. Und wer weiß, was Fluxá sonst noch so aus der Franco-Zeit gebunkert hatte. Wenn du bei den Kids nichts findest, wirst du bei der Hälfte der Hautevolee Santanyís ebenfalls Haussuchungen beantragen müssen.«

»Das gedenke ich auch zu tun. Esteban Fluxás Aussage habe ich meinem Bericht an die Staatsanwaltschaft bereits beigefügt. Darauf müssen die ja schließlich irgendwie reagieren.«

»Aber selbst wenn du bei Fluxás Gesinnungsgenossen etwas finden würdest, könnte das das Ende deiner Karriere sein. Das ist dir doch klar?«, fügte der Comisario mit ernstem Gesicht hinzu.

Carmen nickte betreten. »Ich habe schon daran gedacht, wenn ich ehrlich bin. Aber ich kann doch nicht auf halber Strecke haltmachen, nur weil ich bei der ersten Station nicht fündig geworden bin.«

»Was gewinnst du, wenn du weitermachst?«

»Gerechtigkeit.«

»Aber um welchen Preis! Was für dich Gerechtigkeit ist, könnte andere ins Unglück stürzen. Santanyí fährt mit seinen Politikern bisher ganz gut. Die Stadt steht im Gegensatz zu anderen spanischen Gemeinden relativ glänzend da. Die Welt wäre kein bisschen gerechter, wenn sich an dieser vermeintlichen Ungerechtigkeit etwas ändern würde.«

Carmen sah ihren Chef groß an. »Was wollen Sie mir damit sagen?«

»Dass ich dich mit aller Kraft unterstützen werde, egal wie du dich entscheidest. Ich weiß aber nicht, ob mein Einfluss ausreicht, um dir nach unüberlegten Schritten den Rücken zu stärken.«

Carmen nickte ihm zu. »Danke, ich werde mich revanchieren.«

»Während Carmen mit dem Residente in Sachen Poolleiche unterwegs war«, wechselte Angela das Thema, »hat sich heute Nachmittag doch sicher auch etwas an der Kämpferfront getan, oder?«

García Vidal winkte ab. »Leider nicht so richtig viel. Da unsere Kostenstelle mal wieder gesperrt war, haben wir es leider nicht geschafft, wie geplant zwei Zivilkollegen aus Valencia auf der Abendfähre nach Palma unterzubringen. Dafür hat die Küstenwache ein Auge auf alles. Die haben mir versichert, dass da selbst in der Nacht nicht einmal mehr ein Abfalleimer über Bord gehen kann, ohne dass sie das mitkriegen. Besonders aussichtsreich ist das allerdings nicht. Korvettenkapitän Henriquez Gómez von der Küstenwache hat uns zwar dankenswerterweise detaillierte Baupläne der Fähren gemailt, die zwischen Mallorca und Valencia verkehren. Trotz genauen Studiums haben wir aber auf keinem der Schiffe einen geeigneten Raum ausmachen können, in dem man solche Ultimate-Fighting-Kämpfe durchziehen könnte. Wir warten noch auf die Pläne der Kreuzfahrer.«

»Gibt es irgendwas Neues in Bezug auf den angeblichen Konsulatsmitarbeiter?«, erkundigte sich Berger.

»Die Freundin des ersten Toten ist gerade dabei, die Verbrecherkartei nach dem Typ zu durchsuchen. Wir hatten ihr einen Zeichner ins Hotel geschickt, der nach ihren Angaben ein

Phantombild angefertigt hat, das gab aber leider keinen Treffer in unserer biometrischen Datei. Arantxa und Marga versuchen außerdem, ein paar spezielle Freunde in Cala D'or anzuzapfen. Die werden es ja schließlich mitkriegen, wenn ihre Touristen von der Konkurrenz abgezockt werden. Mehr, denke ich, können wir im Augenblick nicht tun.«

Carmens Handy kündigte eine SMS an. Sie sah auf das Display und nickte. »Dann wollen wir mal. Die Durchsuchungsbeschlüsse sind da. Darf ich mir Andrea und Jordi ausleihen? Es müssen gleichzeitig vier Wohnungen durchsucht werden, die Privatwohnungen der beiden Fluxás und deren Arbeitsstellen.«

García Vidal nickte. »Gern, aber mach sie mir nicht zu sehr kaputt. Ich denke, dass die nächsten Tage anstrengend für uns alle werden.«

***

Schon auf dem Weg nach Valldemossa bekam Carmen über Funk mit, dass sich in Esteban Fluxás Club etwas zusammenbraute. Wie es bei Hausdurchsuchungen üblich war, war das Anwesen bereits unauffällig von Beamten in ihren Fahrzeugen umstellt worden, und die meldeten, mehrere in schwarze Lederkleidung gehüllte Herren hätten das Etablissement betreten. Einer der Kollegen umschrieb die martialisch aussehende und mit Schusswaffen und Baseballschlägern bewaffnete Gruppe gar als »Rollkommando«.

Als Carmen mit ihrem Wagen in der Avenida Arxiduc Lluis Salvador vorfuhr, wirkte die gesamte Stimmung rund um das Haus auf sie extrem angespannt und ganz anders, als man es von einem »Relax Inn« erwarten würde. Mehrere Gäste verließen gerade aufgeregt gestikulierend das Gebäude, liefen zu ihren Fahrzeugen und flüchteten geradezu mit ihren Autos vom Parkplatz. Als aus dem Inneren des Hauses dann auch noch Hilferufe und das Klirren zerberstender Scheiben zu hören waren, alarmierte Carmen die Kollegen vom SEK und rief die Policía Local zur Unterstützung her.

»Mit Blaulicht und so viel Getöse wie möglich direkt auf dem Parkplatz vorfahren und dabei den Ring rund um das Haus enger schließen«, lautete Carmens Anweisung. An die Kollegen vor Ort gab sie über Funk den aktuellen Stand durch: »Noch kein Zugriff, wir warten auf Verstärkung.«

Mit quietschenden Reifen und laufenden Sirenen bogen mehrere Streifenwagen von der Avenida aus auf das Gelände ein und bremsten lautstark auf dem Kiesweg. Die Türen wurden geöffnet, und Polizisten verschanzten sich mit gezogenen Waffen dahinter. Schlagartig verstummten im Haus sämtliche Geräusche. An mehreren Fenstern wurden vorsichtig die Vorhänge zur Seite geschoben. Die Besatzer des Hauses verschafften sich einen Überblick über die Situation draußen. Ein Kollege drückte Carmen ein Megafon in die Hand.

»Hier spricht die Polizei. Das Haus ist umstellt. Ich fordere Sie auf, sich umgehend und mit erhobenen Händen auf dem Parkplatz einzufinden.«

Eine Weile passierte nichts. Dann stieg dicker schwarzer Rauch aus dem Kaminschornstein auf.

»Was soll das bedeuten?«, fragte der Guardist neben Carmen.

»Ich habe keine Ahnung.«

***

Angela und der Comisario waren nach Carmens Weggang ebenfalls aufgebrochen und hatten sich auf dem Weg zu seiner Wohnung kurzfristig dazu entschlossen, einen Abstecher nach Alqueria Blanca zu »ihrem« kleinen Kloster zu machen, um dort noch ein wenig zu zweit den Sternenhimmel zu genießen.

Da bei dem Residente und seiner Gräfin nun schon so lange von Hochzeit die Rede war, hatte García Vidal den Wunsch, seiner Freundin ebenfalls einen Antrag zu machen. Dies könnte der geeignete Moment dafür sein, glaubte er.

Die Rücken aneinandergelehnt, genossen sie die atemberaubende Aussicht auf die Unendlichkeit der Galaxien, und Gracía Vidal wurde bei diesem Anblick einmal mehr die Endlichkeit seiner Jugend und seines Glückes bewusst. Tastend suchte er ihre Hand und fand sie auch. Liebevoll streichelte er sie. »Meine Geliebte, versteh bitte, dass ich dich mit meiner Frage jetzt nicht überrumpeln will, aber ich würde mit dem Gedanken daran, mit dir –«

Sein Handy klingelte und ihres Sekunden später auch. Nach ein paar kurzen Sätzen waren beide Gespräche beendet.

»Geiselnahme in Valldemossa, Carmen braucht Hilfe. Und bei dir?«

»Das Konsulat war dran. Im Parc Natural Mondragó hat man einen toten Deutschen gefunden.«

»Was denn, um diese Zeit?«

»Einer der Ranger hat ihn bei seiner abendlichen Kontrollrunde entdeckt.«

»Okay, dann nimm Miguel mit. In Valldemossa kommen wir allein klar.«

Beide stürzten zu ihren Wagen. Als sie gerade einsteigen wollten, hielt Angela inne. »Cristobal, ich hätte da noch eine Frage.«

»Was gibt es denn noch?«

»Hättest du Lust, mich zu heiraten?«

Er war wie vom Donner gerührt. »Aber das wollte ich dich doch fragen!«

»Hast du aber nicht. Jetzt frage ich dich.«

»Ja, mein Liebling. Nichts lieber als das. Ich will!«

Sie lächelte und warf ihm eine Kusshand zu. »Mehr nachher. Ich liebe dich.«

Sie stiegen in ihre Autos und rasten zu ihren jeweiligen Einsatzorten.

***

García Vidal suchte eine Weile, bis er die Wagentür fand, hinter der sich Carmen verschanzt hielt.

»Wie ist die Lage?«

»Soweit wir rekapitulieren konnten, wurde der Club von mindestens fünf Männern gestürmt. Diverse Gäste konnten den Club verlassen, aber das Personal befindet sich in der Gewalt der Männer. Ob auch noch Gäste darunter sind, weiß niemand so genau. Unsere Anwesenheit hat die Schläger wohl daran gehindert, Personal und Mobiliar komplett aufzumischen.«

»Hast du Kontakt zu den Kerlen?«

»Ja, über das Handy von Esteban Fluxá. Auf diesem Weg habe ich ihnen auch eine schwer verletzte Geisel abschwatzen können.

Die haben sie uns zum Abtransport durch die Rettungssanitäter draußen vor die Tür gelegt.«

»Wer war das, und was heißt schwer verletzt?«

»Es war ein Angestellter, den diese Verbrecher mit einem Baseballschläger erst durchgeprügelt und dann rektal … nun, man muss wohl sagen gepfählt haben.«

»Um Gottes willen!« Der Comisario stöhnte auf. »Was sind das für Irre, die anderen Menschen so etwas antun?«

»Die Schergen, die Fluxá seinem Sohn vor zwei Monaten auf den Hals gehetzt hat, sollen sich ähnlich benommen haben. Ich fürchte, dass es wieder dieselben sind.«

Der Comisario erhielt einen Anruf auf dem Handy und lauschte eine Weile in den Hörer. »Wann genau hast du Fluxás Aussage an die Staatsanwaltschaft weitergegeben?«, fragte er Carmen, nachdem er das Gespräch beendet hatte.

»Gleich nach der Rückkehr von meinem Besuch bei ihm. Das war heute Nachmittag.«

»Ich fürchte, dass diese Kerle vor dem Wahnsinn hier auch schon bei der Schwester waren. Jordi hat sie gefunden, als er mit seinen Leuten die Hausdurchsuchung vollstrecken wollte. Die arme Frau ist zusammengeschlagen worden und scheint auf brutalste Weise mehrfach vergewaltigt worden zu sein. Sie rief immer wie im Wahn, dass sie bestimmt nichts der Polizei sagen würde. Im Krankenhaus sind bei ihr schwere innere Blutungen festgestellt worden. Es besteht Lebensgefahr.«

Beißender Brandgeruch waberte über die gesamte Umgebung der Einsatzstelle hinweg zu ihnen herüber. Carmen sah sich irritiert um. »Räuchern die sich dadrinnen jetzt selbst aus?«

García Vidal zeigte auf den Schornstein, aus dem weiterhin dicker schwarzer Qualm aufstieg. »Sie scheinen Beweise zu verbrennen, oder ihnen ist kalt.«

In diesem Augenblick ging die Eingangstür des Hauses auf, und fünf splitternackte Männer verließen mit erhobenen Händen im Gänsemarsch das Haus.

»Kalt ist ihnen offensichtlich nicht.«

***

Die Fundstelle der Leiche wurde von einem Wagen der Feuerwehr hell ausgeleuchtet, sodass Berger schon von Weitem sehen konnte, dass er mit seinem Wagen doch lieber durch die Absperrung fahren sollte, um sich den Fußmarsch vom Parkplatz zum Strand zu ersparen.

Unten angekommen stellte er fest, dass man den Körper nicht direkt am Strand, sondern einhundert Meter landeinwärts im Piniendickicht gefunden hatte.

»Na, Angela, weiß man schon, wo der gestorben ist? Doch sicher nicht hier, oder?«, fragte er mit Blick auf den Leichnam.

Der Rechtsmediziner lachte gehässig auf. »Sie sind auf einer Insel, die vom Tourismus lebt. Warum sollen dann die Leichen nicht auch noch ein wenig auf Tour gehen, bevor sie anfangen zu stinken?«

»Hola, Señor Médico. Wie ich Ihrem Tonfall entnehmen kann, sind Sie nicht wirklich amused.«

»Ich bin einfach nur sauer. Ich war mit meiner Frau dabei, zu diskutieren, als der Anruf kam, und hatte sie quasi schon so weit, dass sie zugeben musste, dass ich recht habe.«

»Ein historischer Moment ist verdorben, das sehe ich ein.«

»Und bei Ihnen, meine Liebe? Hat Ihnen der arme Kerl hier auch die Petersilie verhagelt?«

»Cristobal wollte mir einen Heiratsantrag machen, aber er musste zu einer Geiselnahme und ich hierher.«

»Haben Sie denn noch Ja sagen können?«

»Er hat seine Frage gar nicht beendet.«

»Dann wird nicht geheiratet?«

»Doch, nur heirate *ich* jetzt *ihn*. Von allein wäre der nie aus dem Quark gekommen.«

»Ich störe nur ungern«, unterbrach der Rechtsmediziner ihr Geplänkel, »aber haben Sie nicht eventuell Fragen an mich?«

»Entschuldigen Sie, Señor Médico. Was haben Sie uns also mitzuteilen?«

»Dass das hier ein toter Imker ist.«

Berger stutzte. »Riechen Sie das?«

»Nein.« Der Arzt tippte mit einem Wattestäbchen auf ein Tattoo am Oberarm des Toten, eine Art Bienenkorb über einem Schild. Darauf stand der Spruch »acriter et fideliter«. »Das ist Latein und heißt ›tapfer und treu‹. Leider sind die Details aufgrund der Verwesung nicht mehr zu erkennen.«

»Ein Imker soll das sein? Das kann ich mir nicht vorstellen«, erwiderte Angela. »Welche Imker unterhalten sich denn auf Latein?«

»Tapfere und treue Menschen sind oftmals leider auch dumme Menschen«, murmelte Berger. »Könnte der auch so dämlich gewesen sein, an so einem Ultimate-Fighting-Kampf teilgenommen zu haben?«

»Der Mann ist durch massiven Blutverlust zu Tode gekommen. Irgendwer scheint aus seinen inneren Organen Brei gemacht zu haben, die äußerlichen Blessuren, soweit man sie noch erkennen kann, sprechen eine deutliche Sprache. Ob das bei so einem Irrsinnskampf passiert ist, vermag ich erst nach einer Obduktion zu sagen, aber es könnte durchaus sein.«

Angela zeigte auf die Beine des Toten. »Seine Füße scheinen zum Zeitpunkt des Todes bandagiert gewesen zu sein. Das deutet doch wohl auf Kampfsport hin, oder?«

Der Arzt nickte. »Sie haben recht, aber mein amtliches Statement bekommen Sie trotzdem erst nach der Obduktion.« Er erhob sich und betrachtete den Leichnam nachdenklich. »Um auf ihre anfängliche Bemerkung zurückzukommen, Residente: Gestorben ist er mit Sicherheit nicht hier.«

»Gut.« Berger machte sich Notizen. »Haben Sie eine Ahnung, wie lange der Arme schon tot ist? So, wie der aussieht, doch mindestens eine Woche, oder?«

»Nicht unbedingt. Drei Tage in der prallen Sonne reichen schon für einen derartig würzigen Teint.«

»Okay, aber von Tod durch Kampfsport kann ich doch zunächst mal ausgehen?«

Der Arzt seufzte. »Sie sind ein Quälgeist, Residente, aber meinetwegen.«

ACHT

Sowie die Kerle das Haus verlassen hatten, stürmte Carmen hinein, um zu sehen, ob noch etwas vor den Flammen zu retten war. Sie kam aber zu spät. Im Kamin war frisches Holz aufgelegt worden, das Feuer flackerte jetzt friedlich vor sich hin, und der Rauch hatte auch wieder eine ganz normale Farbe. García Vidal kümmerte sich um die Festsetzung des Schlägertrupps und folgte ihr dann ins Innere des Hauses.

Auch Capitán Ramirez, der seine SEK-Leute wieder abgezogen hatte, verließ den Einsatzleitbus, um sich die Örtlichkeiten genauer anzusehen, und trat zu Carmen und García Vidal. »Na, hier ist aber ganze Arbeit geleistet worden«, urteilte er. »Die Kerle da draußen haben ja keine Faser mehr am Leib. Aber warum habt ihr die in Handschellen um die große Pinie gebunden, als würden Kinder Ringelreihen spielen?«

»Damit die Journalisten was zu fotografieren haben.« García Vidal musste lächeln. »Das war Carmens Idee. Dort am Baum werden die so lange schmoren, bis die Spurensicherung da war und jeden Einzelnen auf Faserreste und DNA-Spuren der Opfer untersucht hat.«

»Das kann aber dauern.«

»Genau.« Carmen grinste. »So holen sie sich wenigstens einen Schnupfen.«

Ein Mann stürmte durch die Eingangstür des Clubs. »Wer ist hier der Einsatzleiter?«, rief er aufgeregt.

Carmen drehte sich zu ihm um. »Ich bin das.«

»Und wer ist Ihr Chef?«

»Das bin ich«, sagte García Vidal. »Und wer sind Sie, wenn ich fragen darf?«

»Mein Name ist Paolo Brotó. Ich bin der Anwalt dieser bedauernswerten Kreaturen da draußen, und ich protestiere in schärfster Form dagegen, wie sie von Ihnen behandelt wurden. Die Männer sind den Blicken aller schutzlos ausgeliefert, und zwar in überaus erniedrigender Weise. Ihr Vorgehen verstößt auf das Gröbste gegen die Menschenwürde.«

García Vidal sah den Mann freundlich an. »Señor Brotó, es verstößt auch gegen die Menschenwürde, seine Mitmenschen mit einer Baseballkeule zu malträtieren. Außerdem hatten die Herrschaften ein Bedürfnis nach einer luftigen Erscheinung, sonst hätten sie ihre Kleidung nicht vollständig verbrannt und splitternackt das Haus verlassen. Wir haben also nichts weiter getan, als diesen Wunsch zu respektieren.«

Der Anwalt überschlug sich fast vor Zorn. »Und wessen beschuldigt man meine Mandanten?«

»Die Herren wurden wegen schwerer Körperverletzung, Hausfriedensbruch und Exhibitionismus festgenommen. Der Rest ergibt sich noch.«

Der Anwalt war sprachlos.

»Sehen Sie, Señor«, García Vidal sprach mit dem Anwalt wie mit einem Idioten, »hier geht alles nach gutem Recht und Gewissen zu. Was mich nun aber mal interessieren würde: Welcher Ihrer so sittsamen Mandanten hat Sie eigentlich angerufen, und vor allem: womit?«

Die Augen des Anwalts flackerten unruhig. »Darüber muss ich Ihnen keine Auskunft erteilen, oder haben sich die Gesetze diesbezüglich inzwischen geändert?«

»Keineswegs, ich glaube ohnehin, es bereits zu wissen.«

Capitán Ramirez mischte sich ein. »Señor Brotó, welches Interesse kann der Inselrat daran haben, dass ein derart bekannter Anwalt wie Sie so ein Pack vertritt?«, fragte er scheinheilig.

»Auch das geht Sie gar nichts an!«

»Besten Dank.« Carmen freute es sichtlich, wie prompt ihnen der vermeintliche Staranwalt auf den Leim gegangen war. »Ein ›Der Inselrat hat gar nichts damit zu tun‹ wäre für Sie sehr hilf- und für uns nur wenig aufschlussreich gewesen.«

»Der Inselrat hat gar nichts damit zu tun«, kreischte Brotó wie auf Knopfdruck nahezu hysterisch. »Wie kommen Sie überhaupt darauf?«

»Ganz einfach.« Nun war wieder Ramirez dran. »Nur wenige Minuten bevor aus dem Schornstein, im Bemühen, Beweise zu verbrennen, dicker Rauch aufstieg, ging ein Anruf aus der Pförtnerloge des Inselratsgebäudes bei einem Ihrer Mandanten ein. Die hier ein- und ausgehenden Gespräche konnten wir in unserem Bus nämlich auffangen, nur mithören dürfen wir ohne richterlichen Beschluss nicht. Und ich bin mir sehr sicher, dass von der Pförtnerloge aus auch mit Ihnen telefoniert wurde. Ist dem so?«

Brotó wurde blass. »Ich werde mich dazu nicht mehr äußern. Sie drehen einem ja das Wort im Munde um.«

García Vidal deutete eine Verbeugung an. »Es tut mir leid, dass wir uns Ihre Spezialität zu eigen gemacht haben.«

Wutschnaubend schickte sich der Anwalt an, den Raum zu verlassen. »Ich werde zu meinen Mandanten gehen«, sagte er und marschierte in Richtung Tür.

»Wenn Sie dazu auch ablegen wollen«, rief Carmen ihm hinterher, »tun Sie sich bitte keinen Zwang an. Das Feuer brennt noch!«

Aus dem Nachbarraum war ein Jammern zu hören, und sie gingen hinüber. Dort wurde Esteban Fluxá gerade vom Notarzt behandelt. Zwei weitere Opfer des Schlägertrupps waren bereits behandelt und von Sanitätern abtransportiert worden.

»Haben Sie alle erwischen können?«, fragte er Carmen entkräftet.

»Sí. Haben wir.« Sie versuchte, sich ihr Entsetzen über seinen Anblick nicht anmerken zu lassen.

Die ramponierten Gesichtszüge des jungen Mannes entspannten sich. Das vom Arzt verabreichte Schmerzmittel begann wohl zu wirken.

»Was ist hier vorhin genau passiert, Señor Fluxá?«

»Ich weiß gar nicht, wer diese Horde überhaupt reingelassen hat«, nuschelte er zischend. »René hatte Türdienst, der wird es wohl gewesen sein. Jedenfalls kamen die Kerle direkt hier rein, und bevor ich etwas sagen konnte, haben zwei von ihnen schon mit Baseballschlägern auf mich eingedroschen. Ich kann mich noch daran erinnern, dass ich wohl einige Zähne verschluckt habe. Dann wurde ich ohnmächtig. Ich bin von beißendem Brandgeruch wieder aufgewacht und dachte schon, dass die mich jetzt lebendig verbrennen wollen, aber so gnädig waren sie dann wohl doch nicht.« Esteban Fluxá lallte nur noch. Das Beruhigungsmittel benebelte ihn zusehends. Dann sackte er mit einem Mal völlig weg.

»Wie sieht es aus, Doc? Können Sie schon sagen, wie sehr es ihn erwischt hat?«

»So sehr, dass ich für ihn sicherheitshalber einen Rettungshubschrauber angefordert habe. Der wird ihn zur Ganzkörper-CT nach Palma fliegen. Wir haben mit ihm drei Politrauma-Verletzte auf einmal. Die anderen beiden sind bereits nach Palma beziehungsweise der leichter Verletzte nach Manacor unterwegs.«

»Dann scheint es Señor Fluxá ja richtig böse erwischt zu haben.«

»Dass ihm einige Zähne ausgeschlagen wurden, sehen Sie ja selbst. Darüber hinaus haben ihm die Kerle das rechte Schlüsselbein und den linken Oberarm zertrümmert, mehrere Rippen sind gebrochen, und der rechte Oberschenkel scheint ebenfalls durch zu sein. Leider habe ich kein Ultraschallgerät hier. Ich halte es für möglich, dass er auch innere Blutungen hat.«

García Vidal nickte betroffen. »Besteht Lebensgefahr?«

»Soweit ich es beurteilen kann, ja.«

»Und bei den beiden anderen?«

»Den jungen Mann an der Tür hat es zwar auch böse getroffen, aber er wird es überleben. Nicht sicher bin ich mir bei dem anderen der beiden Angestellten. Ich fürchte, den werden wir wohl verlieren. Der war nur ein Hauch von Mann, und sie haben ihm nahezu alle Knochen im Leib gebrochen. Massiv lebensbedrohlich sind aber insbesondere die starken Blutungen im Enddarmbereich.«

»Halten Sie es für möglich, dass einer der drei inzwischen stabil genug ist, um eine Aussage zu machen?«

»Wenn sie heute noch die Erlaubnis bekommen, jemanden von denen zu besuchen, Señor Comisario, dann nur in der Pathologie.«

***

Es war tiefe Nacht auf Mallorca, als Angela Bischoff und Berger zur gräflichen Finca zurückkehrten, um bei einer Flasche Rotwein noch einmal den neuen Leichenfund zu besprechen. Auf ihrem nächtlichen Gang zum Klo bekam die Gräfin mit, dass in der Küche wieder menschliches Leben eingekehrt war, und setzte sich dazu.

»Leute«, stöhnte Gräfin Rosa, nachdem sie gehört hatte, was die beiden im Parc Natural Mondragó vorgefunden hatten. »Was ist nur auf unserem schönen Mallorca los? Wann hat es das schon gegeben, dass eine Kölner Kriminalkommissarin und ein Privatdetektiv hier auf eigene Faust ermitteln dürfen?«

»Und das auch noch mit Unterstützung der Guardia Civil«, fügte Angela hinzu.

»Ist eure Leiche denn nun ein neues Kampfopfer?«

»Zweifelsohne«, brummte Berger. »Er war durch die Hitze und die direkte Sonneneinstrahlung schon stark verwest, aber die Anzeichen sind meines Erachtens dennoch eindeutig.«

Während die Gräfin die Espressomaschine anheizte, hörte sie den beiden aufmerksam zu.

»Könnten die drei Toten trotz des unterschiedlichen Allgemeinzustands ihrer Leichen bei ein und derselben Veranstaltung getötet worden sein?«, wollte Angela wissen.

Berger nickte. »Die äußerlichen Verletzungen sind bei allen gravierend, selbst wenn die Todesursache letztlich nicht dieselbe ist. Und wenigstens einer der Männer scheint nachweislich kühl gelagert worden zu sein, bevor man ihn der See übergab. Der Veranstalter könnte also versuchen, sich der Leichen nach und nach zu entledigen, indem er sie im Wasser und an Land großzügig streut.« Er goss sich Wein nach. »Wenn das nicht die erste Veranstaltung war, stellt sich die Frage, wo die bisher mit den Leichen hin sind. Sollten die Kämpfe wirklich, wie Cristobal annimmt, auf einer Fähre ausgetragen werden, brauchen wir in und um Valencia gar nicht erst nach Leichen suchen. Die Fähre dorthin legt vormittags um elf Uhr dreißig in Palma ab. Tagsüber finden solche Kämpfe aber niemals statt, dafür kommt nur die nächtliche Überfahrt von Valencia nach Palma in Frage. Also haben sie das Leichenproblem in erster Linie hier auf der Insel. Die Kämpfer können natürlich trotzdem teilweise auf dem Festland angeworben werden. Jordi Vidal hat sich bei den Kollegen drüben erkundigt, wie viele in Valencia und Umgebung vermisste junge Männer es in den vergangenen Monaten gab. Das waren achtzehn. Mit unseren zwölf Vermissten auf Mallorca ergibt das eine Summe von dreißig potenziellen Gladiatoren. Nehmen wir an, dass pro Veranstaltung sechs gekillt werden, dann steht uns nun bald der sechste Kampftag ins Haus, und vom fünften fehlen noch drei Leichen.«

Angela winkte ab. »Bei Ihrer Rechnung fehlen sämtliche Konstanten. Wenn Sie hören, dass auf Mallorca ein Flugzeug abgestürzt ist, ordern Sie ja auch nicht gleich fünfhundert Särge, weil es ein Jumbojet sein könnte.«

Berger sah seinen Fehler ein. »Und was sollen wir Ihrer Meinung nach machen?«

»Erst dann anfangen zu rechnen, wenn Sie wenigstens eine feste Größe haben.«

Gräfin Rosa unterbrach das entstandene Schweigen und tischte drei dampfende Cortados auf. »Wir hatten uns doch gefragt, wo so eine Veranstaltung auf einer Fähre überhaupt stattfinden soll? Weil es da doch keine großen Theater oder Ballsäle gibt wie auf den Kreuzfahrtschiffen.«

»Das klingt, geliebte Durchlaucht, als hätten Sie sich unseren Kopf zerbrochen.«

»Richtig. Wenn ich auf so einer Fähre Kämpfe veranstalten wollte, würde ich einfach eines der Parkdecks nehmen. Wenn die Fähre den Hafen verlassen hat, darf man ja sowieso nicht mehr ans Auto. Da fällt bei dem Motorengedröhne und dem Rambazamba, der oben veranstaltet wird, gar nicht weiter auf, dass im Bauch der Fähre die Post abgeht. Wenn ich Cristobal vorhin außerdem richtig verstanden habe, kontrollieren die Kollegen der Guardia Civil die Videoüberwachung der Parkplätze auf dem Kai. Das sind sicher alles Totalen, da müsste man doch eigentlich auf den ersten Blick erkennen können, ob die Fähre ausgebucht sein wird oder ob dort nur so viele Autos warten, dass ein Parkdeck eventuell frei bleiben könnte. Und wenn außerdem noch besonders viele Luxuskarossen dabei sind, kann man davon ausgehen, dass so ein Kampftag ansteht.«

Sowohl Angela als auch Berger sahen die Gräfin erstaunt an.

»Miguel«, hob Angela Bischoff an, »wissen Sie eigentlich, was für eine intelligente Frau Sie in ein paar Wochen heiraten werden?«

»Allerdings«, raunte Berger. »Aber sagen Sie es nicht weiter, ich stünde vor den anderen umso dümmer da.« Er grinste. »Teilen Sie Ihrem Zukünftigen diese Erkenntnisse mit?«

»Ja gern, wenn Sie wollen.«

»Gut.«

Es entstand eine Pause. Angela Bischoff sah Berger fragend an. »War das jetzt ein Rausschmiss?«

»Meine liebe Angela«, erwiderte Berger, »ich finde kluge Frauen sexy. Und meine war gerade extrem klug. Wenn es zwischen uns also gleich«, er zögerte süffisant, »nun, äh … philosophisch wird, wäre ich doch ganz gern mit ihr allein.«

Angela Bischoff erhob sich lachend. »Dann werde ich jetzt umgehend zu dem meinen eilen und gucken, ob er nicht auch noch Lust auf ein schönes Gespräch hat.«

***

García Vidal hatte morgens um neun Uhr zum Meeting geladen. Berger traf ihn vorher noch an der Kaffeemaschine. »Moin, Cristobal. Ich sehe ein Lächeln auf Ihrem Gesicht?«

Der Comisario grinste verschlagen. »Wenn ich Angela glauben darf, schauen Sie aber auch recht fröhlich drein.«

»Der Gentleman schweigt …«

»… und genießt.«

Sie stießen mit ihren Kaffeetassen an.

»Angela berichtete mir von Rosas Idee mit den Fähren. Können Sie mir mal sagen, warum wir nicht darauf gekommen sind?«

Berger zuckte mit den Achseln. »Vielleicht sind wir an manchen Tagen einfach betriebsblind.«

»Auf jeden Fall habe ich die Küstenwache darauf angesetzt. Alles, was sich im Hafen abspielt, ist deren Kram beziehungsweise der vom Zoll. Die teilen sich das brüderlich.«

Im Meetingraum der Wache wurden sie vom restlichen Team schon erwartet.

»Kolleginnen und Kollegen«, begann García Vidal, »ich gehe davon aus, dass heute Morgen schon jeder ausreichend Gelegenheit hatte, sich mit den Neuigkeiten, die die vergangene Nacht gebracht hat, vertraut zu machen. Kommen wir zuerst zur Mordkommission ›Hutnadel‹.« Er sah Carmen aufmunternd an. »Ich gebe das Wort an die äußerst erfolgreich ermittelnde Kollegin Lucas ab.«

Carmen hob abwehrend beide Hände. »Ich weiß nicht, ob man es erfolgreich nennen kann, wenn man, so wie ich, ständig nur den Ereignissen hinterherhinkt. Ich hoffe aber, das ändert sich in Zukunft.« Sie warf einen kurzen Blick auf ihre Unterlagen. »Die fünf festgenommenen Schläger und Vergewaltiger sitzen seit heute Nacht in U-Haft. Die Männer zu verhören, hat sich Staatsanwalt Vela ausbedungen, wie ich vorhin erfahren habe. Dieses Vorgehen ist zwar unüblich, aber ich möchte mich dazu nicht weiter äußern. Auf meine Nachfrage gestern hat sich die Rechtsmedizin heute Morgen mit weiteren Ergebnissen gemeldet. Das in Lachen neben dem Pool befindliche Blut des Opfers war in der Mordnacht und auch in der Nacht davor mit Stabilisatoren durchsetzt. Das heißt, dass es aus Blutkonserven stammte. Wie der oder die Täter an Fluxás Blutspende gekommen sind, müssen wir noch ermitteln. Das ist aber im Augenblick zweitrangig. Ich habe mich im Klinikum in Palma nach den Opfern des Schlägertrupps erkundigt. Die Tochter von Miguel Fluxá ist außer Lebensgefahr und ansprechbar. Ich werde gleich zu ihr fahren. Sollte ich bis zum Nachmittag nicht wieder in Santanyí sein, hat sich in der Zwischenzeit auch Esteban Fluxás Gesundheitszustand so weit stabilisiert, dass ich ihn in Manacor verhören darf.«

»Wie sieht es mit den anderen beiden Verletzten aus?«

»Während der eine der beiden Angestellten vielleicht schon heute entlassen werden kann, hat sich der Zustand des anderen leider zunehmend verschlechtert. Die Ärzte haben ihn in ein künstliches Koma versetzen müssen, bis sich sein Kreislauf wieder erholt hat.«

García Vidal sah sich um. »Gibt es noch Fragen zu diesem Komplex?«

»Fragen nicht, aber eine Anmerkung.« Carmens Züge verfinsterten sich. »Jordi hat den Pförtner im Inselratsgebäude wegen des Anrufs im Club befragt. Er sagte, dass in seinem Beisein garantiert niemand von seinem Apparat aus telefoniert hätte. Es könne aber sein, dass das während seiner Abwesenheit geschehen ist. Zur fraglichen Zeit sei er unterwegs gewesen, weil eine Nottür geöffnet und nicht sofort wieder verschlossen worden war. Ich hab heute Morgen gleich als Erstes die Spusi losgeschickt, damit sie das Telefon des Pförtners unter die forensische Lupe nehmen. Als sie dort ankamen, war es ausgetauscht worden. In aller Frühe, erklärte der Pförtner von der Tagschicht, seien Leute gekommen, die einen entsprechenden Auftrag hatten.«

»Ich frage mich langsam, welche Gruppe gefährlicher ist«, meinte García Vidal lakonisch. »Die Schläger von gestern Abend oder die Anzugträger in unserer Chefetage. Aber durch kleine

Begebenheiten wie diese zeigt sich, dass du auf einer heißen Spur bist und deine Arbeit gut machst, Carmen. Weiter so. Hat sonst noch jemand etwas zu ergänzen?«

Es meldete sich niemand. Carmen erhob sich von ihrem Platz und machte sich auf den Weg nach Palma.

»In unserem anderen Fall gibt es auch Neuigkeiten. Jordi, die Bühne ist frei für Sie.«

Der junge Beamte erhob sich zögernd. »Wir kennen die Namen aller drei Opfer. Nummer eins, Norbert Kleinen, ist bereits von seiner Freundin identifiziert worden. Die Identität der beiden anderen haben wir aus der Polizeidatenbank. Es scheint sich, wie wir gestern festgestellt haben, um Stephan Reimann aus Saarbrücken und im Fall des Toten aus dem Parc Natural Mondragó um Boris Fleischmann aus der Schweiz zu handeln. Die deutschen und Schweizer Behörden sind informiert und nehmen Kontakt zu den Angehörigen auf, um Klarheit zu bekommen und für uns DNA-Material zu besorgen. Außerdem hat der Abgleich der biometrischen Flughafendatei mit der Phantomzeichnung, die die Verlobte des ersten Opfers gemacht hat, einen Treffer ergeben. Demnach handelt es sich bei dem Mann, der sich Ramona Kriegelstein und Norbert Kleinen gegenüber als Mitarbeiter des deutschen Konsulats ausgegeben hat, um einen mehrfach vorbestraften Kleinbetrüger aus Essen. Dragomir Droszek ist ein ehemaliger, inzwischen in Deutschland eingebürgerter Exilkroate. Er ist dort hauptsächlich durch Scheck- und Kreditkartenbetrug aufgefallen. Hier auf Mallorca scheint er sich benommen zu haben, oder wir haben ihn nur noch nicht erwischt. Als Residente gemeldet ist er in Sa Coma. Ich habe schon ein wenig um seine Person herum recherchiert. Er ist ein semiprofessioneller Zocker, seine Stammbar ist die Fußballbar ›Anpfiff‹ in Cala Millor.«

»Ist das denn eine Spielhölle?«

»Nein. Das ist quasi sein Zuhause. Wo er spielt, weiß ich noch nicht. Aber die Möglichkeiten sind an der Ostküste ja sehr viel geringer als im Westen, und jemand mit einer Stammbar hat auch einen Stammtisch im Milieu. Außerdem soll er auch Buchmacher sein.«

»Für was? Sportwetten, Pferde- oder Windhundrennen?«

»Für alles, worauf es sich setzen lässt«, antwortete Jordi.

»Gut.« García Vidal sah aufmunternd in die Runde. »Arantxa und Andrea, ihr beide macht euch undercover an den Typen ran. Holt euch tausend Euro auf unsere Kostenstelle, ich habe uns da ein wenig Freiraum geschaffen, und setzt die bei dem auf irgendetwas. Fragt ihn am besten, was die sicherste Wette sei. Macht dabei einen verzweifelten Eindruck und vergesst nicht zu erwähnen, dass das euer allerletztes Geld ist.«

Arantxa sah ihn zweifelnd an. »Nichts gegen den Kollegen Bastos, aber Andrea passt mit seinen Mitte vierzig wahrlich nicht in das Beuteschema. Da wäre unser Kampfküken besser positioniert.« Sie wies auf Jordi.

García Vidal war damit nicht einverstanden. »Du hast recht, aber Jordi brauchen wir an den Tasten unseres Computers. Ruf bitte Ramirez an. Vielleicht kann er uns jemanden aus seiner Truppe zur Verfügung stellen. Nimm's nicht persönlich, Andrea, aber seine Jungs sehen doch ein wenig sportlicher aus, und wenn es hart auf hart kommen sollte, wissen sie ihre Fäuste professioneller einzusetzen.« Er sah die Kollegin Santos an. »Und was machen deine Nachforschungen, Marga? Hat die Küstenwache die Videos durch?«

»Die können vieles, aber nicht hexen. Einen Termin, an dem die gesuchten Kriterien gegeben waren, haben sie trotzdem schon. Es handelte sich dabei um die Fähre Valencia–Palma. Rund ein Drittel der Fahrzeuge fehlte, und auf dem Parkplatz vor der Fähre standen überdurchschnittlich viele Luxuskarossen.«

»Die Halter sind bekannt?«

»Sí. Sie sind aber noch nicht überprüft. Dafür brauchen wir einfach mehr Zeit.«

»Sind Größen aus dem Milieu dabei?«

»Das kann ich auch noch nicht sagen. Die Datenbank der Justizbehörde lässt nur Einzelabfragen zu. Es dauert wirklich noch eine Weile, bis wir die alle auf Vorstrafen gecheckt haben.«

García Vidal wirkte nachdenklich. »Okay, die Küstenwache ist in Alarmbereitschaft. Wie verhalten wir uns aber, wenn die wieder jede Menge Luxusblech auf eine halb volle Fähre rollen sehen? Bis wir eine richterliche Anordnung haben, ist die Fähre längst durch den Suezkanal. Vor allem sollten wir vorher klären, welcher Richter zuständig ist, wenn wir auf See zugreifen wollen? Nur dort wäre es sinnvoll, denn da kann niemand stiften gehen.«

»Machen wir uns nichts vor«, sagte Berger. »Die Beweise, die wir bisher haben, sind bestenfalls Indizien. Den Richter, der sich wegen unserer paar Anhaltspunkte mit einem ganzen Sack voller Rolls-Royce-Besitzer anlegen will, den müssen wir uns erst noch schnitzen.«

»Da haben Sie völlig recht, Miguel.« García Vidal trommelte nervös mit einem Bleistift auf dem Tisch herum. »Doch sollten wir richtig liegen, würden wir durch einen Zugriff auf See womöglich Menschenleben retten.«

»Wenn es danach geht«, brummte Andrea Bastos, »müssten wir als Präventionsmaßnahme nur die Autobahn sperren. Dadurch würden übers Jahr jede Menge Menschenleben gerettet werden.«

»Andrea hat recht, Cristobal. Wenn überhaupt, wird das eine sehr kurzfristige Entscheidung, die Ihnen niemand abnehmen kann, schon gar kein Untersuchungsrichter. Sie müssten es zudem an die ganz große Glocke hängen, und Sie kennen die Behörden in Valencia nicht. Welchen Grund haben wir, anzunehmen, dass ausgerechnet dort Justiz und Unterwelt zwei verschiedene Vereine sind?«

García Vidal schob seine Notizen zusammen. »Gut, dann lassen wir es dabei. Marga, du bleibst hinsichtlich der Küstenwache am Ball, Jordi quält weiterhin seine Tastatur, und Arantxa baggert mit Hilfe des SEK und mit Andrea im Rücken den Kroaten an.«

»Warum«, maulte Andrea, »ist Arantxa eigentlich nicht zu alt für so einen jungen Kerl?«

»Das weißt du nicht?« Der Comisario erhob sich. »Dann guck doch mal in den Spiegel. Und wenn du schon dabei bist, kannst du dich auch gleich rasieren.«

***

Hayarpi Kevorkian knallte verärgert das Handy auf den Tisch. »Da zahlt man jeden Monat Unsummen an Schmiergeldern, und trotzdem haben die Kerle diese Insel einfach nicht im Griff«, schimpfte sie.

Ihr Butler und väterlicher Freund hatte sie selten so zornig gesehen. »Was ist denn los?«

»Irgendein Santanyíer Dorfkommissar scheint sich an unsere Fersen geheftet zu haben.«

Arsham Ramarkhan schüttelte besorgt sein weißes Haupt. »Wenn Ihre Zahlungsempfänger diesen Mann nicht ohne Aufsehen kaltstellen können, ist er mehr als nur ein einfacher Dorfkommissar. Soll ich veranlassen, dass wir mehr über ihn herausbekommen?«

Hayarpi nickte. »Mach das bitte. Bevor du dich darum kümmerst, wirst du aber bitte noch unsere gesamte Führungsriege für heute Abend zurückpfeifen. Sie werden zwar maulen, aber Sicherheit geht vor.«

»Was ist mit den Kämpfen?«

»Die finden statt. Wir können nicht auf die Einnahmen verzichten. Außerdem hat der Kapitän sein Geld schon bekommen, die Plätze sind geblockt. Aber ich möchte niemanden von meiner Crew an Bord sehen.«

»Und wie kommen wir nach Valencia?«

»Wenn Gefahr besteht, dass hier etwas anbrennt, ist unser Platz vorerst auf Mallorca.« Sie sah ihren Butler fragend an. »Oder wäre das ein Fehler?«

»Nein. Ihr Vater hätte mit Sicherheit ebenso entschieden.«

»Dann kümmerst du dich um diesen Bullen?«

Er lächelte sie an. »Selbstverständlich. Zur Not werden wir eben ein wenig nachhelfen müssen, um ihn zur Raison zu bringen. Darf es etwas kosten?«

»Du hast völlig freie Hand, Arsham. Aber denk bitte daran, die Summe unseren Leuten beim Inselrat am nächsten Ersten wieder abzuziehen.«

***

Serge Delacoure, der wegen der Schwere seiner Verletzungen in ein künstliches Koma hatte versetzt werden müssen, bot einen jämmerlichen Anblick. Ein kleines Bündel Mensch, aus dem unzählige Schläuche herausragten. Es war für den Laien auf den ersten Blick nicht klar zu erkennen, ob die vielen Maschinen um den Mann herum das Leben nicht eventuell aus ihm heraussaugten, statt es zu verlängern. An seinem Bett saß ein in Weiß gekleideter junger Mann, nur schien seine Beziehung zu dem Patienten sehr viel inniger zu sein, als dass er ein angestellter Pfleger hätte sein können. Carmen hielt eine Schwester an, die an ihr vorbeigehen wollte. »Señora, kurze Frage: Wer ist der Mann, der da neben dem Bett sitzt?«

Sie blieb stehen und schaute durch das Fenster. »Das ist Philipe Bratx. Der Lebensgefährte dieses jungen Mannes.«

»Der sieht so aus, als würde er hier arbeiten.«

»Sí, Señora Comisaria, in der Blutbank.«

»Tatsächlich«, erwiderte Carmen trocken. Ihr wurde jetzt einiges klar. »Und wo ist die?«

»Im zweiten Untergeschoss, direkt neben der Zentralapotheke.«

Sie benötigte nicht lange, um die Abteilung zu finden. Die leitende Laborantin war so freundlich, Carmen, die immerhin ohne einen Durchsuchungsbeschluss vor ihr stand, nicht gleich wegzuschicken und sie in ihr Büro zu bitten. »Sie werden verstehen, dass ich Ihnen keine Personal- oder Patientenakten, wenn auch nur zur Einsicht, überlassen darf.«

»Das tue ich, Señora. Mir bliebe als Alternative aber leider nichts anderes übrig, als hier mit den nötigen Papieren wieder aufzukreuzen, nur hätten Sie dann genau den Aufruhr, den Sie vermutlich dringend vermeiden wollen.«

Das Gesicht der Frau verdunkelte sich. »Ist das eine Drohung?«

»Verstehen Sie es, wie Sie wollen. Sie können das jedenfalls vermeiden, wenn Sie mir sagen, was Sie über Miguel Fluxá in Ihren Akten haben.«

»Sie meinen die Patientenakte aus dem Zentralregister?«

»Nein, noch nicht einmal. Ich möchte wissen, ob Señor Fluxá hier bei Ihnen Blut gespendet hat.«

Missmutig drückte sie ein paar Tasten und starrte mit finsterer Miene auf den Bildschirm. »Señor Fluxá war kein Spender im normalen Sinne. Er hat an acht Terminen Eigenblut für eine anstehende OP gesammelt.«

Carmens Interesse war geweckt. »Dann wäre ich Ihnen dankbar, wenn Sie einmal kontrollieren würden, ob sich diese acht Spenden immer noch in Ihrem Kühlschrank befinden.«

»Wo sollen sie sonst sein? Denken Sie, wir machen nebenher Blutwurst für die deutschen Touristen?«, erwiderte die Laborchefin eisig, erhob sich und verschwand für ein paar Minuten, um völlig verstört wieder zurückzukehren. »Señora Comisaria, was soll ich sagen, ich bin außer mir. Es fehlen sechs Konserven.«

»Einfach weg?«

»Nein, nicht ganz. Die Beutel mit dem elektronischen Erkennungschip sind noch in der Kühlung. Der Inhalt wurde aber gegen irgendeine andere rote Flüssigkeit ausgetauscht.«

Carmen lächelte sie an. »Sehen Sie, so passt alles zusammen. Miguel Fluxá ist tot. Er ist ermordet worden und wird sein Eigenblut mit Sicherheit nicht mehr benötigen. Tragen Sie die Blutbeutel bitte aus und konservieren Sie den Inhalt so, dass uns das Zeug nicht in der Asservatenkammer vergammelt.«

»Und wie soll ich das bitte machen?«

»Bin ich die Laborantin oder sind Sie es? Es gibt bestimmt einen Weg. Finden Sie ihn bitte.« Carmen erhob sich von ihrem Stuhl und verließ das Büro. Schon halb draußen, hielt sie inne und drehte sich noch einmal um. »Bevor ich es vergesse: Ich fürchte, dass Señor Bratx in den nächsten Tagen nicht zur Arbeit kommen wird.«

***

Der Generalstaatsanwalt sah erschrocken von seinem riesigen, aus mallorquinischer Pinie gefertigten Schreibtisch auf, als García Vidal ihn mit einem lässigen »Hola« begrüßte.

»Dios mío, Cristobal, falls du einen neuen Job brauchst, werde ich dich als Hausgeist empfehlen. Wie bist du hier reingekommen?«

»Deine Sekretärin ist derart intensiv mit ihren Fingernägeln beschäftigt, dass sie nicht einmal mitbekommen hätte, wenn ich mit einem Skibob an ihr vorbeigefahren wäre.«

»Die Gute ist eben zu eitel, um ihr Hörgerät anzuziehen. Und bei Gott, sie ist ohne so gut wie taub.« Er erhob sich, ging um den Schreibtisch herum und umarmte seinen alten Schulfreund. »Was treibt dich in meine heiligen Hallen?«

»Der korrupte Sumpf der Inselbürokratie. Javier, schwöre mir beim Leben deiner Mutter, dass du mit dieser nationalistischen Brut nicht unter einer Decke steckst.«

»Das kann ich nicht, mein Freund. Ich arbeite aus deiner Sicht in einem Schweinestall und fresse aus demselben Trog wie sie.«

»Javier, ich meine es ernst.«

»Ich auch, mein Lieber. Aber was ist eigentlich los, dass du für deine Verhältnisse so heftig ausrastest?«

»Ich weiß, dass einige deiner Untergebenen gemeinsame Sache mit Schlägertrupps, Mördern und Vergewaltigern machen.«

Javier Moyses blieb ungerührt. »Gut gebrüllt, Löwe. Und jetzt, Cristobal, hätte ich ganz gern Beweise.«

García Vidal schilderte den Stand der Ermittlungen der beiden Mordkommissionen. Moyses hörte interessiert zu und machte sich eifrig Notizen.

»Warum schreibst du alles mit, was ich dir berichte?«

»Weil ich mir gleich die Ermittlungsakten der Staatsanwaltschaft ansehen werde. So kann ich sehen, wer der Hecht in unserem Karpfenteich ist.«

»Was heißt das bitte genau?«

»Du weißt selbst, dass deine Anschuldigungen ungeheuerlich sind. Wenn ich die Betreffenden damit direkt konfrontiere, werden sie uns beide aufgrund der recht dünnen Beweiskette am nächsten Baum aufknüpfen. Dank deiner Tipps weiß ich nun aber, worauf ich achten muss, und kann die Schuldigen eventuell auf frischer Tat ertappen.«

»Gut, ich vertraue dir.«

»Sonst wärst du auch nicht hier, Cristobal. Ich werde deine beiden Fälle umgehend zur Chefsache erklären. Wir kennen uns lange genug, und du hast mich noch nie enttäuscht, so oft ich mich auch über dich gewundert habe. Ich möchte aber über alle deine Schritte informiert werden.«

Der Comisario nickte und wollte den Raum verlassen. Moyses hielt García Vidal am Arm zurück. »Noch etwas: Solltest du mich aus irgendeinem Grund nicht erreichen, bevor du aktiv werden musst, hast du hiermit meine Genehmigung.«

»Egal für was?«

»Egal für was. Ich weiß, dass es nötig war, wenn du die Karte ausspielst. Das reicht mir.«

García Vidal war regelrecht gerührt. So einen Vertrauensvorschuss hätte er auch von einem guten Freund niemals erwartet.

***

Nach einer Notoperation und drei Vollblutinfusionen war Maria Antonia Fluxá auf einem deutlichen Weg der Besserung. Am Morgen hatte man sie sogar auf eine normale gynäkologische Station verlegen können, wie alle Vergewaltigungsopfer fürs Erste in ein Einzelzimmer. Nicht, um sie zu separieren, sondern um ihr eine psychiatrische Intensivbetreuung in ausreichender Intimsphäre angedeihen zu lassen. Carmen wusste aus Lehrgängen, wie sie sich Vergewaltigungsopfern zu nähern und sie zu befragen hatte.

»Hola, Señora Fluxá. Es tut mir leid, dass wir uns so schnell und vor allem unter diesen Bedingungen wiedersehen.«

Maria Antonia Fluxá lachte sarkastisch auf. »Das kann ich mir vorstellen. Jetzt müssen Sie mich auch noch mit Samthandschuhen anfassen, obwohl Sie mich am liebsten wegen Vatermordes festnehmen würden, oder?«

»Hätte ich denn Grund dazu?«

»Wären Sie sonst hier?«

»Machen wir Nägel mit Köpfen, Señora Fluxá. Haben Sie Ihren Vater ermordet?«

»Nein.«

»Haben Sie dazu Beihilfe geleistet?«

»Nein, verfluchte Scheiße noch mal. Das habe ich nicht, und es war auch nicht geplant, dass das passiert.«

»Was war denn geplant und vor allem: Von wem?«

»Wir wollten nichts weiter, als diese Schlampe weghaben.«

»Wer?«

»Esteban, ich und alle aufrechten Patrioten in Santanyí.«

Carmen hatte Mühe, Contenance zu bewahren. »Hören Sie bitte auf, den mallorquinischen Nationalstolz zur Rechtfertigung eines üblen Verbrechens zu missbrauchen. Sie haben auf eine hilflose Frau brutalsten Psychoterror ausgeübt, der an schwerste Körperverletzung grenzt.«

»Quatsch. Wir haben nur dort etwas nachgeholfen, wo das Hirn meines Vaters ausgesetzt hat.«

»Und warum, wenn ich fragen darf?« Carmen kochte innerlich.

Maria Antonia schossen Tränen in die Augen. »Weil sie meinen Vater in ihrem Bann hatte. Anders war das alles nicht mehr zu erklären.«

»Kann es sein, dass Ihr Vater Frau Riesche einfach nur geliebt hat?«

»Blödsinn. Er hat unsere Mutter geliebt, sonst niemanden!« Sie schlug wütend mit den Fäusten auf die Bettdecke. »Aber Männer sind ja gar nicht in der Lage, eine Frau zu lieben. Nur Männer können einem das antun, was mir gestern angetan wurde.«

Carmen stimmte ihr zu. »Das waren zweifelsohne Männer. Und zwar genau die von Ihnen eben heroisierten Patrioten, meine Liebe.«

»Wollen Sie damit sagen, dass das Freunde meines Vaters waren?«

Carmen zuckte mit den Schultern. »Ob es persönliche Freunde Ihres Vaters waren, kann ich nicht sagen. Sie wurden aber von Freunden Ihres Vaters beauftragt, das beweisen die DNA-Spuren, die wir an Ihnen und Ihrer Kleidung sicherstellen konnten.«

»Aber das kann doch nicht sein.«

»Kennen Sie Paolo Brotó?«

»Ja. Das ist der Anwalt meines Vaters, und ich werde mich ebenfalls von ihm vertreten lassen.«

»Das wird wohl nicht gehen, ohne dass er Probleme mit der Anwaltskammer bekommt. Die Kerle, die Sie gestern so gequält haben, sind nämlich seine Mandanten. Er wird alles versuchen, um die Männer vor einer gerechten Strafe zu bewahren.«

Maria Antonia Fluxá sah Carmen ungläubig und entsetzt an. Sie war ganz blass.

»Ich glaube, Sie wissen, was das bedeutet, Señora Fluxá«, sagte Carmen leise. »Er wird alles tun, um Sie vor Gericht schlecht dastehen zu lassen, und versuchen, das Ganze als ein Kavaliersdelikt abzutun. Er wird erklären, dass Sie sogar Spaß dabei hatten. Mehr noch. Er wird behaupten, dass Sie Ihre Peiniger dazu aufgefordert haben, Sie mal so richtig durchzubürsten. Von so furchtbaren Anwälten wie ihm wird Justitia zur Hure gemacht.« Jetzt hatte auch Carmen Tränen in den Augen, und es dauerte ein paar Sekunden, bis sie sich wieder im Griff hatte. »Okay, nun hat jeder dem anderen seine Meinung um die Ohren gehauen. Kehren wir also wieder zu den Fakten zurück. Wenn Sie es nicht waren, wer hat Ihren Vater dann getötet?«

»Woher soll ich das wissen? Das herauszubekommen, ist Ihre Aufgabe.«

»Und die nehme ich auch sehr gewissenhaft wahr. Señor Bratx befindet sich bereits in Haft. Er dürfte Ihnen kein Unbekannter sein.«

Maria Antonias Widerstand schien gebrochen. »Wir haben nichts weiter getan, als den Lautsprecher im Schlafzimmer über den Computer so zu manipulieren, dass die Riesche das, was wir ihr suggerierten, wenn sie schlief, in ihren Träumen verarbeitete. Bald glaubte sie beim Aufwachen tatsächlich, sie habe es getan. Und das Blut am Pool hat ihr den Rest gegeben.«

»Sie haben es also dort platziert?«

»Ja, und das ist nicht strafbar.«

»Wie war das mit dem Blut?«

»Das hat Bratx besorgt. Esteban kennt ihn aus dem Club. Es soll sogar wirklich das Blut meines Vaters gewesen sein, hat Bratx behauptet.« Sie begann, hysterisch zu lachen. »Ist das nicht lustig? Wie so ein Tüpfelchen auf dem ›i‹.«

»Ihr Vater hat Eigenblut für eine anstehende OP gesammelt.«

Maria Antonia beruhigte sich wieder. »Ja, ich weiß. Irgendetwas sollte wohl an seiner Prostata gemacht werden.«

»Und Sie haben trotz dieses Wissens sein Blut am Pool verschmiert? Woher wussten Sie, dass er es nicht mehr benötigen würde?«

»Nun stellen Sie uns doch nicht als Vatermörder hin. Wir wollten das Blut gegen anderes Blut seiner Blutgruppe austauschen, wenn es denn so weit wäre. Das hätte kein Mensch gemerkt, schon gar nicht mein Vater. Das mit dem Eigenblut ist doch sowieso nur Humbug.«

»Okay. Lassen wir das mal so stehen. Woher hatten Sie diese seltsamen Hutnadeln?«

»Nadeln? Nein, es war nur eine, und die gehörte der Riesche selbst. Als wir noch miteinander sprachen, hat sie mir mal erzählt, sie habe sie von ihrer Großmutter geerbt. Sie soll aus der Spitze des Degens gefertigt worden sein, mit dem sich ihr Großvater in einer studentischen Verbindung geschlagen haben soll. Bevor die Großmutter ihn heiratete, musste er versprechen, sich nie wieder zu schlagen. Als Versicherung forderte sie seinen Degen, aus dem sie dann die Hutnadel anfertigen ließ.«

»Wenn Frau Riesche nur eine Nadel geerbt hat, woher kommt dann die zweite?«

Maria Antonias Verwunderung darüber schien echt. »Ich habe keine Ahnung.«

Carmen machte sich ein paar Notizen. »Es würde mich noch interessieren, wer die Finca Ihres Vaters ausräumen ließ und wo die ganzen Sachen sind.«

»Ich weiß es nicht genau, aber ich bekam gestern einen Anruf, dass mein Bruder und ich die Sachen, die die Bruderschaft beträfen, bis auf einige Kleinigkeiten zurückbekämen, wenn sich alles wieder beruhigt hätte.«

»Was für eine Bruderschaft?«

»Dass mein Vater früher bei den Schwarzhemden war, wissen Sie ja wohl, oder?«

Carmen nickte.

»Nachdem Franco zurückgetreten und König Carlos an der Macht war, formierte sich diese Gruppe in Santanyí zur sogenannten ›Bruderschaft‹ um.«

»Was ist der Sinn oder die Aufgabe dieser Bruderschaft gewesen?«

»Sie werden es mir vermutlich nicht glauben, aber das weiß ich nicht. Mein Vater hat das geheim gehalten. Ich nehme jedoch an, dass es aus den Kleinigkeiten zu ersehen ist, die wir nicht wiederbekommen werden.«

Carmen war mit dieser Erklärung nicht zufrieden. »Es tut mir leid, aber ich kann nicht glauben, dass Sie nicht wussten, in welcher Bruderschaft Ihr Vater war.«

»Ich wusste es wirklich nicht«, rief Maria Antonia Fluxá verzweifelt.

»Nach Aussage Ihres Bruders haben die sich gern als Semana-Santa-Gesellschaft ausgegeben. Standen Sie in der Karwoche nie auf der Straße und haben die Umzüge angesehen?«

»Natürlich war ich da, aber die hatten doch alle diese furchtbaren Kapuzen auf. Als Kind hatte ich immer eine Riesenangst vor diesen unheimlichen Gestalten. Ich wusste zwar, dass mein Vater unter einem dieser Kostüme steckt, aber unter welchem, war niemandem klar.«

»Was ist mit der Strafexpedition, die diese Bruderschaft in den Siebzigern veranstaltet hat, wissen Sie davon?«

Maria Antonia Fluxá schloss erschöpft die Augen. Sie war sichtlich geschafft. Ein Verhör wie dieses war schon für einen gesunden Menschen ein hartes Stück Arbeit. Wie viel mehr musste es für ein schwer traumatisiertes Vergewaltigungsopfer sein? Aber Carmen kannte kein Erbarmen.

»Sie meinen die Züchtigung dieses Schwarzen? Das war vor meiner Zeit.«

»Ja, zum Beispiel. Aber das war keine Züchtigung, das war brutale Folter.«

»Blödsinn. Er hatte eine von uns geschändet, und dafür wurde er zur Rechenschaft gezogen.«

»Man hat die Hoden des Mannes auf dem Marktplatz in aller Öffentlichkeit durch eine Art Knoblauchpresse gequetscht. Das nennen Sie angemessen?«

»Angemessen vielleicht nicht, aber effektiv. Die Polizei hätte ihn vielleicht für ein paar Monate ins Gefängnis gesteckt, wenn überhaupt. So war der Kerl ein für alle Mal kuriert. Der wird nie wieder ein Mädel anfassen. Und nun hören Sie auf mit den ollen Kamellen. Ermitteln Sie lieber, wie die Riesche meinen Vater umgebracht hat. Sie hat es doch schon zugegeben!«

Carmen spürte, dass sie von dieser Frau keine für die Aufklärung des Mordes relevanten Informationen mehr zu erwarten hatte. »Señora Fluxá, Sie hätten sich mehr mit dem beschäftigen sollen, was Ihr Vater wirklich getrieben hat. Vielleicht wären Sie dann klug genug gewesen, sich die kommenden Jahre im Gefängnis zu ersparen.«

Maria Antonia Fluxá lachte auf. »Ich werde keine Sekunde im Gefängnis sitzen. Mein Anwalt wird mich da rausholen.«

»Ihr Anwalt, meine Liebe, hat alle Hände voll damit zu tun, Ihre Vergewaltiger zu verteidigen. Da wird er sich für eine zur Erhaltung der nationalen Art völlig nutzlose Lesbe kaum Zeit nehmen.«

NEUN

Es hatte etwas gedauert, bis Arantxa Burguera und Andrea Bastos den einen deutschsprechenden SEK-Beamten, den Mallorca zu bieten hatte, aus seiner Freizeit geholt und so weit eingewiesen hatten, dass er seinen Undercoverdienst beginnen konnte. Für Dragomir Droszek, der mit seiner »Schicht« immer erst mittags begann, wie sie wussten, reichte es allemal.

Sie trafen ihn in einer Sangria-Bar direkt neben dem Hotel Goya. Arantxa und der junge SEK-Beamte setzten sich an einen freien Tisch und warteten darauf, dass der Kroate sie bemerken würde. Der fand auch bald Interesse an dem jungen Mann und kam unaufgefordert zu ihnen an den Tisch.

»Du bist kein Tourist.«

»Spielt das eine Rolle?«

»Wie ist dein Name?«

»Sag mir erst deinen.«

Der Kroate lächelte breit. »Man nennt mich Drago.«

»Mich nennt man Thomas. Thomas Scheffler, um genau zu sein.«

»Du bist Deutscher?«, fragte Drago in akzentfreiem Deutsch.

»Ich bin als Sohn zweier Deutscher hier in Palma geboren.«

»Du lebst also hier?«

»Sí.« Er musterte Droszek einen kleinen Augenblick. »Lass uns nicht um den heißen Brei herumreden. Wenn du der Drago bist, der mir beschrieben wurde, würden wir gern etwas bei dir versilbern.« Er stieß Arantxa an, und die legte scheinbar verunsichert ein Geldbündel auf den Tisch. Scheffler sah missmutig auf die Scheine. »Wo ist der Rest?«, fragte er sie auf Mallorquin.

Arantxa tat so, als würde sie ihre letzten »Kröten« verteidigen. »Bist du verrückt, dem alles in den Rachen zu werfen? Wenn die Kohle weg ist, haben wir gar nichts mehr«, zischte sie ihm zu.

»Fresse halten und her mit dem Geld.« Scheffler hob drohend die Hand. Sie duckte sich ängstlich, griff in ihre Hosentasche und zog noch ein paar eng zusammengefaltete Geldscheine heraus. Er griff danach und warf sie auf den Tisch. »Das sind tausend Euro«, sagte er nun wieder auf Deutsch. »Die will ich auf Sieg gesetzt haben. Quote mindestens eins zu vier, wobei genau, ist mir egal.«

Drago musterte ihn aufmerksam. »Okay, zwanzig Prozent vom Gewinn gehören aber mir.«

Scheffler nickte zustimmend.

»Du bist pleite?«

»Mehr als das. Mich pissen die Hunde an.«

Droszek musterte Arantxa. »Deine Schnalle?«

»Sí.«

»Ist die nicht ein bisschen alt für dich?«

»Hühnchen ficken ist nicht mein Ding. Ich brauche eine erfahrene Henne, die mir noch etwas beibringen kann und nicht ständig zickt.«

Droszek zog Arantxa Burguera förmlich mit seinen Blicken aus. »Wenn ihr beide so pleite seid, wird sie doch sicher auch mal einen anderen Hahn ranlassen? Gegen Cash, meine ich?«

»Sie ist wählerisch. Sie spielt erst mit den Glocken, wenn das Seil stramm genug ist, wenn du verstehst, was ich meine.« Thomas Scheffler schickte mehrere Stoßgebete gen Himmel, dass Arantxa wirklich kein Wort Deutsch verstehen möge. »Was hast du mir also anzubieten?«

»Kannst du kämpfen?«

»Ich hab drei Jahre gesessen. Bin auf Bewährung draußen. In der ganzen Zeit hat kein einziger Kerl meinen Rücken gesehen. Das sollte als Antwort genügen.«

»Bist du im Training?«

»Es reicht, um Fünfen von deiner Sorte den Arsch aufzureißen.«

»Schon mal was von Ultimate Fighting gehört?«

»Nicht nur davon gehört. Ich hab, wie schon gesagt, gesessen. Ultimate Fights hatte ich jeden Tag im Knast.«

Droszek witterte ein gutes Geschäft. »Bock, zu kämpfen?«

Thomas rieb Daumen und Zeigefinger aneinander. »Was springt dabei raus?«

»Zehn Mille cash.«

Der junge SEK-Beamte tat äußerst angetan. »Hört sich gut an. Fünf als Vorkasse, und ich bin dabei.«

»Okay.« Droszek reichte ihm eine Visitenkarte. »Dort meldest du dich möglichst bald, damit sie dir ein passendes Opfer aussuchen können. Aber das mit der Vorkasse musst du mit denen besprechen.« Er sah auf Arantxa und leckte sich über die Lippen. »Und als Vermittlungsgebühr darf ich mal schnell mit deiner Kleinen in die Porzellanabteilung?«

Wie kam er jetzt aus der Nummer nur wieder heraus, ohne das ganze Unternehmen zu gefährden? »Wozu? Mit dem Deal sind wir wieder flüssig. Warum sollte ich meine Schnitte dann noch zum Anschaffen hergeben?«

»Weil sie wählerisch ist, wie du sagst, und ich ein beeindruckendes Seil zu bieten habe.« Der Kroate grinste, erhob sich, griff nach Arantxas Hand und zog sie von ihrem Stuhl hoch. Dann zerrte er sie mit sich in Richtung Toiletten.

Kurz nachdem sie die Schwingtüren passiert hatten, hörte man einen animalischen Schrei, und ein Scheppern drang aus dem Damenklo. Thomas Scheffler, der wie vom Donner gerührt auf seinem Stuhl sitzen geblieben war, sprang auf und rannte den beiden hinterher. Als er die Toilettentür aufriss, erblickte er Arantxa, die sich in aller Ruhe die Hände wusch. In der Ecke lag Droszek gekrümmt wie ein Embryo am Boden und wimmerte.

»Sorry, Drago.« Scheffler konnte sich das Lachen kaum verkneifen. »Ich habe vergessen zu erwähnen, dass sie nicht nur meine Freundin, sondern auch meine Trainerin ist.«

Arantxa Burguera funkelte ihn böse an. »Stehen auf der Visitenkarte die Kontaktdaten des Veranstalters?«, fragte sie auf Mallorquin.

»Sí.«

»Dein Glück, mein kleines Hähnchen. Sonst würdet ihr jetzt im Duett jammern.«

Thomas Scheffler bekam einen knallroten Kopf. »Ich dachte, du sprichst kein Deutsch.«

»Stimmt, aber verstehen kann ich es recht gut.«

***

Nach ihren beiden Vernehmungen konnte Carmen jetzt eine Pause gebrauchen. Dabei wollte sie in Ruhe über alles nachdenken und ihre Gedanken sortieren. Sie entschloss sich, nach Santanyí zu fahren und ins Restaurant »Goli« zu gehen. Dort, da war sie sich sicher, würde sie um diese Zeit niemanden Bekanntes antreffen. Und nirgendwo anders gab es so gute Holunderlimonade.

Kaum hatte sie den ersten Schluck davon intus, wurde ihr auch schon ein heißer Cortado vorgesetzt. Über diese Aufmerksamkeit des Hauses erfreut, denn sie hatte keinen Cortado bestellt, öffnete sie das kleine Zuckertütchen, ließ den Inhalt in den Milchespresso rieseln und sah dabei zu, wie die weißen Kristalle langsam darin versanken. Gerade wollte sie das Papier zu einem Kügelchen zusammenknüllen, da nahm sie eine Handschrift darauf wahr. »Komm doch bitte kurz auf den Dachgarten«, las sie. »Gruß – Jamal«.

Ein Lächeln huschte über ihr Gesicht. Jamal war der Sohn marokkanischer Einwanderer und in der Grundschule ihr Klassenkamerad gewesen. Außerdem war er der Stolz seiner ganzen Familie, denn er hatte die Aufnahme in die Policía Local von Santanyí geschafft. Zwar passte ihr im Augenblick ein Wiedersehensplausch gar nicht in den Kram, aber die Tatsache, dass er sich nicht einfach an ihren Tisch setzte, sondern sie auf den Dachgarten bat, hatte etwas Konspiratives. Das gefiel ihr. Sie erhob sich von ihrem Stuhl und ging nach oben. Dort angekommen, sah sie aber niemanden. Stattdessen hörte sie Jamals Stimme: »Hallo, Carmen.«

Sie schaute sich verdutzt um. »Hallo, Jamal. Was soll dieses Versteckspiel? Wo bist du?«

»Ich bin auf dem Dachgarten des Nachbarhauses. Aber schau nicht über die Brüstung. Man sollte uns auf keinen Fall zusammen sehen.«

Carmen musste lachen. »Was soll der Quatsch, Jamal?«

»Das ist kein Quatsch, ich möchte meinen Job behalten. Ich bin halt nur ein Kanake in Uniform, aber das will ich auch bleiben.«

»Du hast es nicht einfach auf der Dienststelle, was?«

»Man hat gelernt, mich zu dulden. Ich beherrsche die arabische Sprache, und das brauchen die bei den vielen Marokkanern hier.«

»Aber du bist hier geboren. Du bist einer von uns, ein Mallorquiner.«

Er musste lächeln. »Wenn eine Katze im Fischgeschäft Junge bekommt, sind das noch lange keine Heringe.«

»Um mir die alten Sprüche unseres Grundschullehrers aufzusagen, wirst du mich kaum hierherbestellt haben.«

»Stimmt. Du bist auf der Suche nach den Sachen aus der Finca von Miguel Fluxá?«

»Auf der Suche nicht direkt.« Sie überlegte, wie sie sich ausdrücken sollte. »Aber mich würde schon interessieren, wo der ganze Krempel hingekommen ist.«

»Dann schnapp dir ein paar Leute und durchsuch den alten Schafstall auf dem verwilderten Campo der Familie Burguera.«

»Welche Burgueras meinst du? Hier heißt jeder Dritte Burguera.«

»Ich meine die Sippe des Stadtverordneten.«

»Woher weißt du, dass ich dort fündig werden könnte?«

»Weil die Kollegen meiner Schicht den ganzen Kram da hineingeschleppt haben. Kann ich mich darauf verlassen, dass du diesen Tipp nicht von mir hast?«

Sie wandte ihm den Rücken zu und ging wieder zur Treppe. »Ich weiß gar nicht, wer du bist. Danke.«

Carmen stieg die beiden Treppen wieder hinunter, trank ihren inzwischen kalten Cortado aus, bezahlte und verließ das »Goli«. Jetzt brauchte sie kein weiteres Getränk, sondern einen goldenen Tipp. Sie fuhr zur gräflichen Finca. Dort würde sie mit Sicherheit einen bekommen.

***

García Vidal war aus dem Büro weggerufen worden, wo aber gerade alle Fäden zur Koordination des anstehenden Boxwettkampfes zusammenliefen. So saß er schlecht gelaunt neben Berger, Carmen und Angela Bischoff auf der gräflichen Terrasse, und selbst die Tatsache, dass es Arantxa während ihres Handgemenges mit Dragomir Droszek gelungen war, diesem eine Wanze ins Jackenfutter zu schmuggeln, konnt ihn nicht entscheidend aufheitern.

»Leute, ich bitte euch. Wir haben ein Konferenzzimmer auf der Dienststelle. Warum bin ich hier?«

»Weil es da jede Menge Ohren gibt, die alles mitbekommen, was besprochen wird.«

García Vidal sah Carmen fragend an. »Na, jetzt bin ich aber mal gespannt.«

Während er aufmerksam Carmens Bericht zuhörte, bereitete Gräfin Rosa frische Limonade für die ganze Runde zu.

»Hm«, brummte er, als sie geendet hatte. »Wenn die Sache so liegt, hast du richtig gehandelt. Selbst zu Friedenszeiten darf niemand erfahren, dass Jamal uns informiert hat. Für seine Kollegen wäre er ein Maulwurf, den es zu entfernen gilt. Das Gespräch hat also nie stattgefunden.«

»Aber wie stoßen wir rein zufällig auf genau diesen Schafstall, ohne dass auch nur der geringste Zweifel an der Begründung für den Zugriff entsteht?«

»Es könnte doch ein Schaf gestohlen worden sein«, schlug Angela Bischoff vor.

»Gute Idee«, meinte der Comisario und bedachte sie mit einem Lächeln. »Nur leider ist dadrin seit mindestens zwanzig Jahren kein Vieh mehr gehalten worden.«

»Könnte vielleicht jemand bei der Policía Local einen Einbruchversuch anzeigen?«, schob die Gräfin nach.

»Und was dann?«, fragte Berger. »Die würden eine Streife hinschicken, doch selbst wenn man dort Einbruchspuren erkennen könnte, würden die den Vorfall lediglich intern untersuchen, wenn überhaupt.«

Carmen goss sich Wasser ein. »Gesucht wird also eine Idee, welche Tat wir um den Schafstall herum inszenieren könnten, die ein Ermitteln der Policía Nacional zwingend nach sich ziehen würde.«

»Wir haben doch genug Leichen auf Eis. Wir könnten uns eine für den Stall ausborgen«, tönte Berger.

»Miguel.« García Vidal stöhnte auf. »Konstruktive Vorschläge, bitte.«

»Wie wäre es mit Brandstiftung?« Rosas Augen leuchteten vor kriminellem Eifer. »Da müsst ihr doch auch gerufen werden.«

»Das ist gut. Wir müssen nur noch einen Deppen finden, der das Ding für uns ansteckt.«

»Nein, Miguel.« García Vidal winkte energisch ab. »Das geht gar nicht. Überall auf dieser Insel brennt es wie Zunder, da fangen wir nicht auch noch an, selbst zu zündeln.«

»Vielleicht ginge es doch«, meinte Angela und lächelte grimmig. »Als du mir vor ein paar Tagen alte Bilder von dir gezeigt hast, erwähntest du bei einem deiner Mannschaftskameraden, dass er heute Feuerwehrchef in Manacor ist. Könntet ihr unter seiner Aufsicht nicht ganz kontrolliert etwas abbrennen lassen? Wo steht er denn politisch?«

»Fernando Armengol ist ein aufrechter Mann, dem die Politverbrecher schon lange auf den Geist gehen. Um von denen die Nase voll zu haben, muss man in keinem politischen Lager sein.«

»Dann wird er sicher gern behilflich sein. Aber wie bekommen wir ihn und seine Männer zu diesem Stall?«

»Vielleicht eine Übung?«, steuerte Gräfin Rosa als Lösungsvorschlag bei.

»Nein.« Carmen trommelte nervös mit den Fingern auf dem Pinienholztisch. »Wenn da eine Übung stattfinden würde, müsste der Eigentümer vorher informiert werden und eine entsprechende Erlaubnis erteilen. Der Schafstall liegt am Cami de Son Morla, zwischen der 610 und Cala Llombards. Könnten wir die Herren nicht zu einem Fehlalarm nach Llombards bitten und, wenn die dort fertig sind, nur so ein bisschen zündeln?« Ihr Blick auf den Comisario war fast flehentlich.

»Das wäre eine Lösung. Ich werde mit Fernando sprechen. Aber ohne ihn komplett einzuweihen, wird es nicht gehen. Kannst du damit leben, Carmen?«

»Solange Jamals Karriere dadurch nicht beendet wird, soll es mir recht sein.« Sie erhob sich vom Tisch. »Komm, Bella, wir gehen.«

Der Comisario war erstaunt. »Warum muss denn der Hund mit?«

»Sie haben den Residente doch auch immer dabei.«

***

Fernando Armengol hatte Verständnis gezeigt und vorgeschlagen, die Aktion noch am gleichen Abend durchzuziehen. Wichtig war es vor allem, dass bei dem Einsatz noch Tageslicht herrschte, sonst könnten die Beamten auf ihrer Heimfahrt vom blinden Alarm die Rauchsäule über dem Schafstall gar nicht sehen.

Als die Wagen mit Sirenengeheul in Richtung Llombards an ihnen vorbeirasten, gingen sie in Position. Der Feuerwehrchef lauschte aufmerksam dem Funkverkehr auf seinem Handsprechfunkgerät. Als seine Kollegen in Llombards Entwarnung gaben, entzündete er eine gasbetriebene Lötlampe und steckte damit trockene Gräser direkt am Haus in Brand. Danach zog er sich mit den anderen zurück, und sie versteckten sich in Sichtweite.

Es waren bange Minuten, die Armengol zu überstehen hatte, denn das Feuer wurde immer größer. Während der Pick-up der Feuerwehr achtlos daran vorbeifuhr, waren die Beamten auf dem Löschzug aufmerksamer. Bremsen quietschten, Türen klappten, und schon waren Feuerwehrleute mit einem Schnellangriffsschlauch, den sie aus dem Fahrzeug zogen, am Stall und begannen mit den Löscharbeiten. Auch Bella beobachtete alles ganz genau, ohne sich dabei auch nur einen Zentimeter zu bewegen. Über Funk wurde die Policía Local informiert und die Fahndung nach einem unbekannten Brandstifter, der Feuer an einem Schafstall gelegt hatte, eingeleitet.

»So, Cristobal, meine Arbeit ist getan. Jetzt habe ich aber mindestens zwei Schwiegermuttermorde bei dir frei. Abgemacht?«

García Vidal zwinkerte Armengol zu. »Da du nur eine hast, lege ich noch ein paar Tötungen von sonntagmorgens um neun Uhr klingelnden Zeugen Jehovas drauf.«

»Du bist ein Geizhals. Du weißt genau, dass ich die schon alle gekillt habe.«

Nachdem Armengol gegangen war, warteten Carmen, Berger und der Comisario in sicherer Entfernung auf ihren Einsatz. »So, Señora Comisaria, was passiert eigentlich, wenn wir gleich alarmiert werden?«, wollte García Vidal wissen. »Wirst du wie eine Rachegöttin beim Herrn Stadtverordneten einfahren und ihn als Besitzer des Stalls des Diebstahls und der Hehlerei bezichtigen?«

Carmen zuckte mit den Schultern. »Ich habe mir schon ausgemalt, wie ich ihn in Handschellen aus dem Büro schleife, aber ich denke mal, es wäre klüger, wenn ich die Sache brav unter der Decke halte und auf eine Gegenleistung warte.«

»Und wenn kein Angebot kommt?«

»Ich bin schließlich Mallorquinerin. Zumindest was das betrifft, muss sich der Mann an die Gepflogenheiten halten.«

»Sieh an.« García Vidal strahlte übers ganze Gesicht. »Aus unserem Kampfküken wird langsam ein kluges Huhn.«

Zu ihrer Überraschung wurden sie nicht alarmiert. Zwei Streifenwagen der Policía Local, ein kleiner Lieferwagen und ein Minivan hielten fast gleichzeitig vor dem Stall. Nach dem, was sie aus der Ferne erkennen konnten, handelte es sich hauptsächlich um dienstfreie Kollegen. In fieberhafter Eile begannen sie, alles, was sich in dem Stall befand, einzuladen. Carmen machte aus sicherer Entfernung Fotos von der Aktion.

»Na, so eine Pleite«, brummte der Comisario. »Die schaffen den Pröll einfach irgendwo anders hin. Und was nun?«

»Rufen Sie Angela an. Die soll bitte herkommen und die Herrschaften verfolgen. Unsere Autos sind denen bekannt.«

Sie warteten, bis der Transporter vollgeladen war und Angela die Verfolgung aufgenommen hatte. Dann liefen sie zurück zu ihren Wagen.

Carmen war zutiefst enttäuscht. »Mann Gottes! Da wird gnadenlos gemauschelt, als ob es keinerlei Gesetze gäbe. In was für einem Sumpf leben wir eigentlich?«

»In einem für uns alle noch sehr angenehm temperierten, meine Liebe«, erwiderte Berger. »Aber gnade uns Gott, wenn er auskühlt. Dann werden sich nur die Stärksten durchsetzen.«

»Danke, Miguel«, meinte der Comisario lakonisch. »So ein kleines Weltuntergangsszenario war genau das, was uns jetzt für einen schönen Abend noch fehlte.«

***

Marga Santos war froh, dass der Comisario wieder das Zepter auf der Dienststelle übernahm. Den Gesprächen, die sie mittels der Wanze im Jackett von Dragomir Droszek aufgezeichnet hatten, hatten sie entnehmen können, dass es wohl noch an diesem Abend auf der Fähre von Valencia nach Mallorca weitere Kämpfe geben würde.

Während Carmen dem Hund Wasser gab, stieg García Vidal gleich ins Geschehen ein.

»Tut sich schon etwas im Hafen von Valencia?«

»No, Comisario. Nichts Außergewöhnliches. Die Fähre ist allerdings trotz der Nebensaison komplett ausgebucht.«

García Vidal schaute auf den Monitor von Margas Computer. »Ist das das Bild der Webcam?«

»Sí, vom Fährparkplatz.«

»Dafür, dass der Kahn voll sein soll, ist da ja recht wenig los. Wie lange noch bis zum Ablegen?«

»Knapp zwei Stunden.«

»Und sind schon teure Autos zu sehen?«

»Wenn man von unseren Gehältern ausgeht, sind das alles teure Autos.«

»Da magst du recht haben. Nach echten Luxuskarossen sehen die aber trotzdem nicht aus. Hast du schon etwas angeordnet?«

»Ich habe die Küstenwache alarmiert und unseren Kontaktmann in Valencia gebeten, zwei Undercoverleute auf der Fähre einzubuchen, aber die tun sich schwer. Es sind schon alle Tickets weg.«

Carmen wurde sauer. »Was ist denn mit denen los? Da wird man doch wohl noch zwei Polizisten draufquetschen können, oder?«

»Ich denke mir«, bremste Marga sie aus, »dass so eine große Nummer ohne Mitarbeit der Reederei gar nicht durchführbar wäre. Die Leute in ihrer Funktion als Polizisten hochoffiziell zusätzlich aufs Boot zu quetschen, wäre somit nicht ganz ungefährlich. Vor allem für die Kollegen. Deswegen habe ich das abgesagt.«

García Vidal nickte. »Sie gehen als Zivilisten an Bord oder gar nicht. Das hast du völlig richtig entschieden, Marga.«

Jordi Vidal betrat den Raum und kam zu ihnen. »Chef, ich habe gerade von einer englischen Sonderkommission zur Aufdeckung illegalen Glücksspiels eine Videodatei überspielt bekommen«, berichtete er aufgeregt. »Da werden Sie einen alten Bekannten drauf wiedersehen.«

»Na, dann zeig mal her.«

Sie gingen zusammen in das kleine Büro von Jordi und Carmen und gruppierten sich um den Bildschirm. Jordi Vidal startete die Datei. Es handelte sich um eine Wettkampfaufzeichnung. Wer da im Ring stand und ängstlich beobachtete, wie sich eine Kuppel aus Maschendraht über Kämpfer und Kampfrichter stülpte, war eindeutig der noch unramponiert aussehende Norbert Kleinen. Keine drei Minuten später lag er sterbend in der Ringecke, und es folgte der laut Rechtsmediziner tödliche Tritt in den Nacken.

Die Menschenmenge in der riesigen Halle brüllte und tobte. Vor allem die gut situierten Damen in den ersten beiden Tischreihen mutierten von einer Sekunde zur anderen zu ekstatisch geifernden Weibern.

»Das ist ja widerlich«, entfuhr es dem Comisario. »Von wann ist die Aufnahme?«

Jordi sah nach. »Von vor drei Tagen.«

»Das kann nicht sein.« García Vidal winkte ab. »An dem Tag haben wir Kleinen auf dem Campo gefunden, und da war er schon seit über vierundzwanzig Stunden tot.« Er wurde nachdenklich. »Was ist das überhaupt für ein Film?«

»Das ist der Mitschnitt eines Wettportals im Internet.«

»Kennt man die Betreiber?«

»Nein. Laut Interpol sitzen die irgendwo in Armenien.«

»Was eine Auslieferung an uns betrifft, also auf dem Mars.«

Berger mischte sich ein. »Hast du den Engländern gesagt, dass es sich beim Ausstrahlungsdatum nicht um den Aufzeichnungstag handeln kann?«

Jordi Vidal nickte. »Sie meinten, dass das Sinn mache, denn wenn das live ausgestrahlt werden würde, seien die Quoten nicht kalkulierbar.« Er wandte sich wieder an García Vidal. »Chef, ich würde die Datei gern einem Freund von mir zeigen. Der arbeitet bei einer Filmproduktionsfirma in Palma. Er kann uns vielleicht sagen, ob an der Aufnahme etwas verfälscht wurde.«

García Vidal nickte. »Mach das. Vielleicht findet der etwas heraus.« Er seufzte resigniert. »Tja, von der Idee, dass die Kämpfe auf der Fähre stattfinden, können wir uns wohl verabschieden. So eine riesige Halle gibt es nicht mal auf dem größten Kreuzfahrer der Welt, es sei denn, das Ding ist komplett hohl.« Niedergeschlagen verließ er den Raum, um in sein Büro zu gehen, da drehte er sich noch einmal um. »Marga, du rufst bitte in Valencia an. Wir müssen die Informationen aus den Gesprächen des Kroaten genauer prüfen, bevor wir bloß wieder eine Hahnenkampfveranstaltung aufmischen.«

»Und was ist mit der Küstenwache?«

»Wenn es auf ihrem Weg liegt, sollen sie dem Pott einfach mal hinterherfahren. Schaden kann es nicht. Vielleicht entdecken sie doch noch etwas, was uns bisher entgangen ist.«

García Vidals Handy klingelte. Er meldete sich mit finsterem Gesicht und hörte zu. »Okay, wir kommen.« Er gab Carmen und Berger ein Zeichen. »Das ist Angela. Die Kollegen sind gerade dabei, alles auf der Müllkippe abzuladen.«

Carmen schoss von ihrem Platz hoch. »Dann sollten wir da so schnell wie möglich hinfahren.«

»Und was sollen wir da tun?«

»Sie davon abhalten, Fluxás Hausstand mit einem Radlader unterzupflügen.«

»Mädel, selbst dafür bräuchten wir eine richterliche Anordnung. Nun begreif doch endlich: Wir sind David, und die sind Goliath! Die Schlacht heute haben wir verloren.«

Carmen gab nicht auf. »Dann laden wir unsere Schleudern eben mit Steinen.«

»Genau dafür«, sagte Berger und legte beruhigend seine Hand auf ihre Schulter, »brauchen wir wieder die Erlaubnis vom Richter.«

Carmen sah ihn ratlos an. »Und was machen wir nun?«

»Du und Miguel, ihr fahrt zu Angela«, entschied García Vidal. »Falls sie Hilfe braucht. Ich werde einen Besuch machen.«

»Und bei wem, wenn man fragen darf?«

»Bei einem Steinmetz. Ich besorge Munition für unsere Schleudern.«

***

Keine halbe Stunde später waren Carmen und Berger bei Angela. Sie hatte ihr Auto auf einem Parkplatz in Sichtweite der Mülldeponie abgestellt und mit einer Kamera mit einem sehr guten Teleobjektiv alle an der Wegwerfaktion mitwirkenden Polizisten fotografiert.

»Wie lange dauert das denn, bis die so einen Sprinter ausgeladen haben?«, erkundigte sich Berger ungeduldig.

Angela lachte auf. »Das ist immerhin schon die zweite Fuhre, die sie hier ausladen. Aber das müsste es jetzt eigentlich gewesen sein. So groß war der Stall ja nicht.«

Die Dämmerung hatte eingesetzt, und es wurde immer schwieriger, die Kollegen weiter zu beobachten.

»Wenn wir die da drüben kaum noch erkennen können, werden die uns auch nicht sehen, wenn wir ein wenig näher rangehen. Vielleicht kann man von da vorn etwas von dem verstehen, was die Jungens so erzählen.«

Angela winkte ab. »Die reden nichts Besonderes. Als der Wind vorhin von der See her kam, konnte ich einiges verstehen. Fußball, Weiber und Autos. In der Reihenfolge.«

»Das will ich selbst hören«, sagte Carmen und drückte sich dicht an die Steinmauer, um unbemerkt etwas vorzurücken. Berger und Angela taten es ihr nach. Von ihrem neuen Spähposten aus beobachteten sie, wie sich die meisten der Helfer bereits verabschiedeten, als einer der letzten beiden Polizisten unvermittelt einen Benzinkanister aus dem Sprinter holte und ihn öffnete.

»Die wollen den Kram doch wohl nicht etwa abfackeln, oder?« Carmen war empört.

»Die scheinen zu beenden, was wir vorhin angefangen haben.«

»Das werde ich verhindern.« Carmen gab Bella ein Zeichen, und die Hündin lief knurrend auf den Brandstifter zu. Der traute seinen Augen nicht und stieß seinen Kumpanen an.

»Sieh mal, Pepe. Dreh ich nun durch, oder ist das der Köter vom alten Fluxá?«

Pepe war sich nicht ganz sicher. »Ich dachte, den hätten sie mit dem Alten umgebracht. So hieß es jedenfalls, als wir den ganzen Quatsch aus der Finca herausgeholt haben.«

Je näher Bella kam, desto verunsicherter wurden die Polizisten. Pepe stieß seinem Kollegen den Ellbogen in die Seite. »Komm, lass uns hier verduften. Egal, ob der Plunder nun brennt oder nicht. Das mit dem Vieh ist mir unheimlich.«

»Du hast recht.« Der andere stöhnte auf. »Und wenn es ein Spuk ist?«

»Dann haben wir hier erst recht nichts zu suchen.« Beide Männer bekreuzigten sich, stürzten zum Auto, schlossen panisch die Türen und fuhren mit durchdrehenden Reifen davon.

Carmen, Angela und Berger verließen ihre Deckung.

»Das hast du gut gemacht, meine Kleine.«

Mit wedelndem Stummelschwanz kam die Hündin zu ihnen zurück. »Sitz«, kommandierte Carmen, und Bella setzte sich neben sie. »Dann wollen wir doch mal sehen, was die Herrschaften für uns übrig gelassen haben.«

Die drei lugten vorsichtig in die rund vier Meter tiefe Grube.

Carmen streichelte Bella über den Kopf. »Ist ja nicht viel, was von deinem Herrchen übrig geblieben ist.«

»Okay.« Berger stöhnte kraftlos. »Und wonach suchen wir jetzt da unten, ganz ohne Licht, dafür mit viel schlechter Laune?«

»Ich habe keine Ahnung.« Carmen überfiel so etwas wie Resignation. Ihr schossen die Tränen in die Augen. »Ich werde hier vorgeführt wie ein tumber Tanzbär.«

Berger und Angela nahmen sie in ihre Mitte und legten jeder einen Arm um ihre Schultern.

»Die Attacke mit dem Brand war hervorragend«, sagte Angela, um sie zu trösten, »aber deren Finte leider auch.«

»Du nimmst diese Kerle in Schutz?« Carmen schluchzte auf.

»Blödsinn«, ging Berger dazwischen. »Angela nimmt den Feind einfach ernst und erkennt es an, wenn er sich einen Vorteil geschaffen hat. Solange du das nicht auch machst, wirst du immer wieder in den offenen Degen rennen.«

Carmen überlegte. »Mein Gott, Fechten.« Sie schaute die beiden gebannt an. »Warum habe ich nicht gleich daran gedacht?«

»An was?«

»Dass Fluxá mit einem Degen erstochen worden sein könnte.«

Angela verstand gar nichts mehr. »Ich dachte, er starb durch einen Stich mit einer Hutnadel.«

»Es war eine Hutnadel, die aus der abgebrochenen Klinge einer Fechtwaffe gefertigt wurde. Aber das Blut daran stammte aus den Konserven. Also kann Fluxá ebenso gut mit einer identischen Sportwaffe erstochen worden sein.«

»Mit einer *alten* Sportwaffe«, wandte Berger ein. »Heutzutage sind die Turnierklingen nicht mehr aus normalem Stahl.«

»Ich habe bis vor zehn Jahren selbst gefochten«, sagte Angela, »und unsere Sportklingen waren alle aus annähernd bruchsicherem Maraging-Stahl. Außerdem waren die Spitzen derart kompliziert mit Elektronik durchzogen, dass ein einfaches Anspitzen zur Mordwaffe gar nicht möglich gewesen wäre. Wenn überhaupt, suchst du einen Degen, Säbel oder Florett, dessen Klinge vor 1970 oder noch früher hergestellt wurde.«

»Okay, dann suchen wir einen Mörder oder eine Mörderin, die einen großen Hund mit einem Gewehr oder Blasrohr betäuben und mit einem alten Sportsäbel morden kann.« Carmens Augen glänzten wieder. »Die Fluxá-Kids muss er auch gekannt haben, sonst hätte er seine Tat nicht so nahtlos in das bis dahin sorgfältig getürkte Szenario einfügen können.«

»Wunderbar kombiniert, Sherlock.« Berger trat wieder dicht an die Grube heran. »Wonach sollen deine beiden Dr. Watsons denn nun in der Dunkelheit suchen?«

»Ich habe noch immer keine Ahnung. Und wir werden auch nicht suchen. Wir stecken den ganzen Müll einfach an, so wie die Kerle das eben machen wollten.«

»Und was bezweckst du damit?«

»Wenn wir jetzt alles verbrennen, denken die anderen, dass wir das, was durch den Diebstahl gesichert werden sollte, gefunden haben. Genau das werden wir morgen nämlich an die große Glocke hängen. Dann bekommen wir in der Dienststelle garantiert bald Besuch. Der hat uns gegenüber zwar den Vorteil, dass er weiß, worum es die ganze Zeit ging. Das soll uns aber egal sein. Wir wissen dann endlich, wer danach suchen ließ.«

***

García Vidal saß dem Generalstaatsanwalt in dessen Haus in Esporles gegenüber. Nachdem er eine Flasche Rotwein geöffnet und sich und seinem Gast eingegossen hatte, hörte er aufmerksam, was der Comisario zu berichten hatte.

»Cristobal«, sagte Javier Moyses gedehnt. Er neigte dazu, jedes seiner Worte auf die Goldwaage zu legen. »Was erwartest du von mir? Dass hier auf der Insel etwas passieren muss, darüber sind wir uns einig. Aber ist das wirklich durch eine Revolution zu ändern?«

»Zur Not auch dadurch.«

»Du bist Mallorquiner und hast somit selbst etwas von dem unbeugsamen Piratenblut in deinen Adern. Würdest du dir eine völlig neue Gesellschaftsordnung aufzwingen lassen?«

»Nun werde doch nicht gleich pathetisch. Wer redet hier von einer neuen Gesellschaftsordnung? Ich will doch nur, dass bestehende Gesetze befolgt werden und Recht und Ordnung herrschen.«

Moyses setzte sich auf die vordere Kante des Sofas. »Das wollen die im Prinzip auch. Die wollen das Recht haben, ihre eigene Ordnung leben zu dürfen. Und das sind nicht irgendwelche Spinner, ein großer Teil davon gehört zu den Stützen der mallorquinischen Gesellschaft.«

García Vidal nippte an seinem Glas. »Das löst nicht unser Problem.«

»Natürlich könnte ich die in unseren Fällen ermittelnden Kolleginnen und Kollegen der Staatsanwaltschaft gegen Staatsanwälte vom Festland austauschen lassen, aber wird man mir dann nicht mit Recht die Methoden eines Generalissimo Franco vorwerfen? Wird man die Staatsanwaltschaft nicht sofort mit der alten Guardia Civil gleichsetzen, bei der kein Beamter in seiner Heimat Dienst schieben durfte, aus Angst, dass er von seinen Altvorderen korrumpiert wird? Züchten wir uns dadurch nicht einen viel militanteren Untergrund selbst heran?«

»Willst du also kapitulieren?«

»Nein, ich will taktieren. Einen Hengst zähmt man nicht, indem man ihn tötet.«

»Willst du sie etwa dressieren?« Der Comisario lachte sarkastisch auf. »Das stelle ich mir gerade bildlich vor. Wie eine große Zirkusnummer im Justizpalast. Der Inselrat proudly presents: Moyses und seine reinrassigen Justizianer. Und dann werden sie eingaloppieren, mit wilden, im Wind flatternden Mähnen. Jeweils einen Puschel haben sie auf dem Kopf, und das Büschel bunter Straußenfedern im Arsch wippt neckisch bei jedem Sprung auf und ab. Sie rennen im Kreis um den Generalstaatsanwalt herum und haben Angst, die harte, aber gerechte Peitsche spüren zu müssen.«

Moyses lächelte amüsiert. »Da hätte ich auch Spaß dran, das muss ich zugeben, und so falsch liegst du mit diesem Bild gar nicht, nur bin ich es, der um die Staatsanwälte herumläuft. Die Kunst an der ganzen Sache ist nämlich die, die anderen denken zu lassen, sie seien die Dompteure, dabei aber selbst das Geschehen fest in der Hand zu haben.« Er goss sich Wein nach. »Das Beispiel mit der kleinen Brandstiftungsnummer zeigt uns beiden, wie wenige

Ansatzpunkte wir haben. Fakt ist, dass da eine Brandstiftung, ein Kapitalverbrechen, nicht gemeldet wurde. Nur: Wem soll diesbezüglich etwas nachgewiesen werden? Da streitet einer für den anderen ab, vom Dritten überhaupt jemals gehört zu haben. Der Fisch stinkt vom Kopf her, und genau da müssen die Veränderungen zu greifen beginnen.«

García Vidal lächelte frech. »Señor Generalstaatsanwalt, du bist der Kopf.«

»Richtig, und du hast bei mir etwas verändert. Du hast mir klargemacht, dass es so nicht weitergehen kann.«

»Daraus folgt?«

»Dass der zuständige Staatsanwalt in Sachen Fluxá von mir morgen früh nach Valencia versetzt wird. Das verbreitet Unsicherheit unter den Kollegen und zeigt ihnen, dass sie kontrolliert werden.«

»Und mit wem muss sich die junge Kollegin Lucas dann in Zukunft herumschlagen?«

»Mit mir. Ist das genug Stein für deine Schleuder?«

»Sí, ich danke dir.«

Javier Moyses prostete dem Comisario zu. »Und sage bitte Señora Lucas, dass ich gar nicht so streng bin, wie es immer heißt.«

»In Ordnung. Ich werde ihr klarmachen, dass sie von nun an die Dompteurin ist und der Gaul Moyses heißt.«

»Nur zu. Und wenn das alles nicht hilft und sie noch immer Schiss vor mir hat«, er begann zu lachen, »dann erzähle ihr von den Federn im Hintern.«

ZEHN

Bella streifte unruhig hin und her. Sie konnte mit den vielen neuen Gerüchen in ihrem alten Reich nichts anfangen, und das bereitete ihr sichtlich Unbehagen. Also beschloss sie, sich lieber dicht bei ihrem neuen Frauchen zu halten, und wich Carmen keinen Zentimeter mehr von der Seite.

»Was machen wir hier?«, erkundigte sich Angela müde.

»Wir versuchen, Schwingungen aufzunehmen«, erklärte Carmen.

»Willkommen in Carmens Schwingerclub«, meinte Berger. »Der Pool, er lädt zum Bade, macht nackich eure Wade.«

»Señor Residente.« Carmen fühlte sich nicht ernst genommen und reagierte sauer. »Wer hat denn immer etwas davon erzählt, dass jeder Tatort seine ganz eigenen Vibrationen hat und wie man sie erfolgreich aufnimmt?«

»Das war ich.«

»Dann hören Sie auf zu blödeln. Jetzt wird geschwiegen, und es werden Schwingungen assimiliert.«

Sie standen in Fluxás Wohnzimmer, schlossen die Augen und versuchten, all ihre Sinne auf die genannten Wellen auszurichten. Bella war diese spannungsreiche Ruhe unheimlich, und sie begann, ängstlich zu fiepen.

»Also bei mir«, beendete Berger die Stille, »schwingen in erster Linie Fragen.«

»Und welche?«

»Fluxá hatte K.-o.-Tropfen im Blut. Der Mörder muss darauf gewartet haben, dass sein Opfer die Tropfen eingenommen hat. Er muss genau gewusst haben, wann die Einnahme erfolgte, denn woher sollte er sonst wissen, wann das Zeug seine volle Wirkung erreicht haben würde? Erst dann konnte er den Hund betäuben und unbemerkt in das Haus eindringen, um den Hausherrn zu meucheln. Das Zeitfenster dafür war bestimmt nur sehr klein, denn eine Narkose bei einem so großen Tier ist keine sichere Sache. Lange sind die nicht weg, wenn man da nichts nachspritzt, und der Tierarzt hat ja keine weiteren Einstiche gefunden, oder?«

»Doch, den für die Aufwachspritze.«

Berger nickte. »Womit bewiesen wäre, dass der Mörder seine Tat in dem kleinen Zeitfenster auch abschließen konnte, sonst wäre Bella von allein aufgewacht.«

»Hinzu kommt«, warf Angela ein, »dass der Täter gewusst haben muss, dass Vanessa Riesche durch das Lorazepam bereits ausgeschaltet worden war, also dürfte er ein absoluter Insider sein.«

Berger dachte nach. »Die Obduktion hat ergeben, dass Miguel Fluxá die Tropfen nasal zu sich genommen hat?«

»Sí.« Carmen nickte. »Aber das war klar. Neben dem Bett des Toten befand sich ja diese funkelnagelneue, noch geschlossene Flasche mit Nasentropfen, die weder Fluxá noch seine Verlobte zuvor jemals in den Händen hielten. Wie soll sie dort hingekommen sein, wenn nicht durch den Mörder?«

»Die präparierte Flasche hat er nach der Tat dann sicher mitgehen lassen. Vor allem: Wie hat er die präparierte Flasche mit den K.-o.-Tropfen dorthin stellen können?«

»Sí.« Carmen wurde immer ungeduldiger. »Leute, ich könnte platzen. Wir haben nun schon so viel zusammengetragen, aber dadurch so viele Enden in den Händen, dass ich sie einfach nicht zu einem Strang zusammenknoten kann. Das macht mich schier irre!«

»In diesem Zustand macht man leider die meisten Fehler«, bemerkte Angela. »Ist denn schon klar, wie Fluxá überhaupt in den Pool gekommen ist?«

»Ja. Wir haben Hautpartikel an den Nahtstellen der Bodenfliesen sichern können. Das weist darauf hin, dass er zum Pool geschleift wurde. Hautpartikel haben wir auch neben dem Pool gefunden. Dort könnte er kurzzeitig abgelegt worden sein. Neben dem Pool liegend wurde er auch erstochen, das belegt der Einstichkanal.«

»Wie kann man das nachträglich wissen?«

»Wenn man aufrecht steht, stehen Brustmuskulatur und Rippen in einem anderen Verhältnis zu- und übereinander, als wenn man liegt. Das hat mir der Rechtsmediziner so erklärt. Was wir allerdings nicht wissen, ist, wo Fluxá angezogen wurde. Er hatte schließlich eine Badehose an, und von Vanessa Riesche wissen wir, dass er nackt schlief.«

»Warum schließt du eigentlich die Kinder und die Verlobte aus?«, wollte Angela Bischoff wissen.

»Wegen der Indizien.«

»Die da wären?«

Carmen dachte kurz nach. »Vanessa Riesche hatte bei ihrer Einlieferung ins Krankenhaus noch viel zu viel Lorazepam im Blut, als dass sie die Tat durchgeführt haben könnte. Außerdem würde jeder Täter versuchen, sich zu entlasten. Nicht so die Riesche. Sie hat mir von sich aus, ohne weiter darüber nachzudenken, erzählt, dass sie und Fluxá sich in der Nacht vor seinem Tod trennen wollten. Gibt es ein perfekteres Motiv für ein voreingenommenes Gericht?«

»Carmen.« Berger sah sie eindringlich an. »Kann es sein, dass die Riesche gemerkt hat, wie ihr von den Kindern mitgespielt wurde, und sie daraufhin beschloss, den Mord durchzuführen?«

»Schon, aber warum? Jeder denkende Mensch hätte damit bis nach der Hochzeit gewartet. Sie wäre Millionärin gewesen. So geht sie völlig leer aus.«

»Und was ist mit den Kids?«, hakte Angela nach.

»Ich hab ihre Finanzen überprüft. Da ist alles solide. Maria Antonia hat eine recht anständig bezahlte Stellung bei einem Anwalt für Steuerrecht, und Estebans Club läuft, den Büchern nach, hervorragend. Eine rasche Erbschaft als Motiv fällt damit für mich raus. Das Verhältnis beider Kinder zu ihrem Vater war nicht das beste, wobei Sohnemann von seinem Alten ja wohl richtig eins auf die Fresse bekommen hat.«

»Da hätten wir doch ein Motiv.«

»Schon, aber ich denke, dass Esteban Fluxá vor den Folgen einer solchen Tat zu große Angst gehabt hätte. Der ist ja schon wegen seiner Homosexualität böse verprügelt worden. Was hätten die Schergen seines Vaters erst mit ihm veranstaltet, wenn er auch noch einen der Leitwölfe der rechten Szene Mallorcas umgebracht hätte? Nein, das kann ich mir beim besten Willen nicht vorstellen. Außerdem wussten beide, dass der Hund so abgerichtet ist, dass der jeden, der durch das geöffnete Tor kommt, in Ruhe lässt. Beide kannten den Zahlencode. Die hätten Bella nicht betäuben müssen.«

Berger wirkte nachdenklich. »Carmen, du hast nun für Gott

und die Welt Indizien gesammelt, wer es aus deiner Sicht nicht gewesen sein kann. Deine Bosse verlangen aber langsam eine heiße Spur, die zum Mörder führt. Und ich möchte betonen, dass es für alle anderen Verdächtigen die beste Rehabilitierung ist, wenn du mit dem Mörder um die Ecke kommst.«

»Ich weiß«, entgegnete Carmen kleinlaut.

»Was ist mit dem Arzt?«, erkundigte sich Angela. »Von dem wurde hier doch auch DNA gefunden.«

»Ja. Und bevor ich ihn überhaupt damit konfrontieren konnte, hat er von sich aus berichtet, dass er am Tag vor dem Mord hier war. Frau Riesche war seine Patientin, und er hatte Fluxá nicht erreichen können, weil der auf der Jagd war, also hat er ihn persönlich aufgesucht. Sie haben sogar zusammen einen Palo getrunken. Hätte er den Hausherrn umgebracht, hätte er wohl zumindest sein Glas abgewaschen oder es mitgenommen. Es stand aber noch in der Spülmaschine.«

»Stimmt.« Berger rieb sich nachdenklich das Kinn. »Wir suchen also einen medizinisch gebildeten Großwildjäger, der mit den Fluxás intim befreundet war, über alles Erlaubte und Unerlaubte in diesem Hause Bescheid wusste und einen Hass auf den Clanchef hatte.«

Carmen stimmte ihm zu. »Wenn man Sie so sprechen hört, dann ist mein Job doch völlig easy, oder?«

***

Da es schon spät am Abend war, als sie nach Hause kamen, rechneten sie fest damit, die gräfliche Finca und ihre Bewohner im Tiefschlaf vorzufinden, doch als sie den Wagen in der Einfahrt abstellten, gab es kein Fenster, das nicht beleuchtet war. Sogar Esmeralda und Filou kamen ihnen entgegengestürzt. Das kleine Mädchen sprang Carmen mit derartig viel Schwung auf den Arm, dass es sie fast umgerissen hätte. Ähnlich stürmisch begrüßte Filou Bella.

»Stell dir vor, Mama! Tante Auguste und Anatol sind da!«

Berger stöhnte auf. »Ade, Absacker. Das wird eine lange Nacht.«

Die Neuankömmlinge waren noch dabei, sich die Hände zu waschen, da hatte Filou Bella bereits zur Großherzogin geführt.

Es sah fast so aus, als wollte das Schwein seine neue Freundin vorstellen. Bella war sichtlich irritiert über die Neulinge in ihrem Reich, doch sie spürte sofort die Vertrautheit zwischen Schwein und Hochadel, und so gab sie sicherheitshalber Pfötchen.

»Bella, du Höllenhund«, murrte die Gräfin amüsiert. »Mich hast du erst einmal angeknurrt, als ich dich streicheln wollte.«

»Höllenhunde wissen von Berufs wegen sofort, wer der Teufel im Hause ist«, erklärte Tante Auguste und lachte über Rosas verdutzten Gesichtsausdruck.

Angela machte brav einen Hofknicks vor der Königlichen Hoheit, Carmen und Berger küssten der alten Dame zur Begrüßung die Hand. »Tante Auguste, ich freue mich, Sie zu sehen.«

Die Großherzogin lachte entzückt auf. »Rosa, mein Schatz, ich beneide dich um deinen charmanten Lügner. Sagt er dir auch jeden Abend, wie schön du bist?«

Rosa gab ihrem Residente zur Begrüßung einen Kuss. »Das sagt er mir sogar morgens.«

»Nun gut«, kam es wie beiläufig von der alten Dame, »es muss auch blinde Lügner geben.«

Alles lachte über den gelungenen Spruch.

»Michael, Rosa hat mir von diesen schauderhaften Kämpfen berichtet. Sollte Anatol sich nicht einmal um Karten für uns bemühen? Dann hätten Sie zumindest schon einmal die Adresse des Vertriebs.«

»Ich bin mir nicht sicher, Tantchen, ob derartige Kämpfe das Richtige für Sie sind.«

»An Blut, Schweiß und Tränen hat sich die Aristokratie schon ante Christum natum ergötzt.«

»Aber Tantchen«, protestierte Rosa, »da bist du doch wohl eine rühmliche Ausnahme.«

»Nö. Das ist mein Leben. Ich quetsche meine Schuldner aus, bis Blut kommt, wenn ich meinen Besuch bei euch ankündige, dann schwitzt ihr, und wenn ich gehe, weint zumindest Filou.«

»Tantchen, darüber macht man keine Scherze. Bei diesen Kämpfen geht es wirklich nur darum, seinen Gegner coram publico zu töten. Und die Reichen und Schönen dieser Insel zahlen unglaublich viel Geld für eine Karte direkt am Ring.«

»Ich weiß, mein Schatz. Anatol und ich kommen schließlich

nicht aus Wolkenkuckucksheim. Besprecht bitte mit Cristobal, ob ihr einen von euch direkt am Ring haben wollt, und wenn nicht, werden wir es uns hier oder auf See gemütlich machen. Karl hat uns auf seine Yacht eingeladen.«

»Wer ist Karl?«, fragte Angela die Gräfin leise.

»Seine Majestät König Juan Carlos von Spanien«, flüsterte Rosa zurück.

Angela war sichtlich beeindruckt. »Ach ja, den kennt ihr ja. Aber ein bisschen dicker als gleich einen König habt ihr's wohl nicht?«

***

García Vidal schreckte hoch. Sein Handy klingelte. Kapitän Henriquez Gómez meldete sich von seiner Fregatte.

»Hola, Cristobal, hier auf der Fähre tut sich was.«

»Wie spät ist es denn?«

»Vier Uhr achtunddreißig.«

»Sinkt der Pott, oder warum wecken Sie mich?«

»Er sinkt teilweise.«

Der Comisario war schlagartig hellwach. »Für den Mitternachts-Joke ist es schon zu spät, meinen Sie nicht auch?«

»Ich mach keinen Quatsch. Die haben das Tor am Heck runtergelassen und ein Auto über Bord geschmissen. Wir waren zwar außer Hörweite, aber die Wärmebildkamera im Hubschrauber hat noch angeschlagen. Der Operator ist sich sicher, dass da Menschen im Auto saßen.«

»Ich glaub's ja nicht. Wie tief ist das Meer an dieser Stelle?«

»Eintausendvierhundertachtundsiebzig Meter.«

García Vidal lächelte böse. »Haben Sie schon die Badehose an?«

»Scherzkeks«, kam es zurück. »Mal im Ernst: Die Amis sind mit einem U-Boot-Bergungsschiff gleich um die Ecke. Soll ich die bitten, mit ihrem Tauchboot runterzugehen? Wenn sie das Auto auch nicht wieder hochziehen können, bekämen wir zumindest gestochen scharfe Bilder aus dem Wageninneren.«

»Das würde uns sicher sehr helfen. Danke.«

»Okay. Ich kümmere mich darum.«

»Ich danke Ihnen und bereite hier schon einmal den Empfang der Fähre vor.«

***

Der Kapitän des amerikanischen Bergungsschiffes hatte sofort seine Hilfe zugesagt. Aufgrund der günstigen Position hatte er schon eine halbe Stunde später mit dem Tauchgang beginnen können. Ein Erfolg dieser Aktion war aber nicht garantiert, denn so ein Autowrack in rund eintausendfünfhundert Metern Tiefe zu finden, kann problematisch sein, da ein Pkw relativ langsam sinkt und bei ungünstigen Strömungsverhältnissen ziemlich weit vom Eintauchpunkt wegtreiben kann.

Die Fähre sollte um halb acht Uhr früh im Hafen von Palma anlegen, also blieb ihnen nicht viel Zeit, das Auto in der Tiefe zu orten. Ohne einen klaren Beweis, dass von Bord des Schiffes aus ein bemannter Pkw entsorgt worden war, hätten die Behörden keinerlei Handhabe, das Entladen der Fähre zu stoppen, zumal es sich um eine reine Inlandsfahrt handelte, die aber von einem in Großbritannien eingeflaggten Schiff durchgeführt wurde.

Da es unter Umständen auf eine sehr spitzfindige Auslegung des internationalen Seerechts hinauslaufen konnte, hatte García Vidal auch den Generalstaatsanwalt informiert, der soeben im Hafen eintraf.

»Comisario«, beschied Moyses García Vidal, den er im Dienst ganz formell siezte, »ich stehe zu meinem Wort, Ihnen gern zu helfen. Das gibt Ihnen aber noch lange nicht das Recht, mich schon sechs Stunden später in den Wahnsinn zu treiben. So einen Einsatz können sich eigentlich nur Sie ausdenken.«

»Es tut mir leid, aber wir wissen, dass während der Überfahrt ein Pkw durch die Heckklappe der Fähre ins Wasser geworfen wurde. Darin befanden sich entweder lebende Menschen oder deren noch warme Leichen. Die Amis werden uns in Kürze den Beweis liefern. Die müssen das Auto nur noch in der Tiefe finden.«

»Und jetzt erwarten Sie von mir, dass ich das Anlegen der Fähre so lange verhindere, bis Sie sicher wissen, dass Leichen in dem Auto entsorgt wurden?«

García Vidal nickte. »Sí, Señor. So eine Entscheidung steht meinem Dienstrang leider nicht zu.«

»Natürlich nicht.« Moyses winkte ärgerlich ab. »Wenn jemandem nach dieser Nummer der Kopf abgerissen wird, ist es ja auch nicht Ihrer.«

Ein junger Zollbeamter salutierte vor ihnen. »Señor Comisario, würden Sie bitte in das Büro der Hafenkommandantur kommen, die Amerikaner scheinen etwas gefunden zu haben. Die Video-Verbindung wurde hergestellt.«

Die beiden folgten dem Beamten in das kleine Büro, um dessen einzigen Computer schon einige andere Beamte Platz genommen hatten, um das Unterwasserschauspiel live zu verfolgen. Sie kamen hinzu, als sich vor einer schwarzgrünen Wand erst unscharf, dann immer klarer ein Auto abzeichnete. Der U-Boot-Pilot schaltete zu den Suchscheinwerfern nun auch noch eine ganze Batterie Arbeitsscheinwerfer hinzu, die das Objekt in gleißendes Licht tauchten.

Dieser Pkw musste der gesuchte Wagen sein, denn an seinem Blech war nicht die geringste Algenbildung festzustellen. Das Auto lag auf der Fahrerseite, der enorme Druck des Wassers hatte auf dem Weg in die Tiefe die Scheiben eingedrückt. Um ins Innere des Autos blicken zu können, musste das U-Boot in einer kleinen Schleife um das Wrack herumschweben. Langsam kam es in die richtige Position, ganz langsam schob sich die Windschutzscheibe vor die Kamera. Auf ihren Sitzen angeschnallt, brav wie bei einer Polizeikontrolle, hingen fünf junge Männer mit freiem Oberkörper in ihren Gurten. Das Licht und die Kamera des U-Bootes waren so gut, dass man sogar in rund tausendfünfhundert Metern Tiefe erkennen konnte, was für ein Martyrium diese jungen Menschen erlebt haben mussten, bevor ihnen der Tod ein gnädiger Freund geworden war.

Moyses war sichtlich geschockt. »Wissen Sie, Comisario, wer für dieses Gruselkabinett verantwortlich ist?«

»Nein. Die Organisatoren des Kampfabends müssen noch an Bord der Fähre sein. Leider haben wir keine Ahnung, um welche Passagiere es sich dabei handelt. Wir vermuten, dass eine armenische Bande dahintersteckt.«

»Wir sehen hier fünf Verlierer. Haben wir eine Chance, dass die Sieger ebenfalls gezeichnet sind?«

García Vidal war zuversichtlich. »Ganz ohne Blessuren werden die nicht weggekommen sein.«

»Comisario, Sie sind den Fall schon mit den Schiffsexperten der Küstenwache und der Marine durchgegangen. Wo an Bord könnten diese Kämpfe stattfinden?«

»So viel Platz, wie gestern noch von uns angenommen, braucht man dazu nicht.« García Vidal beugte sich vor und bat den Operator, die Datei mit dem im Internet aufgezeichneten Kampf abzufahren. Als sie lief, bat er um ein Standbild. »Wir sehen auf dem Bild eine riesige Halle. Echt sind aber nur diese Tische hier unten, direkt am Ring. Dahinter scheinen sie eine Art Bluescreen aufgezogen zu haben und legen einfach die Bilder mit der Arena darüber. Der Mitarbeiter einer Postproduktionsfirma hat das für uns aufgeschlüsselt. Das da ist einfach eine Sendeschleife einer Hallentotale. Alles, was man braucht, um zum Beispiel ein Autodeck so zu präparieren, hat bequem auf zwei Lkw Platz. Einem Ü-Wagen und einem Sattelschlepper, um genau zu sein. Wir wissen auch schon, nach welchen Lkw wir suchen müssen.« Der Comisario gab dem Kollegen einen Wink. Das Bild auf dem Computer wechselte, nun waren zwei Sattelzüge zu sehen. »Diese beiden waren immer dabei, wenn die Fähre nur zu zwei Dritteln ausgebucht war. Ich nehme an, dass die Kämpfe auf einem der Parkdecks stattgefunden haben.«

Moyses nahm seine Brille von der Nase, um sie mit einem Taschentuch zu putzen. »Und warum gehen wir den Kerlen erst jetzt an den Kragen?«

»Das Filmmaterial ist quasi eben erst reingekommen. Es ist keine zehn Stunden her, dass uns die Bilder, die aus einem Internetportal für Sportwetten stammen, von Interpolkollegen zugespielt wurden. Die komplette Analyse der Bilder liegt seit heute Morgen vor.«

Der Generalstaatsanwalt wollte das Video erneut sehen. »Woran erkennt man, dass die Bilder im Hintergrund so eine Schleife, wie Sie es nannten, sind?«

»Schauen Sie mal auf die Brezel- und Bierverkäufer in den Rängen. Zu jeder vollen Minute stehen die wieder an ihrem Ausgangspunkt und fangen von vorne an, ihre Waren zu verkaufen.«

Moyses war beeindruckt. »Worauf man alles achten muss, wenn

man heutzutage fernsieht …« Er klopfte García Vidal auf die Schulter. »Gute Arbeit. Ein Kompliment an das gesamte Team, Comisario. Meinen Segen haben Sie. Das Schiff darf erst dann anlegen, wenn wir genügend Beamte zusammengezogen haben, um alle Passagiere und alle Wagen, die auf der Fähre sind, in einer angemessenen Weise überprüfen zu können.«

Auf dem Gang waren laute Stimmen zu hören, und sichtlich erregt stürzte Alejandro Vela in das kleine Büro. »Meine Damen, meine Herren, was geht hier ohne mein Wissen und vor allem ohne meine Zustimmung vor?«

»Señor Vela«, rief ihn der Generalstaatsanwalt zur Räson. »Wenn Engel zornig sind, sollten sie sich vorher vergewissern, ob nicht eventuell ein Erzengel in der Gegend ist.« Er beugte sich lächelnd hinter dem großen Bildschirm hervor.

Vela lief knallrot an. »Aber Chef, ich konnte doch nicht ahnen, dass Sie hier sind.« Er schaut sich irritiert um. »Nur, warum sind Sie hier? Ich habe Einspruch gegen meine Versetzung nach Valencia eingelegt, und solange ist das noch mein Fall.«

Moyses nickte. »Ich weiß, wie auch der Mord an dem armen Miguel Fluxá. Es *waren* aber Ihre Fälle, Señor. Der Einspruch wurde inzwischen abgelehnt, und zwar von mir. Das entsprechende Schreiben wird Ihnen heute noch zugestellt.«

Vela versuchte verzweifelt, seine letzte Trumpfkarte auszuspielen. »Der Fall Fluxá ist doch aber aufgeklärt, wir haben ein Geständnis. Die verrückte Verlobte war's.«

»Das haben Sie ja bereits medienwirksam, aber etwas voreilig bekannt gemacht.«

»Wieso voreilig?« Seine Gesichtsfarbe wechselte von Rot zu Weiß.

»Weil diese Verrückte, wie Sie Señora Riesche nennen, ohne Beisein eines kommentierenden Polizeipsychologen gar keine gerichtsverwertbare Aussage machen darf. Der wurde ihr aber von Ihnen verweigert. Das ist aktenkundig, Señor Vela. Hinzu kommt, dass Sie sämtliche Ermittlungen, die in andere Richtungen führen, einfach nicht zur Kenntnis nehmen. Selbst Richter Ihrer politischen Couleur würden Ihnen Ihre Ermittlungsergebnisse um die Ohren hauen.«

Alle dachten, dass der Mann nun völlig einknicken würde,

aber das genaue Gegenteil geschah. Er plusterte sich zu einer Zorneskugel auf und brüllte: »Ich verbitte mir, von Ihnen vor versammelter Mannschaft gemaßregelt zu werden. Ich werde mich an höherer Stelle über Sie beschweren.«

Moyses' Stimme war betont ruhig und sehr leise, gefährlich leise, als er antwortete. »Señor Vela, da Sie gern vor die Presse treten, um ausgiebig in Fettnäpfchen zu baden, ging ich davon aus, dass sie größere Menschenansammlungen lieben. Ihnen steht es frei, sich bei Ihren politischen Freunden über mich zu beschweren, aber ich darf Sie darauf hinweisen, dass ungefähr die Hälfte Ihrer Gönner wegen Korruption oder Unterschlagung in Untersuchungshaft sitzt oder bereits verurteilt wurde. Es ist also relativ einsam um Sie herum geworden. Sie werden ab sofort die Festland-Ermittlungen in diesem Fall in Valencia übernehmen und täglich direkt an mich berichten.«

»Ist das mit den leitenden Stellen dort abgesprochen?«

»Natürlich. Sie sollen sich beim dortigen Generalstaatsanwalt melden.« Moyses lächelte ihn liebenswürdig an. »Und wenn wir die Fähre erst einmal geräumt haben, wird an Bord, so nehme ich an, genug Platz für Sie sein.«

***

Der gräfliche Frühstückstisch war zu Ehren der Großherzogin sehr festlich gedeckt. Dabei hatte die Gräfin gar nichts getan. Anatol pflegte durch solche Kleinigkeiten seine Freude über ihren Mallorca-Aufenthalt auszudrücken. Berger indes konnte es noch gar nicht fassen, dass er daran teilhaben konnte, obwohl für García Vidal und Carmen im Hafen von Palma einer der größten Polizeieinsätze des Jahres kurz bevorstand. Verstohlen sah er immer wieder auf seine Armbanduhr, was nicht unbemerkt blieb.

»Seit Langem mal wieder eine Katastrophe ohne dich, mein Junge?« Die Großherzogin sah ihn mitfühlend an.

»Im Gegenteil, Tantchen«, erwiderte Rosa und tätschelte liebevoll seine Hand. »Dadurch, dass er hierbleibt, hat der Einsatz vielleicht eine Chance, *nicht* zu einer Katastrophe zu werden.«

Berger sah sie erstaunt an. »Wie soll ich das bitte verstehen?«

»Nehmen wir nur mal unseren lieben Freund Crasaghi. Es

haben ja schon viele Bischöfe unsere herrliche Insel besucht, aber kaum sind Sie, mein Liebling, dabei, wird auf den frommen Mann geschossen.«

»Frommer Mann!« Berger lachte auf. »Dass ich nicht lauthals kichere. Der Mann ist Chef des päpstlichen Geheimdienstes. Auf so einer Position sitzen keine frommen Männer.«

»Er ist immerhin Bischof!«

»Rodrigo Borgia war sogar Papst und hat nebenbei gemordet, erpresst, gestohlen und alles gevögelt, was nicht schnell genug auf dem Baum der Erkenntnis war.«

Rosa blickte sorgenvoll. »Auch wenn ich Sie liebe, mein Herr, Sie sind ein Ketzer.«

»Besser Ketzer als Schwätzer«, bemerkte die Großherzogin trocken.

Es klingelte an der Haustür. Kurze Zeit später trat Anatol an den Esstisch. »Es sind zwei Herren vom Jugendamt da, die eine gerichtliche Verfügung vollstrecken wollen.«

Rosa verschlug es vor Schreck die Sprache.

Tante Auguste übernahm die Initiative. »Ich lasse bitten.«

Anatol führte die beiden Herren herein. »Señores, Ihre Majestät Großherzogin Auguste von Schleswig Holstein Gottorf und Gräfin Rosa.«

Die beiden armen Kerle waren derart irritiert, dass sie mit seltsam eckigen Bewegungen versuchten, einen Hofknicks zu machen. Rosa hatte Mühe, nicht laut loszulachen. Ihre Tante hingegen bewahrte majestätische Contenance.

»Señores, setzen Sie sich.« Sie sah zu Anatol. »Zwei Gedecke für die Herren Staatsdiener.« Wieder an die beiden Männer gewandt, deutete sie auf zwei freie Stühle am anderen Ende der Tafel. »Wie dürfen wir Sie bei Ihrer sicherlich sehr verantwortungsvollen Arbeit unterstützen?«

»Wir haben leider die traurige Pflicht, Esmeralda Lucas in ein staatliches Kinderheim zu überstellen.«

Aus dem Gesicht der Großherzogin wich jeglicher freundliche Zug. Den beiden Beamten blickte eine Maske aus Eis entgegen. »Aus welchem Grund, wenn ich fragen darf?«

Den beiden wurde sichtlich unwohl. »Ist Carmen Lucas, die Mutter, anwesend?«

»Nein, meine Herren, sie ist ebenfalls im Staatsdienst und wie Sie bei der Arbeit.« Die Großherzogin schnippte mit den Fingern, und Anatol beugte sich zu ihr. Sie flüsterte ihm etwas ins Ohr, und der Butler zog sich umgehend zurück. »Weswegen müssen Sie das Kind ins Heim bringen?«

»Etwas scheint mit der Adoption nicht in Ordnung zu sein, sodass das Aufenthaltsbestimmungsrecht wieder an das Jugendamt übergegangen ist.«

»Hm.« Tante Auguste erkannte sofort die Schwachstelle dieser Anordnung. »Meine Herren, wer ist die Mutter des Kindes Esmeralda?«

»Hier steht: eine gewisse Carmen Lucas.«

»Wenn das da steht, ist die Adoption doch wohl wirksam, oder sehen Sie das anders?«

Die beiden sahen irritiert auf ihre Unterlagen und tuschelten miteinander. »Wir sind keine Juristen. Entschuldigen Sie bitte, Majestät.« Sie sahen sich im Raum um. »Wo ist denn bitte das Kind Esmeralda?«

»Meine Herren, da Sie keine Juristen sind, möchte ich Ihnen die Ungeheuerlichkeit, die Sie hier vollstrecken sollen, ungern persönlich anlasten. Aus diesem Grund werde ich es nachher, wenn ich dem König berichte, vermeiden, Ihre Namen zu nennen.«

Die Gesichter der Besucher verfinsterten sich. »Soll das eine Drohung sein?«

»Aber woher, meine Herren. Daran denke ich nicht im Geringsten. Ich werde dem König davon berichten, weil er sich sowieso nach unserer kleinen Esmeralda erkundigen wird, wie auch nach sämtlichen anderen Mitgliedern meiner Familie. Doch sollte es eine juristische Panne gegeben haben, ist es nun mal leider so, dass meistens die, die sie vollstrecken müssen, im Regen stehen.«

»Und was juristische Pannen betrifft«, ergänzte Gräfin Rosa, »regnet es auf Mallorca ziemlich häufig.«

Berger grinste. »Man könnte sogar von einem juristischen Feuchtbiotop sprechen, meine Herren.«

»Wir würden jetzt gern zu dem Kind geführt werden.«

Tante Auguste gab der Gräfin einen Wink. »Liebes, würdest

du die Herren bitte ins Kinderzimmer führen? Dort können sie sich selbst davon überzeugen, wie schön es die kleine Esmeralda bei ihrer Mutter hat. So schön wird sie es in keinem Heim der Welt haben.«

»Wo ist das Kind?«

»Soweit ich weiß, füttert es im Augenblick die Hühner, zusammen mit seinem Vater. Übrigens, ich bin die Oma, und das«, sie zeigte auf Rosa, »ist die Tante. Und wer es sich mit unserer Pflegefamilie verscherzt, meine Herren, wird ganz schnell zum beruflichen Pflegefall.« Tante Auguste setzte ihr liebenswürdigstes Lächeln auf. »Sie sollten Ihre Verfügung nehmen und Ihren Vorgesetzten fragen, ob er das wirklich ernst meint. Und wenn ja, schicken Sie ihn lieber selbst her. Habe ich mich verständlich ausgedrückt, Señores?«

Die beiden saßen da wie zur Salzsäule erstarrt. Gräfin Rosa versuchte, der Situation die Schärfe zu nehmen. »Kommen Sie, meine Herren, ich führe Sie herum. In meinem Hause haben wir nichts zu verbergen.«

Die drei zogen ab.

»Tante Auguste, was haben Sie da eben mit Anatol ausgeheckt? Wo ist Esmeralda?«

»Oh, er ist mit dem Mädchen sicherheitshalber etwas spazieren gegangen. Ich war mir nicht sicher, ob ich die beiden stoppen könnte. Da ich ihre Befugnisse nicht genau kenne, schien mir das der sicherste Weg zu sein.«

Berger lächelte sie an. »Und Sie sind sicher, meine Liebe, dass Karl damit einverstanden ist, dass Sie seinen königlichen Namen in Spiel brachten?«

Sie wiegte den Kopf hin und her. »Er wird mich vielleicht ein kleines bisschen weniger lieben, aber zum Mögen wird es weiterhin reichen. So.« Sie sah auf die Uhr und erhob sich. »Du wirst Tomeu und Carmen in Kenntnis setzen, und ich werde in einer Stunde mit dem besten Familienrechtsanwalt dieser Insel sprechen. Und dann werden wir gemeinsam beraten, was zu tun ist.«

***

Nachdem Carmen von Tomeu telefonisch über alles informiert worden war, machte sie sich sofort auf den Weg nach Santanyí, um sich direkt mit den Beamten des Jugendamtes auseinanderzusetzen. Dafür, dass Berger sie vor dem Haupteingang bereits erwartete, war sie mehr als dankbar.

»So, Mädel«, begann er, um sie zu beruhigen. »Jetzt gehen wir zwei Hübschen erst einmal rüber in die Bar und trinken einen ›Relaxing Cortado‹.«

Sie merkte selbst, dass sie derartig aufgeladen zu keiner konstruktiven Diskussion fähig wäre. »Ja, das ist eine gute Idee.«

Sie gingen in die Bar Sa Plaça, und der Wirt Bernardo betätigte bei ihrem Eintreten unaufgefordert die Espressomaschine.

»Ich kann es noch immer nicht fassen. Wir haben doch alle Papiere und nötigen Bescheide vom Vormundschaftsgericht. Was wollen die denn noch?«

»Das haben sie nicht gesagt«, berichtete Berger. »Sie haben uns nichts weiter als die gerichtliche Anordnung gezeigt und wollten Esmeralda ins Heim stecken.«

»Aber was könnten wir denn verbrochen haben, dass sie die Kleine deswegen gleich aus ihrer neuen Familie rausreißen? Esmeralda hat eine für ihre leiblichen Eltern tödliche Flucht quer durch die arabische Wüste hinter sich, und das wissen die. Das wäre schon das zweite Trauma, das man diesem Kind zufügt.«

»Wir sollten Tante Auguste fürs Erste dankbar sein, dass sie so geistesgegenwärtig gehandelt und gleich mit dem König gedroht hat. Wenn alle Stricke reißen, kannst du dich blind auf ihre Beziehungen nach ganz oben verlassen.«

Sie tranken ihre Cortados und gingen rüber ins Rathaus. Das Jugendamt war im neuen Trakt in der zweiten Etage untergebracht. Nachdem sie zweimal nach dem zuständigen Referatsleiter gefragt hatten, standen sie vor der richtigen Tür und klopften.

»Herein«, rief eine Stimme aus dem Inneren des Büros. Sie wurden von einem untersetzten Mann in kurzärmligem Hemd erwartet.

»Guten Tag. Mein Name ist Carmen Lucas, und das ist Señor Michael Berger. Ich nehme an, er ist Ihnen bekannt?«

Der Mann nickte. »Sí, Señora Lucas, wer in unserer schönen

Stadt kennt nicht den Residente? Mein Name ist Babtiste Lamatx. Bitte nehmen Sie Platz. Was führt Sie zu mir?«

»Danke, Señor«, lehnte Carmen ab. »Wir stehen lieber. Sie haben heute zwei Ihrer Kollegen damit beauftragt, meine Adoptivtochter in ein Heim zu bringen.«

»Sí, Señora. Richtig ist aber, dass nicht ich die Kollegen beauftragt habe, sondern ein Jugendrichter in Palma. Mit der Adoption Ihrer Tochter muss es wohl Probleme gegeben haben. Sie wurde rückgängig gemacht.«

»Geht das überhaupt?«, fragte Carmen spitz.

»Das Schöne an unserem Rechtssystem ist, dass sich ein Gericht nicht irren kann.«

»Doch, Sie haben die Möglichkeit des Einspruchs vergessen.«

»Señora Lucas, hätten Sie mich aussprechen lassen, hätte ich Sie als Nächstes darauf hingewiesen, wie Sie dagegen vorgehen können.«

»Und wie, wenn ich fragen darf?«

»Sie gehen zum Anwalt und erheben Einspruch beim nächsthöheren Gericht. Aber ich muss Ihnen gleich sagen, dass es Monate dauern kann, bis Ihr Einspruch überhaupt zugelassen wird.«

»Und wie lange würde dann das Verfahren dauern?«

»Da fehlt mir leider jegliche Erfahrung. Wenn Sie Pech haben, treffen Sie Ihre Esmeralda erst als erwachsene Frau wieder.« Er lächelte sie kalt an. »Sofern sie dann überhaupt noch etwas von Ihnen wissen will.«

Carmen hatte Mühe, sich zu beherrschen. »Könnte ich denn möglicherweise außergerichtlich etwas tun, um diesen Prozess abzukürzen? Da Sie bestimmt auch nur Weisungsempfänger sind, können Sie mir sicher die Namen der Entscheidungsträger in diesem Fall nennen.«

»Na, das ist doch mal ein vernünftiger Vorschlag.« Señor Lamatx genoss es sichtlich, am längeren Hebel zu sitzen. »Aber ich versichere Ihnen, dass im Fall Esmeralda Lucas nur das Gesetz maßgebend ist. Glauben Sie mir, ich bin es, der es zum alleinigen Wohle des Kindes interpretiert.« Er lächelte sie überheblich an. »Und wenn wir schon einmal beim Auslegen der Gesetze sind: Wenn Sie zum Beispiel im Mordfall Fluxá ermitteln, sollten Sie darauf achten, Staatsanwalt Vela bei seinen Ermittlungen mehr zu unterstützen. Auf diese Weise würden Sie den Verantwortlichen zeigen, dass Sie eine mallorquinische Beamtin sind, die im nationalen Sinne seriös und zuverlässig agiert und der ein Jugendrichter getrost die Seele eines traumatisierten Kindes anvertrauen kann.«

»Sie denken dabei vermutlich an die Verurteilung einer gewissen deutschen Verlobten.« Carmen biss die Zähne aufeinander, um ihren Zorn zu unterdrücken.

»Ich denke dabei an nichts weiter als an ein wenig mehr Vertrauen, das Sie in die Ermittlungsarbeit und die Erfahrung des Staatsanwaltes haben sollten. Zum Zwecke einer loyalen Zusammenarbeit.«

»Was hat das alles mit meiner Tochter zu tun?«

»Streng genommen gar nichts. Wir erwarten von Ihnen nur etwas mehr Umsichtigkeit. Ebenjene Umsichtigkeit, die Sie in Sachen Esmeralda Lucas von uns erwarten.«

Berger spürte, dass Carmen kurz vor der Eruption stand, und wusste, dass er dieses erschreckende Gespräch sofort beenden musste, schon allein, um Esmeralda zu schützen. »Señor Lamatx, ich danke Ihnen für Ihre wertvollen Tipps. Wir werden uns jetzt zurückziehen, um zu beraten, wie wir sie umsetzen. Ach, übrigens.« Jetzt war es Berger, der süffisant lächelte. »Im Fall Fluxá ist neuerdings der Generalstaatsanwalt zuständig. Señor Vela wurde abgelöst und nach Valencia versetzt. Soll ja auch ein sehr schönes Fleckchen Erde sein. Buenos días, Señor.« Er zog die sprachlose Carmen unter den Augen des völlig verblüfften Beamten hinter sich her aus dem Büro.

Auf dem Flur wollte sich Carmen losreißen, aber Berger hielt sie fest.

»Lassen Sie mich gefälligst los! Ich will dieses Arschloch erst durchprügeln und dann erschießen.«

»Und das möglichst noch mit deiner Dienstwaffe, nehme ich an. Vergiss es. Komm jetzt gefälligst mit mir mit und schweig. Wir werden ihm eine Lektion erteilen, aber wir sollten uns vorher genau überlegen, wie wir das machen.« Er nahm sie in den Arm. »Außerdem muss ich dir noch sagen, dass ich dich für deine Zurückhaltung bewundere.«

»Warum?«

»Mit einer Knarre am Gürtel hätte ich das Schwein sofort erschossen.«

Sie sah auf ihre Uhr. »Lassen Sie uns zum Auto gehen. Bella muss etwas zu trinken bekommen, und dann ab zum Hafen. Der Chef wird schon auf mich warten.«

***

Der Generalstaatsanwalt hatte beschlossen, dem Rat der Küstenwache zu folgen und die Fähre noch auf See aufzubringen. Wenn das Schiff erst fest vertäut im Hafen läge, gäbe es zu viele Möglichkeiten, die Fähre unbemerkt zu verlassen. Carmen und Berger erreichten das letzte Schnellboot, das zum Enterkommando gehörte. Auf ihm befanden sich auch García Vidal und Javier Moyses. Marga Santo, Andrea Bastos, Arantxa Burguera und Jordi Vidal waren schon in anderen Booten unterwegs. Während der kurzen Fahrt zur Fähre berichteten Berger und Carmen dem Comisario von den Ereignissen im Jugendamt. Der Generalstaatsanwalt hörte ebenfalls zu und war sichtlich schockiert. »Es tut mir leid, Señora Lucas, dass ich noch keine Zeit gefunden habe, mich in Ihren Fall einzuarbeiten. Das, was ich bisher gehört habe, lässt mir die Haare zu Berge stehen. Sobald dieser ganze Spuk hier vorbei ist, instruieren Sie mich bitte genauestens. Eines kann ich Ihnen aber schon jetzt sagen, nämlich dass sämtliche Verhörsperren für Sie aufgehoben sind.« Er sah sie nachdenklich an. »Ich muss Sie jedoch ausdrücklich warnen. Es scheinen Menschen ihre Finger im Spiel zu haben, die unter Umständen mächtiger sind als ich. Und wenn es mich erwischen sollte, können Leute, die in meinem Fahrwasser fahren, ganz schnell mit absaufen.«

Carmen nickte. »Es wäre mir eine Ehre, Señor Moyses.«

Er wollte sich schon abwenden, da fiel ihm doch noch etwas ein. »Señora Lucas, noch mal zum Absaufen: Halten Sie sich in diesem Fall an den Comisario. Der Mann beherrscht die Kunst, gegen den Strom zu schwimmen und sich dennoch über Wasser zu halten, geradezu perfekt.«

Als das Patrouillenboot der Küstenwache bei der Fähre längsseits ging, befanden sich der Kapitän und dessen Offiziere bereits in

Gewahrsam, und alle Schlüsselpositionen auf dem Schiff waren von Angehörigen der Enterkommandos besetzt. Das Kommando an Bord hatte nun Korvettenkapitän Henriquez Gómez übernommen.

García Vidal, Berger und Carmen verlasen über die Bordsprechanlage eine vom Generalstaatsanwalt verfasste Mitteilung in Spanisch, Deutsch und Englisch. Darin wurden sämtliche Passagiere gebeten, sich wie zu einer Seenotrettungsübung an Deck zu versammeln. Diverse Einsatzteams von Küstenwache, Zoll, Marine und SEK durchkämmten systematisch das restliche Schiff. Alle Passagiere, die überprüft worden waren und als unverdächtig galten, bekamen ein farbiges Armband und wurden gebeten, sich in das große Schiffsrestaurant zu begeben. Gäste, die aus Armenien oder angrenzenden Staaten stammten, Gesichtsverletzungen hatten oder anderweitig verdächtig erschienen, wurden separiert und verhört. Da die Fähre nur zu zwei Dritteln ausgebucht war, gab es, was verfügbare Räumlichkeiten betraf, kein Kapazitätsproblem.

In der Kapitänskabine, die sich direkt neben der Brücke befand, hatte Henriquez Gómez die Einsatzzentrale der Küstenwache einrichten lassen. Dort war auch eine Videowand installiert, von der aus man jeden Punkt des riesigen Schiffes über Kameras beobachten konnte, die in den Gängen an Kreuzungen und über sämtlichen Ausstiegs- oder Ladeluken installiert waren.

Henriquez Gómez und seine Leute verfolgten gerade die Kontrolle einiger Laderäume durch ein Team des SEK, als sie von einem durchdringenden Pfeifton aufgeschreckt wurden. Eine der Ladeluken im ersten Autodeck war geöffnet worden. Der Operator versuchte sofort, auf die dazugehörige Kamera zu schalten, aber auf dem Bild war nur Rauschen zu sehen. »Scheiße«, brummte der Seemann. »Die hat jemand abgeklemmt.«

García Vidal trat zu ihm. »Wird jede einzelne Kamera aufgezeichnet oder nur das Ausgangsbild?«

»Leider nur das Ausgangsbild, Comisario. Das ist von den Seefahrtsämtern und vom Lloyd so vorgeschrieben. Alles Weitere, und wäre es noch so sinnvoll, wird eingespart.«

Kaum hatte Gómez eines der Einsatzteams zu der betroffenen Ladeluke dirigiert, meldete sich auch schon einer der beiden Begleithubschrauber, die von der Fregatte der Küstenwache abwechselnd zur Beobachtung der See aufstiegen. Sie hatten mit Hilfe ihrer Wärmebildkamera verfolgen können, wie zwei Menschen seitlich des Schiffes über Bord gingen, vom Wirbel der riesigen Schiffsschrauben unter Wasser gesaugt wurden und erst Hunderte von Metern weiter hinten wieder auftauchten. Ein Rettungsschwimmer war bereits zu den leblos wirkenden Schiffbrüchigen abgelassen worden.

»Die Ratten verlassen das sinkende Schiff«, bemerkte Berger bissig.

Henriquez Gómez war sich da nicht so sicher. »Wenn die genug Verstand haben, dass sie bis drei zählen können, sind die nicht freiwillig über Bord gegangen. Wer so weit vorne vom Schiff springt, kann in die Schrauben geraten. Das muss dem größten Idioten klar sein.«

ELF

Hayarpi Kevorkian liebte die Ruhe, die ihr Butler und väterlicher Freund Arsham ausstrahlte und um sie herum verbreitete, aber wenn sie dermaßen aufgebracht war, nutzten auch die positiven Schwingungen des alten Mannes nichts mehr.

»Das ist ja unfassbar, was die wegen dieser paar Touristen für einen Apparat in Bewegung setzen! Es ist doch nun wahrlich nicht üblich, dass eine Fähre von Hubschraubern der Küstenwache begleitet wird. Anders ist aber nicht zu erklären, dass die mitgekriegt haben, wie das Auto versenkt wurde. Gott sei Dank haben wir unsere Leute in den Behörden, sonst würden wir denen jetzt ins offene Messer rennen.«

»Dieser Comisario scheint ein Mann mit Einfluss auf der Insel zu sein.«

»Blödsinn«, tobte sie. »Ich habe den Einfluss, und der hat mich mehr gekostet, als dieser läppische Kommissar in seinem ganzen Leben brutto verdient!«

Arsham Ramarkhan wusste, dass der Rachedurst der jungen Frau ins Unermessliche wachsen konnte, wenn ihr bei der Ausführung ihrer Pläne jemand dazwischenfunkte.

»Mir war klar, Arsham, dass wir diese Nummer nicht bis in alle Unendlichkeit durchziehen können, jedenfalls nicht auf Mallorca. Ich bin es aber nicht gewohnt, dass man mir die Entscheidung, wann ich mein Geschäftsmodell zu ändern habe, aufzwingt.« Sie ging, am ganzen Leibe vor Zorn bebend, vor ihrem Schreibtisch auf und ab. »Es wird ein finaler Kampfabend stattfinden.« Sie schlug mit der Faust auf den Tisch. »Und ich schwöre dir, Arsham, so wahr ich Hayarpi Kevorkian heiße, daran werden alle, die mir die Tour vermasselt haben, teilnehmen.«

Der Butler war sichtlich irritiert. »Wir sollen sie auch noch dazu einladen?«

»Sie werden nicht am Ring sitzen, mein Lieber, sondern darin kämpfen!« Sie lachte hysterisch auf. »Und ich werde dafür sorgen, dass sich diese Versager gegenseitig zerfleischen. Sag unseren Leuten, dass sie das Ausweichquartier für heute Abend klarmachen und nur die wirklichen ›Special Guests‹ einladen sollen.« Sie rieb dabei Daumen und Zeigefinger aneinander. »Wer vom Publikum Bock darauf und genügend Bares dabeihat, darf den prominenten Verlierern danach sogar persönlich die Eier abschneiden.« Sie ließ sich erschöpft in ihren Schreibtischsessel fallen. »Wenn sie allerdings noch etwas davon spüren sollen, kostet es das Doppelte.«

***

Schon bald kam die Bestätigung der Hubschrauberbesatzung. »Haben zwei Schwerverletzte geborgen, denen anscheinend an Bord übel mitgespielt wurde. Ihre Verletzungen sind eindeutig auf stumpfe Gewalteinwirkung zurückzuführen. Sie stammen mit Sicherheit von keiner Schiffsschraube. Es handelt sich um ein britisches Ehepaar. Laut Pässen heißen sie Malcolm und Virginia Tresta. Wir bringen sie auf die Krankenstation der Fregatte. Beide haben viel Wasser eingeatmet und sind nicht ansprechbar.«

García Vidal beschlich eine Ahnung. In einer der Zeugkammern der »Lascher« waren die Einsatzkräfte unter den vielen Gurten, mit denen die einzelnen Pkw am Deckboden angelascht wurden, auf eine Blutlache gestoßen, die darauf hindeutete, dass in dem Raum ein blutiger Kampf stattgefunden hatte. Er suchte die Namen des britischen Ehepaars auf der Liste der Fährgäste, die schon überprüft worden waren und im Schiffsrestaurant warteten. Mit verkniffenem Gesicht tippte er auf eine Stelle seines Computerbildschirmes. »Malcolm und Virginia Tresta. Hier habe ich sie.«

Er griff nach dem Mikrofon der Sprechfunkanlage. »Hier Comisario García Vidal. Eine Frage an den Helikopter. Haben die Geretteten noch ihre Armbänder um?«

»Negativ«, lautete die Antwort.

»Scheiße«, murmelte der Comisario. »Dann sitzen zwei aus dem Kröpfchen jetzt mitten in unserem schönen Töpfchen.«

Der Generalstaatsanwalt wurde ungehalten. »Wenn Sie schon bei Aschenputtel sind, dann kommen Sie mir nicht nur mit den Schwestern an. Ich will die böse Stiefmutter.«

***

Carmen war froh darüber, Bella bei sich zu haben. Obwohl es gar nicht so einfach gewesen war, die Hündin an Bord der Fähre zu hieven, zahlte sich ihre Anwesenheit in jedem Fall aus. Sowie einer der aufgebrachten Passagiere versuchte, sich an den lästigen Kontrollen vorbeizuschmuggeln, schreckte der- oder diejenige vor den gefletschten Zähnen des Dobermannweibchens zurück.

Carmen erhielt einen Anruf auf ihrem Handy und nahm verwundert ab. »Sí, Chef, warum kommen Sie nicht über Funk?«

»Zwei von den bereits überprüften Passagieren wurden schwer verletzt und ohne Armband aus der See gefischt. Wir müssen davon ausgehen, dass sich die beiden Angreifer, ein Mann und eine Frau, mit notdürftig zusammengeklebten Armbändern im Restaurant aufhalten. Ansonsten würde es keinen Sinn machen, dass sie sich die Dinger auf so brutale Art und Weise besorgt haben. Bei den beiden handelt es sich demnach um absolut skrupellose Typen. Vorsicht!«

»Bewaffnet können sie aber nicht sein«, bemerkte Carmen, »sonst hätten die Detektoren angeschlagen.«

»Auf jeden Fall haben sie etwas bei sich gehabt, um ihren beiden Opfern fast die Schädel einzuschlagen.«

»Okay, ich kümmere mich darum.«

Sie setzte Capitán Ramirez, der die Kontrollstelle beaufsichtigte, in Kenntnis. Nach kurzer Zeit stand er mit einem jungen Mann neben ihr. »Der Kollege hat eine Frau und einen Mann durch die Hintertür ins Restaurant gelassen, die angaben, vom Klo gekommen zu sein.«

»Aber sie hatten ein Armband«, fügte der junge Mann hinzu. »Das habe ich kontrolliert.«

»Ist Ihnen das nicht seltsam vorgekommen, dass die einfach so an Bord herumspazieren konnten, selbst wenn sie Armbänder hatten?«

Der junge Kadett schien mit der Situation völlig überfordert zu sein. Er senkte schuldbewusst den Blick.

Carmen sah sich vorsichtig um. »Sehen Sie die beiden hier irgendwo?«

Er warf einen verstohlenen Blick in die Runde. »Ja, er sitzt dahinten an der Bar. Sie sehe ich nicht.«

Ramirez drehte sich weg. »Ich hole meine SEK-Leute. Ihr haltet solange die Füße still.«

Es dauerte nur wenige Minuten, bis die Trupps in Position waren. Nacheinander gaben sie Rückmeldung: »Ziel erfasst.«

»Leute, denkt bitte daran, dass der Mann ein Sekundärziel ist. Nur dann schießen, wenn der Verdächtige eine Waffe gegen jemanden erhebt. Verstanden?«

Nachdem sich ihre Kolleginnen und Kollegen unauffällig im Restaurant platziert hatten, erhob sich Carmen, schnippte mit den Fingern, und Bella sprang an ihre Seite. Gemeinsam gingen sie zur Bar.

Harmlos lächelnd blieb sie so vor dem Mann stehen, dass sie den SEK-Leuten nicht die Sicht verstellte.

»Sir, sind Sie Mister Malcolm Tresta?«

Auf seiner Stirn standen Schweißperlen. Eine davon rann in sein Auge. Ohne ein Wort zu sagen, nickte er nur. Dann wischte er sich mit einer Hand den Schweiß von der Stirn, mit der anderen griff er unter das Rückenteil seiner Sommerjacke. Bevor er seinen Arm wieder nach vorn heben konnte, schrie er vor Schmerzen auf, und eine Pistole fiel auf den Boden. Bella hatte sich in seine Hand verbissen.

Dann ging alles sehr schnell, und dennoch erlebte Carmen die Ereignisse wie in Zeitlupe. Eine Frau schrie etwas in einer Sprache, die Carmen noch nie vorher gehört hatte. Dann peitschte ein Schuss durch den Raum. Der Mann, der vorgab, Malcolm Tresta zu sein, schien sich noch einen Moment über das Loch in seiner Stirn zu wundern, bevor er, von Bella gezogen, nach hinten umkippte. Im Bruchteil einer Sekunde, den Carmen benötigte, um sich umzudrehen, knallte es wieder. Die Menschen um sie herum schrien panisch auf, und nur wenige Meter von Carmen entfernt brach die Mörderin des vermeintlichen Mister Tresta tot zusammen, die Mündung ihrer Pistole im Mund. Selbst auf dem Boden liegend schien sich ihr Gebiss nicht mehr von der Waffe lösen zu wollen. Fast gleichzeitig übertönten Rufe der SEK-Leute an drei verschiedenen Stellen des Restaurants die Schreie der Menschen. Dort hielten drei andere Männer plötzlich ebenfalls Schusswaffen in der Hand und schienen sie gegen sich selbst richten zu wollen. Nach kurzen Handgemengen konnten sie von den unauffällig in die Menschenmenge eingesickerten Sicherheitsbeamten überwältigt werden.

Weitere Kollegen stürmten ins Restaurant und sicherten alles. Unterdessen bemühte sich Carmen, die Passagiere zu beruhigen. Was sie genau sagte, wusste sie im Nachhinein nicht mehr wiederzugeben. Gleichfalls über alle Maßen geschockt von dem, was gerade passiert war, funktionierte sie wie automatisch.

***

Während Ramirez über Funk die Berichte der verschiedenen Teams einholte und Anweisungen gab, stand der Generalstaatsanwalt bleich wie ein Laken vor dem großen Kontrollbildschirm in der Einsatzzentrale neben der Brücke. »Was war das bitte, was wir da gerade gesehen haben? Hat sich da etwa eine islamische Terroristin selbst gerichtet? Was hat die Frau geschrien?«

»Was sie gerufen hat, weiß ich nicht«, bemerkte Berger, der von den Geschehnissen ebenfalls ziemlich geplättet war. »Nach ›Allahu Akbar‹ hat es sich jedenfalls nicht angehört. Wäre sie eine Islamistin gewesen, hätte sie sich außerdem nicht selbst erschossen, sondern vermutlich so lange auf andere geballert, bis sie von den Sicherheitskräften getötet worden wäre.«

»Fakt ist aber«, entgegnete García Vidal, »dass sie erst etwas gerufen und dann ihren Partner erschossen hat, worauf drei weitere männliche Personen ebenfalls Suizid begehen wollten.«

Ramirez meldete über Funk, die Situation im Restaurant sei wieder unter Kontrolle. Mehrere Passagiere stünden unter Schock und müssten ärztlich behandelt werden. »Die Männer, die wir entwaffnet haben, sind anscheinend Armenier, sie sagen aber kein Wort. Und alle drei trugen Armbänder, Comisario.«

»Scheiße«, funkte García Vidal. »Dann sind drei weitere, vermutlich verletzte Passagiere noch immer irgendwo auf dem Schiff eingesperrt. Die müssen wir schnellstens finden. Stellt so viele Kollegen wie möglich für die Suche ab.«

Zwanzig Minuten später legte die Fähre im Hafen von Palma an. Mehrere Krankenwagen standen im Hafen in Bereitschaft.

Erst nachdem alle geschockten Personen versorgt und in die

umliegenden Krankenhäuser abtransportiert worden waren, konnte die Fähre nun auch von den übrigen Einsatzkräften Raum für Raum, Winkel für Winkel untersucht werden.

Die beiden Lkw, die auf den Parkplatzbildern der vorausgegangenen Kampftermine aufgefallen waren, wurden von Zugmaschinen aus dem Schiff bugsiert und auf einem abgesperrten Hafenareal abgestellt. Nachdem der Generalstaatsanwalt seinen Segen gegeben hatte, wurden sie geöffnet. In einem Auflieger aus Lettland befand sich die komplette Kulisse für einen Kampfabend, inklusive riesiger Mengen blauer Stoffbahnen, die als Bluescreen hinter die Tischreihen gehängt wurden.

»Da haben wir unsere Riesenhalle«, murmelte Berger, als er den Haufen blauen Stoffs sah.

Der andere Auflieger kam aus Jerewan. Als sie die Hecktüren zur Ladefläche aufklappten, standen sie vor dem Materiallager einer gut ausgerüsteten TV-Crew. Hinter den beiden Seitentüren verbargen sich die Bildregie und das Tonpult.

»Das ist ein komplettes Fernsehstudio«, sagte Berger überrascht. »Sogar mit einer kleinen Sprecherkabine. Mit dem Ding könnte man eine kleine Sportveranstaltung sogar live übertragen. Für so einen Kampfabend wie geschaffen.«

»Aber wie kommen die Bilder erst nach Armenien und dann ins Internet?«, fragte Javier Moyses.

García Vidal zuckte mit den Achseln. »Eigentlich ist das nur über die Brücke des Schiffs möglich. Die sind ja funktechnisch mit Gott und der Welt verbunden und können während der Fahrt auch Satelliten anfunken. Ich schicke Jordi nach oben. Der kann sicher feststellen, was mit den Computern verschickt wurde und vor allem, an wen.«

Ramirez meldete, dass seine Leute zwei Verletzte gefesselt und geknebelt in einem Materialraum auf dem Lkw-Deck gefunden hatten. In einer Abstellkammer neben dem Maschinenraum hatte ein anderes Team mit Bellas Hilfe drei weitere, ebenfalls gefesselte und geknebelte Opfer gefunden, wobei bei einem Mann leider nur noch der Tod festzustellen war. Der Notarzt diagnostizierte einen Herzinfarkt aufgrund des immensen Stresses.

Diese Nachricht schlug auf der Brücke ein wie eine Bombe. Alles war wie vor den Kopf geschlagen.

»Fünf weitere verletzte Passagiere ohne Armbänder. Dann sind uns ja noch mehr dieser Kerle durch die Lappen gegangen«, konstatierte Moyses. »Wie konnte das passieren?«

»Bei den Passagieren, die von Bord gehen durften, waren die aber nicht dabei«, warf Berger im Brustton der Überzeugung ein. »Bei jedem einzelnen wurden der Pass und die Vollständigkeit des Armbandes überprüft.«

»Ich befürchte«, kam es kleinlaut von Ramirez, »dass meine Leute das bei den Passagieren, die in die Krankenhäuser gebracht wurden, in dem ganzen Tohuwabohu unterlassen haben.«

»Dann solltet ihr ganz schnell eure Krankenwagenbesatzungen durchzählen«, meinte Henriquez Gómez. »Noch ein paar vermisste Rettungssanitäter obendrauf, und die Presse dreht euch mit Vergnügen durch den Fleischwolf.«

»Das passiert sowieso«, meinte García Vidal niedergeschlagen. »›Zwei erschossene Täter und ein toter Passagier‹ wird es heißen, ›hätten die das nicht verhindern können?‹.«

Berger versuchte, ihn aufzubauen. »Nein. Es wird heißen, dass durch das beherzte Eingreifen der Sicherheitskräfte unschuldige Leben gerettet und ein fürchterliches Blutbad unter den Passagieren im Restaurant verhindert werden konnte.«

»Und wer soll das der Presse so verkaufen?«, fragte Moyses.

»Ich denke mal«, erwiderte der Comisario, »dass Ihre Abteilung für Öffentlichkeitsarbeit genau dafür da ist.«

»Eigentlich haben Sie recht.« Der Generalstaatsanwalt nahm seine Tasche, um die Brücke zu verlassen. »Dann werde ich die betreffenden Damen und Herren mal aufwecken.«

***

Vor der Polizei lag eine Mammutaufgabe, nicht nur inhaltlich, sondern auch logistisch. Das gesamte Schiffspersonal, das mit der Übergabe des Schiffes an die Hafenbehörden inhaftiert worden war – immerhin einhundertzweiundachtzig Personen –, musste verhört und auf Kampfspuren untersucht werden. Auf der Fähre waren zudem mehrere Tatorte erkennungsdienstlich zu behandeln. Und mitten in der Arbeit bekam Carmen auch noch einen Anruf, dass sich der Gesundheitszustand von Esteban Fluxás Angestelltem Serge so weit verbessert habe, dass er aus dem künstlichen Koma geholt worden war und nun vernehmungsfähig sei. Nach kurzer Rücksprache mit dem Comisario klinkte sie sich aus den Hafenermittlungen aus und fuhr ins Klinikum von Palma.

Serge, von Natur aus nur ein Hauch von Mensch, sah aus wie sein eigener vom Körper gelöster Schatten. Er lag verloren in einem Bett, das für ihn viel zu breit zu sein schien. Carmen fand kaum eine Stelle an seinem Körper, an der er nicht von Schlägen gezeichnet war.

»Hola, Serge«, begrüßte sie ihn, als sie an sein Bett trat.

»Hola, Comisaria, cómo estás?«

Sie lachte. »Sie erinnern sich noch an mich?«

Serge nickte. »Wann verirrt sich schon mal eine Frau zu uns in den Club?«

»Trotzdem sollten Sie nicht fragen, wie es mir geht. Das sollte ich *Sie* lieber fragen.«

»Was soll ich sagen? Leute, die im Krankenhaus liegen, können entweder nicht lachen oder haben keinen Stuhlgang. Ich habe Schmerzen bei beidem, aber sonst geht's wieder einigermaßen.«

»Ihren Humor hätte ich gern.« Sie zog sich einen Stuhl heran und setzte sich neben ihn. Sich auf den Bettrand zu setzen, schien ihr zu intim in dieser Situation. »Würden Sie die Leute, die Ihnen das angetan haben, wiedererkennen?«

»Natürlich würde ich das. Aber ich würde nicht mit dem Finger auf sie zeigen.«

Carmen war unsicher. »Wie soll ich das verstehen?«

»Würden Sie Ihren Vergewaltiger identifizieren, wenn Sie genau wüssten, dass er danach wiederkommt und ihn keiner daran hindern kann? Und glauben Sie mir, wenn das passiert, stecken die mir was ganz anderes in den Hintern als nur einen Baseballschläger.«

»Wir würden Sie vor ihnen beschützen.«

»Sie reden Blödsinn, Señora, und das wissen Sie auch. Wenn Sie nicht aufhören, in diesem Riesenhaufen Scheiße herumzustochern, möchte ich mir gar nicht vorstellen, was die erst mit Ihnen machen werden.«

Carmen konnte das nicht akzeptieren. »Ich vertrete das Gesetz, Serge.«

»Das mag sein, nur interessiert das in diesen Inselkreisen niemanden.«

Carmen wusste, dass sie nicht weiterbohren brauchte. Serges Peiniger hatten ihn dort, wo sie ihn haben wollten. Damit würde dieser Zeuge fürs Erste wegfallen. Sie verabschiedete sich und wünschte gute Besserung.

Den weiteren Tag verbrachte sie dann mit ebenso erfolglosen Besuchen bei Esteban Fluxá – er fühlte sich noch zu schwach, um mit ihr zu sprechen – und Maria Antonia Fluxá, die sich mit einem Mal an gar nichts mehr erinnern konnte. Selbst im staatlichen Gefängnis biss sie auf Granit. Man war dort zwar darüber informiert worden, dass die Verhörsperre der Staatsanwaltschaft aufgehoben war, zu den Häftlingen durfte sie aber dennoch nicht. Die Mitglieder des Schlägertrupps lagen angeblich traumatisiert auf der Krankenstation, und der Anstaltsarzt hielt ein polizeiliches Verhör für die Psyche seiner Patienten für unzumutbar.

Langsam bekam sie es mit der Angst zu tun. Sollten ihre Gegner wirklich so mächtig sein, wie es im Augenblick den Anschein hatte? In Carmen drängte sich die Frage hoch, für wen sie sich, wenn es so weit wäre, entscheiden würde, für Esmeralda oder für ihre Prinzipien? Je länger sie darüber nachdachte, desto deutlicher spürte sie, dass diese Entscheidung jetzt schon anstand.

***

In der Dienststelle traf Carmen gegen Abend auf einen abgekämpften Haufen Kollegen, der ebenfalls gerade erst von seinem Großeinsatz zurückgekommen war.

»Na, Leute, was hat sich bei euch noch ergeben?«

Arantxa Burguera goss sich erschöpft einen Kaffee ein. »Die Fähr-Crew inklusive Lademeister sitzt in U-Haft. Die drei überwältigten Täter und die beiden Fahrer der Lkw haben wir separat im Hochsicherheitstrakt unterbringen können. Die sagen aber alle gar nichts, bis auf den Kapitän. Das arme Schwein ist völlig zusammengebrochen.«

»Nanu, woher das Mitleid?«

»Weil er es verdient hat.« Sie setzte sich wieder an ihren Schreibtisch. »Er bekam eines Tages einen Anruf, dass, wenn er nicht mitmachen würde, einer seiner fünf Töchter etwas passieren könnte. Er nahm diese Drohung nicht weiter ernst. Tags darauf hat man seine Jüngste halb tot hinter seinem Haus aus einem Abwasserkanal gefischt. Als er den Behörden von dem Anruf erzählte, nahm man ihn nicht ernst. Im Gegenteil. Er bekam eine Anzeige wegen Vernachlässigung der Aufsichtspflicht, und man hat dem Ehepaar angedroht, die anderen vier Töchter ins Heim zu stecken.«

Carmen lief es heiß und kalt den Rücken hinunter. Mit diesem gemeinen Schachzug hatte man die Eltern gezwungen, die Füße stillzuhalten. Sie klopfte bei García Vidal an und trat ein. Der Comisario brütete mit Berger und Angela Bischoff über den Unterlagen des Falls.

»Chef, ich brauch Sie mal kurz.«

»Natürlich. Können die beiden hierbleiben?«

»Ich bitte sogar darum.«

Carmen setzte sich und begann, von ihrem Tag zu erzählen, von der Angst, die ihre Zeugen noch immer lähmte. Mit jedem ihrer Sätze verfinsterte sich García Vidals Miene.

»Scheiße. Ich hatte so gehofft, dass wir diese Probleme mit einem Generalstaatsanwalt auf unserer Seite endlich überwunden hätten.«

Angela versuchte, ihm Mut zu machen. »Ihr müsst ihm nur etwas Zeit geben, um seinen Laden wieder auf Kurs zu bringen. Wer weiß, wie mächtig seine Gegner sind.«

»Hoffentlich hast du recht, und sie sind nicht übermächtig.« Er sah auf seine Uhr. »Es ist spät, wir alle sind mal wieder lange auf den Beinen. Ab nach Hause. Carmen, sag bitte dem Rest der Truppe, dass ich hier in einer Viertelstunde niemanden mehr sehen möchte. Und du fährst auch, ohne zu murren.«

Carmen nickte dankbar. »Vielleicht sehe ich nach einer Mütze voll Schlaf ja alles ein wenig klarer.« Sie ging zu ihrem Schreibtisch, um ihre Sachen zu packen.

Berger war ihr gefolgt und stand plötzlich neben ihr. »Ich möchte dich nicht zusätzlich wirr machen«, sagte er leise, »aber in mir klingeln und tuten seit heute Morgen sämtliche Alarmanlagen. Ich möchte, dass Tomeu jederzeit mit der Kleinen abhauen kann.«

»Wie meinen Sie das?«

»Ist das so schwer zu begreifen? Ich will, dass Esmeralda so von euch gebrieft wird, dass sie auf ein simples Kopfnicken hin selbstständig zu einem Fluchtwagen rennt, in dem schon alles fertig gepackt ist.«

»Finden Sie das nicht ein wenig übertrieben?«

»Vielleicht. Mach es trotzdem. Wenn es übertrieben sein sollte, lachen wir in einer Woche drüber.«

***

Esmeralda hielt den Fluchtplan für ein tolles und spannendes Versteckspiel, das Tomeu am nächsten Morgen mit ihr spielte. Beide übten das »im Auto verstecken« so lange, bis es wirklich reibungslos klappte. Die übrigen Bewohner der Finca hielten währenddessen am Frühstückstisch Kriegsrat.

»Ich bin von dieser Insel zutiefst enttäuscht«, schimpfte die Großherzogin. »Das ist immerhin Europa.«

»Und was kann die Insel dafür?«, hielt Gräfin Rosa dagegen. »Versuch doch mal, auf Helgoland ein Fischburger-Restaurant zu eröffnen. Dabei könntest du sehen, wie lange du bohren musst, um dich durch deutschen Filz zu arbeiten.«

»Das glaube ich nicht.«

»Aber Tantchen«, sprang Berger seiner Rosa bei. »Das Gleiche gilt für das Münchner Oktoberfest oder für den Verkauf von Angelzeug im Hafen von Wismar. Und was die Nationalisten betrifft, die haben wir genauso, und obendrauf noch jede Menge Neonazis.«

Die Großherzogin wollte wieder protestieren, doch dann sah sie, dass Anatol Berger mit einem kurzen Nicken recht gab, und beließ es dabei. »Sei's drum. Das hilft ja nun mal leider weder Carmen bei ihrem Fall noch Esmeralda. Wir sollten besser nicht auf den Ernstfall warten. Karl hat uns seine Yacht angeboten, und dorthin sollten wir uns zurückziehen, mit dem Kind, Tomeu und dem Hund.«

»Das macht Sinn«, pflichtete Gräfin Rosa ihr bei. »Wenn Esmeralda hierbleibt, habe ich keine ruhige Minute mehr.«

»Aber ihr müsstet mit dem Schiff aus der Dreimeilenzone rausfahren, um vor diesen Idioten sicher zu sein.«

»Blödsinn«, polterte Auguste. »Die werden es nicht wagen,

die königliche Yacht zu betreten. Das Schiff muss so behandelt werden, als sei es das Gelände einer ausländischen Botschaft. Die dürfen erst dann an Bord kommen, wenn der Kapitän darum bittet. Und solange ich an Bord bin, wird der einen Teufel tun.«

Carmen nickte entschlossen. »Dann werden meine beiden Schätze und Shakespeare mit Ihnen gehen, Tante Auguste. Das scheint mir das Sicherste für sie zu sein, und so habe ich hier an Land den Rücken frei.«

Das Gesicht der Gräfin verfinsterte sich zusehends. »Und was ist mit mir? Ganz allein möchte ich hier aber nicht bleiben.«

»Wieso nicht? Die Schöne und das Schwein, ihr seid ein Superteam«, frotzelte Berger.

»Tomeu soll seine Freunde anrufen«, warf Carmen ein, »damit sie während seiner Abwesenheit das Gelände bewachen. Dann könnten Sie, liebe Rosa, mich begleiten. Ich brauche jemanden mit Verstand bei mir, und der Residente wird mit Sicherheit meinem Chef zugeteilt werden.«

»Gute Idee«, murmelte Berger beim Aufstehen. »Dann ist auch Filou untergebracht.«

***

Am späten Vormittag kehrten die beiden Frauen mit ihrem tierischen Gefolge zu einem ersten Cortado im »Goli« ein. Dort war es nicht nur ruhiger als in der Bar Sa Plaça, dort konnte man auch über einen Hotspot ins Internet, was Carmen zu schätzen wusste.

Was die Getränke betraf, so blieb es nicht nur bei dem einen Cortado, denn die beiden gingen erneut Carmens gesamten Fall durch.

»Und die beiden Klingen der aufgefundenen Hutnadeln sind wirklich alt?«

Carmen nickte. »Die Klingen ja, die Griffe nicht. Der Griff der ersten Hutnadel war kunstvoll geschnitzt. Aus Elfenbein, würde ich sagen. Der Griff der vermeintlichen Mordwaffe hingegen war aus einfachem Holz, das anscheinend erst kürzlich zusammengefügt wurde. Genaueres könnte eine C4-Analyse ans Licht bringen, aber die bekomme ich aus Kostengründen niemals genehmigt.«

Gräfin Rosa überlegte. »Und warum hat der Doc dir die Hutnadel, die er Frau Riesche abgenommen hatte, nicht gleich gegeben?«

»Warum sollte er? Zu dem Zeitpunkt war Fluxá ja noch gar nicht tot.« Carmen sah auf ihre Uhr. »Wir sollten losfahren. Ich muss vorher aber noch zur Apotheke. Wenn Esmeralda an Bord der Yacht Schnupfen bekommen sollte und Tomeu keine Nasentropfen mithat, dreht sie durch. Das Mädel bekommt es einfach nicht auf die Reihe, nur durch den Mund zu atmen.«

Gräfin Rosa erhob sich. »Dann lass uns gehen. Die Apotheke ist ja gleich ums Eck.«

Die kleine Apotheke von Santanyí war in einer Seitenstraße dicht an der Plaça Mayor gelegen und in ihrer Art einzigartig. Der alte, klitzekleine Verkaufsraum war komplett erhalten und aufwendig restauriert worden, und daneben, nur durch einen Durchbruch mit dem Verkaufsraum verbunden, lag der neue Teil.

Die Verkäuferin zögerte etwas, als sie Carmen die Tropfen überreichte. »Seien Sie bitte vorsichtig mit den Dingern. Davon kann man geradezu abhängig werden.«

Carmen glaubte, nicht richtig zu hören. »Von harmlosen Nasentropfen – abhängig?«

»Sí, Señora, und so ein harmloses Fläschchen wird schnell zum ständigen Begleiter. Mein Mann müsste bei den Anonymen Nasensprayern eigentlich Vorsitzender sein. Dass er nachts kurz aufs Klo geht, merke ich nur daran, dass er danach auf dem Bettrand sitzt, sich das Zeug in die Nase sprayt, weil er glaubt, ohne gar keine Luft mehr durch die Nase zu bekommen, und laut hochzieht. Das bekomme ich nicht mehr raus aus ihm. Das geht ganz automatisch. Egal, wie kurz er wach ist, vorm Einschlafen wird noch mal gesprayt.«

Carmens Augen leuchteten geradezu vor Glück. »Hätten Sie etwas dagegen, wenn ich Sie jetzt küsse?«

Die Apothekerin sah sie verwundert an. »Wenn's denn sein muss, bitte. Aber die Tropfen kosten dann immer noch zwei Euro siebenundzwanzig.«

***

García Vidal sah immer wieder nervös auf seine Uhr. Die von ihm in der Dienststelle anberaumte Konferenz sollte in fünf Minuten beginnen, und er saß noch immer hier in Palma, im Palais des Inselrates, um auf ein Gespräch mit dem Generalstaatsanwalt zu warten. Moyses sei beim Staatssekretär, um zu berichten, hieß es. Über Handy sprach der Comisario mit Arantxa Burguera.

»Nein, ich sitze hier rum wie ein Pennäler, der wegen eines Anschisses auf den Herrn Rektor zu warten hat. Ich kann noch nicht weg. Ihr müsst ohne mich anfangen. Kann mir Jordi eine Übertragung der Sitzung aufs Handy spielen?« Er horchte. »Dann setzt euch in den großen Verhörraum. Dort ist eine Kamera.« Arantxa schien erneute Einwände zu haben. »Da soll er sich etwas einfallen lassen. Der geht morgens fast schon digital aufs Klo, da wird er doch wohl noch diese paar Bilder ins Internet kriegen. Also macht, dass es funktioniert. Adieu!«

Wütend klappte er sein Handy zu. »An manchen Tagen klappt aber auch gar nichts«, schimpfte er, als Javier Moyses plötzlich wie aus dem Nichts neben ihm auftauchte. Der Comisario zuckte erschrocken zusammen. »Mein Gott, Javier, ich bitte dich. Man schleicht sich nicht geräuschlos an jemanden an. Ich hätte schließlich gerade über dich schimpfen können.«

»Warum solltest du, Cristobal? Der Inselrat ist begeistert von unserer Arbeit. Ich konnte gar nicht aufhören, deine Kompetenz und professionelle Arbeit immer wieder in den höchsten Tönen zu loben.« Er gab ihm einen freundschaftlichen Klaps auf die Schulter. »Komm mit in mein Büro, mein Lieber.«

So seltsam aufgedreht hatte der Comisario seinen alten Schulkameraden noch nie erlebt. Er überlegte, wo man in diesen heiligen Hallen wohl eine Tüte rauchen konnte und wer hier sonst noch so high durch die Flure irrte. »Javier, ich fürchte, es werden schon die Sektflaschen geöffnet, ohne dass wir in unserem Fall wesentlich weitergekommen wären.«

»Aber wieso das denn?«, widersprach Moyses und jubelte: »Der Bösewicht ist tot, es lebe die Polizei.«

»Zwei der Täter sind tot und die Infrastruktur dieser Bande hoffentlich zerstört. Aber was in Dreiteufelsnamen lässt dich annehmen, dass unsere Toten von der Fähre auch die Bosse der Bande sind?«

Der Generalstaatsanwalt ließ sich in seiner Euphorie nicht stören. »Das sagt die Erfahrung. Die Presse sieht das übrigens auch so.«

»Na, wenn *die* das so sieht«, antwortete García Vidal ironisch, »wird es wohl auch so sein.«

»Siehst du, und zum Dank für deine Superarbeit möchte ich dich heute Abend zu einem Galadiner einladen.«

»Mich?«

»Dich, deine werte Lebensgefährtin und unser gräfliches Paar.«

»Und wohin?«

»Aber Cristobal, ich werde uns doch nicht die Überraschung verderben. Kommt einfach in eurem feinsten Zwirn. Für die Damen ist das kleine Schwarze angesagt. Übrigens«, er zwinkerte ihm überschwänglich zu, »es würde mich überhaupt nicht wundern, wenn ein ganz gewisser Comisario heute Abend nicht nur eine hohe Auszeichnung überreicht bekäme, sondern auch noch eins höher rutschen würde.«

***

Während die Gräfin mit Bella und Filou draußen im Wagen wartete, suchte Carmen noch einmal den Doc in seiner Praxis auf. Als sie zwischen zwei Patienten unaufgefordert das Sprechzimmer betrat, war auf Dr. Ohrems Gesicht deutlich Ärger zu erkennen.

»Wenn Sie gesundheitliche Probleme haben, sollten Sie sich einen Termin geben lassen, Señora Lucas.«

»Das hätte ich auch gemacht, wenn ich wegen meiner Gesundheit hier wäre.«

»Und weswegen sind Sie dann hier?«

»Ich recherchiere noch immer im Fall Fluxá und frage mich, was es für ein Motiv gegeben haben könnte.«

»Soll das heißen, dass Sie gern wissen möchten, warum ich den guten Miguel gern tot gesehen hätte?«

Carmen versuchte, mit ihren Blicken hinter die Fassade des Arztes zu sehen. »Sie sollen einmal behauptet haben, Fluxá hätte Ihre Frau mit seinen ständigen Repressalien in den Tod getrieben.«

Er nickte. »Stimmt, das habe ich damals in meinem Zorn gesagt. Meine Frau ist an Darmkrebs gestorben, und ich bin heute noch der Meinung, dass sie ihre Krankheit ohne diesen ganzen Stress mit Fluxás Finca und die Sorge um ihre Eltern besiegt hätte.«

»Was war das genau für Stress?«

»Meine Schwiegereltern hatten von Fluxá eine Finca gekauft und ihm Wegerecht über ihren Campo eingeräumt, damit er mit seinem Trecker auch den hinteren Teil seines Grundstücks erreichen konnte. Er kaufte sich eine riesige Zugmaschine und rauschte damit ständig über ihre Terrasse, ohne Rücksicht auf die Wäsche oder das Wasser im Pool zu nehmen. Als meine Schwiegereltern ihm das gerichtlich verboten, war er außer sich. Damals wurde der Sohn meiner Schwägerin, der seine Großeltern in den Ferien besucht hatte, aus heiterem Himmel brutal zusammengeschlagen, seine Schwester wurde belästigt, meine Schwiegermutter von Motorrad-Rowdys vom Rad geschubst, und irgendwann ist das Auto meines Schwiegervaters auf dem eigenen Grundstück nachts in Flammen aufgegangen.«

»Haben Sie Anzeige erstattet?«

»Das sagt sich so leicht. Wir haben damals niemanden gefunden, der sie aufgenommen hätte, obwohl jeder in der Stadt wusste, dass Fluxá hinter diesen ganzen Anschlägen stand. Kurze Zeit später hat er als Retourkutsche behauptet, ich hätte seine Frau, indem ich sie als Notfall in die Klinik einwies, aus Rache getötet. Fast ein Jahr lang kamen keine Mallorquiner mehr in meine Praxis.«

»Und wie ist dieser Zwist beendet worden?«

»Noch zu Miguels Lebzeiten, mit einem Palo, in seinem Haus. Ich erzählte Ihnen bereits davon. Seltsamerweise scheinen wir beide durch den Verlust unserer Geliebten milder geworden zu sein.« Er lachte auf. »Ich hätte es selbst nicht für möglich gehalten, aber es ist so.« Er sah Carmen lange an. »Und nun wollen Sie bestimmt wissen, ob ich für die Mordzeit ein Alibi habe?«

Carmen nickte. »Es wäre hilfreich, wenn Sie eines hätten.«

»Señora Comisaria. Ich bin ein Witwer, dessen einziger Sohn in Kanada lebt, und ich habe weder Hausangestellte noch ein neues Verhältnis. Ich gehe also jeden Abend so ziemlich zur selben Zeit allein ins Bett. Wäre es da nicht ausgesprochen verdächtig, wenn ich ausgerechnet für die Zeit, in der Fluxá ermordet wurde, ein Alibi hätte?«

»Da haben Sie wohl recht.« Carmen sah auf ihre Notizen. »Ich hätte noch eine viel ältere Kamelle mit Ihnen zu besprechen. Arbeitet bei Ihnen nicht die Senegalesin Fatinga Ogombo?«

Er nickte. »Sie macht bei mir die Praxis sauber. Haben Sie jetzt etwas dagegen, dass ich eine Schwarze beschäftige?«

»Nein. Ich will auf etwas anderes hinaus. Ist es richtig, dass der Bruder dieser Dame vor gut zwanzig Jahren auf der Plaça Mayor von einer Gruppe Schwarzhemden nicht nur öffentlich gefoltert, sondern auch fürchterlich verstümmelt wurde?«

Dr. Ohrem erhob sich von seinem Stuhl und ging in dem Behandlungszimmer erregt auf und ab. »Das war die braune Brut um Fluxá herum. Die versteckten sich hin und wieder für ihre Sache unter diesen Ku-Klux-Klan-Kapuzen.«

»Nur konnten Sie das damals so wenig nachweisen wie heute, Señor Médico.«

»Ich wollte und will nichts mehr beweisen, Señora. Ich will nur noch meine Ruhe.«

»Das glaube ich Ihnen sogar.« Sie sah auf ihre Unterlagen. »Eines noch zum Abschluss: Kennen Sie vielleicht jemanden, der wie Sie so seine Probleme mit Fluxá hatte? Der Verstorbene war ja nun weiß Gott kein umgänglicher Mensch.«

»Ich kenne eigentlich kaum jemanden hier in Santanyí, der *keine* Probleme mit ihm hatte. Bei seinen diversen Schweinereien mit den Fincas, die er nach und nach an verschiedene Touristen verkaufte, dürften sich die Menschen, die Fluxá am liebsten tot gesehen hätten, mit Sicherheit gehäuft haben.«

Carmen sah ihn glücklich an. »Das ist doch mal ein Tipp. Ich danke Ihnen.« Sie erhob sich von ihrem Stuhl. »Ach ja, noch etwas. Wissen Sie, wer hier in der Gegend in seiner Familie einen alten Fechter hat oder selbst als Fechter in die Jahre gekommen ist?«

Dr. Ohrem sah sie erstaunt an. »Wieso Fechter?«

»Herr Fluxá ist mit einem Degen, Säbel oder Florett erstochen worden. Die Klinge war sehr alt. Ich denke, dass es hin und wieder vorkommt, dass Väter oder Großväter ihre Waffen an jüngere Generationen vererben. Wenn wir also in irgendeinem Keller oder auf einem Dachboden fündig würden, hätten wir vermutlich den Täter.«

»Ich drücke Ihnen beide Daumen, Señora Comisaria, dass Sie Ihren Fechter finden. Ich kennen jedenfalls niemanden, der diesen

Sport betreibt oder jemals auf der Planche gestanden hat.« Er erhob sich ebenfalls.

»Dr. Ohrem, ich danke Ihnen für die Zeit, die Sie sich für mich genommen haben.«

Carmen winkte der Dame am Empfang, die sich anbot, einen neuen Termin mit ihr zu vereinbaren, freundlich ab, verließ die Praxis und wurde von der Gräfin und den Tieren im Auto freudig begrüßt.

»Na, hat er dir weiterhelfen können?«

»Das hoffe ich.« Carmen ließ sich auf den Fahrersitz fallen. »Es waren einige Hinweise dabei.«

ZWÖLF

García Vidal traf fast gleichzeitig mit Carmen und der Gräfin in der Dienststelle ein.

Zuerst erzählte der Comisario von seinem Treffen mit dem Generalstaatsanwalt. Als er endete, sah sich alles ratlos an.

»Heißt das jetzt einpacken und danach Wochenende?«, fragte Andrea Bastos ungläubig.

»Wo gibt's denn so was?«, echauffierte sich Marga Santos. »Seit wann lassen wir einen Fall halb fertig liegen?«

»Wenn Señor Moyses sagen ›habe fertig‹, dann isse fertig.« Arantxa Burguera sah sich in der Runde um. »Oder sein Moyses nicht mehr Cheffe?«

»Chef ist er noch«, erklärte der Comisario, »es fragt sich nur, was ihn mit einem Mal so fröhlich stimmt.«

»Es ist Schnurz, wer da oben das Sagen hat, wir bleiben auf jeden Fall am Ball. Und das unabhängig davon, was mit Moyses ist oder sein wird«, schlug Berger vor.

García Vidal nickte. »Was machen wir also mit der Einladung heute Abend?«

»Wir bügeln unser kleines Schwarzes auf und gehen hin«, entschied Gräfin Rosa. »Stellen Sie sich nur mal vor, dass da wirklich die Hautevolee Mallorcas sitzt und Sie zum Kriminalritter schlagen will, aber Klein Cristobal zickt herum und kommt einfach nicht. Wo soll das denn stattfinden?«

Der Comisario staunte über sich selbst. »Das habe ich gar nicht gefragt. Ich weiß nur, dass wir von einem Fahrer um neunzehn Uhr von der gräflichen Finca abgeholt werden.«

Berger grinste ihn an. »Dann sollten wir pünktlich fertig sein. Erzürne niemals deinen Fürst, wenn du von ihm gerufen wirst.«

»Und was machen *wir* währenddessen?«, erkundigte sich Jordi.

Der Comisario lächelte ihn an. »Natürlich schön vorsichtig weiterarbeiten. Sie, junger Mann, fangen zum Beispiel gleich mal damit an, das Internet zu durchkämmen. Ich will von Ihnen wissen, ob von den Kämpfen gestern Bilder überspielt wurden. Weiterhin möchte ich wissen, von wem die Internetplattform betrieben wird, die die Kämpfe ins Netz einspeist.« Er sah sich um. »Andrea und Marga, ihr bleibt an Dragomir Droszek dran. Wenn seine Chefs wirklich tot sein sollten, wird er sich irgendwie anders verhalten. Arantxa, du machst hier den KKvD.« Er schob ihr das Diensthandy für den Kriminalkommissar vom Dienst rüber. »Carmen, wie sieht es bei dir aus?«

Carmen berichtete haarklein, was sie alles über den Fall zusammengetragen hatte.

»Ich begreife noch nicht so ganz, wie sich der Mord nun genau abgespielt haben soll«, sagte Berger. Er schien damit allen Anwesenden außer der Gräfin aus der Seele zu sprechen.

Carmen blätterte in ihrem Notizblock wieder zurück. »Also: Die beiden Fluxá-Kids wollen ihre verhasste Schwiegermutter loswerden. Sie beschließen, die Arme in den Irrsinn zu treiben. Der Sohnemann hackt sich in die computerbetriebene Musikanlage des väterlichen Hauses ein und suggeriert ihr Nacht für Nacht, dass sie ihren Verlobten ermorden würde. Vater Fluxá bekommt davon nichts mit, weil er nachts sein Hörgerät nicht trägt. Der Mann ist ohne so gut wie taub. Irgendwann ist sie so weit, dass sie von den Stimmen auch aufwacht. Um das Szenario echt aussehen zu lassen, besorgen sich die beiden Rangen das Blut des Vaters aus der Blutbank und verschmieren es neben dem Pool.«

»Warum das Blut des Vaters? Hätte es nicht auch Schweineblut sein können?«, fragte Berger dazwischen.

»Genau das ist der Punkt, weswegen ich denke, dass die Kids ihren Erzeuger ursprünglich wirklich umbringen und den Mord ihrer Stiefmutter in spe unterjubeln wollten. Für die Tatzeit haben aber leider beide ein Alibi, außerdem ist inzwischen klar, dass den Mord ein Trittbrettfahrer erledigt haben muss. Die doppelte Hutnadel der Familie Riesche spielt dabei als Mordwaffe die Hauptrolle. Aber zurück zum Plan der Fluxá-Kids: Zu guter Letzt legt sich der Sohnemann in der Badehose vom Vater in den Pool und mimt den toten Mann, damit die Riesche komplett durchknallt. Tatsächlich muss Väterchen seine Gespielin danach aus der Klapsmühle abholen, und das Etappenziel ist erreicht, die Riesche und Fluxá wollen sich trennen. Für die Kids war hier Schluss, wie sie behaupten. Womit sie aber nicht rechneten, war, dass der wirkliche Täter ihren Plan benutzen würde, um dem verhassten Fluxá endlich die Lichter auszublasen. Er wusste von der Hutnadel, die der Arzt ja in den Müll geworfen hatte, nahm einen der ollen Degen von Tantchens Speicher, sägte die Spitze ab und baute eine ähnliche Hutnadel. Dann machte er sich auf den Weg zu Fluxás Finca, bewaffnet mit einem Blasrohr, um die Hündin außer Gefecht zu setzen. Er nahm eine ordentliche Dosis, damit Bella auch eine ganze Weile schlafen würde. So konnte er in Fluxás Schlafzimmer schleichen und die präparierten Nasentropfen neben das Bett stellen. Er ging danach raus in seinen Wagen und rief Fluxá an. Der wurde vom Telefon wach, nahm ab, es war aber niemand dran. Aus Gewohnheit nahm er die Nasentropfen, ohne die er nicht einschlafen konnte, und legte sich wieder hin.«

»Aber warum«, wandte Marga ein, »wurde Frau Riesche durch das Telefonklingeln nicht ebenfalls wach?«

»Weil es nicht klingelte, sondern nur einen Vibrationsalarm unter Fluxás Matratze auslöste. Nach ein paar Minuten ging der Täter wieder in die Finca, schleifte den bewusstlosen Hausherrn aus dem Schlafzimmer, erstach ihn mit dem Degen des Großonkels und ließ den Leichnam in den Pool gleiten. Dann gab er Bella die Aufwachspritze und sah zu, dass er wieder nach Hause kam.«

Alles schwieg eine Weile.

»Und wo ist der Haken an der ganzen Geschichte?«, wollte Berger wissen.

»Ich kann die Tat noch nicht beweisen. Indizien hätte ich, aber das reicht nicht. Ich will den Täter auf frischer Tat erwischen, wenn er heute Nacht in meine Falle hineintappt.«

Arantxa Burgueras Diensthandy piepte. Sie klappte es auf und las die SMS. »Tja, Kolleginnen und Kollegen, ich weiß nicht recht, wie ich das bewerten soll. Die Kollegen der Policía Local von Manacor haben soeben gesimst, dass sie eine herrenlose Badetasche mit dem Ausweis und dem Handy von Dragomir Droszek darin am Strand vom Cala Millor gefunden haben. Er selbst wird vermisst.«

Bei denen, die ihn kannten, kam Unglaube auf. Andrea Bastos fand als Erster Worte. »Der macht alles, aber der geht nicht ins Wasser.«

»Nicht einmal aus Verzweiflung?«, fügte Berger an.
»Das wäre für Droszek kein Argument. Der ist derart verliebt in sich selbst, dass ihm Zweifel oder Depressionen am Allerwertesten vorbeigehen«, blockte Arantxa Burguera ab.
Die Gräfin hatte während der letzten Minuten schweigend mit ihnen am Tisch gesessen, nun meldete sie sich zu Wort. »Demnach ist es entweder Mord oder ein tragischer Unfall.«
»Ist es Mord, wäre das ein Hinweis, dass die armenische Chefetage möglicherweise doch noch lebt«, sagte Berger.
Andrea Bastos stimmte ihm zu. »An einen Unfall glaube ich auch nicht. Droszek war aber auch nicht der Typ, der am Strand baden geht.«
Der Comisario erhob sich. »Wir jagen die Spusi hin und behandeln die ganze Sache wie einen Mord. Ohne Leiche ist das für mallorquinische Verhältnisse schon eine Luxusbehandlung.«
»Wenn wir so einen Aufriss wegen eines mutmaßlichen Badeunfalls mit einer ganz normalen Wasserleiche veranstalten, wird uns die Chefetage Höllenqualen bereiten.«
»Sollte Dragomir Droszek wirklich tot sein, ist er unter Garantie keine normale Wasserleiche. Wenn sich das Ganze aber doch als ein Badeunfall entpuppen sollte, sei hiermit in Jordis Protokoll erwähnt, dass ich die ganz große Ermittlung wider die begründeten Einwände des Kollegen Bastos angeordnet habe.«
Jordi Vidal schreckte hoch. »Was für ein Protokoll?«
Marga Santo grinste ihn an. »Das, das du gleich schreiben wirst.«

***

Die Gräfin wollte sich schon mal in Ruhe für den Abend aufbrezeln lassen und hatte noch einen Friseurtermin in der Stadt ergattern können. Filou ließ sie so lange bei Bella. Carmen hatte derweil Tomeu angerufen, der inzwischen mit Großtante, Butler, Kind und Hund auf Juan Carlos' Yacht angekommen war, und ihn gebeten, das Handy an Esmeralda weiterzureichen. Jetzt, da sie ihre Tochter auf der königlichen Yacht in Sicherheit wusste, war sie beruhigt.
»Gib mir mal das Telefon, mein Engel«, mischte sich die

Großherzogin ein. »Ich möchte auch mal kurz mit deiner Mutter sprechen.«

Dann war ihre Stimme ganz nah. »Kind, mach dir wirklich keine Sorgen. Hier kommt keiner an Bord. Wer schon keinen Respekt vor dem königlichen Wappen hat, traut sich bestimmt nicht an Shakespeare vorbei, der von Deck aus jeden anknurrt, der an unserem Steg vorbeigeht.«

Carmen schossen die Tränen in die Augen. »Königliche Hoheit«, erwiderte sie schluchzend, »wie kann ich das jemals wiedergutmachen?«

»Indem du bleibst, wie du bist, und mich nie wieder mit ›Königliche Hoheit‹ anredest. Nun leg auf und greif dir die Schlingel dieser Welt. Ich werde dein Kind und Tomeu, dieses haarige Goldstück, von dir küssen und sie gegen alle bösen Drachen dieser Welt verteidigen. Vielleicht hast du ja Zeit für einen Cortado, wenn du später in Palma sein solltest. Ich werde dich auf jeden Fall vorn beim Empfang anmelden.«

Carmen beendete das Gespräch, da Capitán Ramirez mit zwei seiner Spezialisten wie verabredet in ihrem Büro erschien.

Nach kurzer Begrüßung briefte sie die beiden. »Ich möchte, dass hier überall Minikameras mit Bewegungsmeldern installiert werden. Das Ausgangsbild soll bei euch aufgezeichnet werden und parallel über Internet bei mir auf dem Handy zu verfolgen sein, damit ich sehen kann, ob mir mein Kandidat auf den Leim gegangen ist. Das Gleiche macht ihr bitte mit der Finca von Fluxá.«

Ramirez hob eine Augenbraue. »Und natürlich alles ohne Kostenstelle. Sie erwähnten vorhin etwas von einer Gefälligkeit, die ich Ihnen angeboten hätte.«

Sie setzte ihr liebenswürdigstes Lächeln auf. »Genau. Sie sagten bei einem unserer letzten gemeinsamen Einsätze, dass ich bei Ihnen einen guthätte. Den löse ich jetzt ein.«

Als Carmen wieder in den Sitzungssaal zurückkehren wollte, wurde sie im Foyer fast von einer älteren Frau umgerannt, die von der Straße zu kommen schien.

»Sind Sie Carmen Lucas?«, fragte die Dame hastig.

»Sí.«

»Dann kommen Sie bitte in die Bildergalerie von Gemma Leys in der Carrer Mayoral 3. Ich warte dort auf Sie.«

Bevor Carmen etwas erwidern konnte, war die Dame schon wieder weg.

»Was soll das denn nun schon wieder?«, murmelte sie. »Die weiß, wo ich zu finden bin, warum muss ich jetzt durch halb Santanyí latschen, nur weil die durchtickt?« Sie sah auf Bella und Filou, die sie erwartungsvoll anblickten. »Na gut. Dann machen wir drei noch einen netten Bummel durch die Stadt. Bevor es dunkel ist, wird unser Freund sowieso nicht auf der Finca auftauchen.« Sie klatschte aufmunternd in die Hände. »Okay, Kinder, los geht's.«

Zwanzig Minuten später waren sie in der Galerie. Sie bestand aus mehreren kleinen Räumen und wirkte auf Carmen durch das seltsame Auftreten der Dame wie ein verschwiegener – und leerer – Agententreff. An den kleinen Hof des Anwesens grenzte ein Schuppen, in dem sie schließlich fündig wurde. Die Frau saß, nervös eine Zigarette rauchend, auf einem der Gartenstühle, die in der Ecke standen. Sie schien nervlich am Ende.

»So, ich bin da.«

Die Frau sah sich ängstlich um. »Wenn Sie mit Ihren Tieren herkommen, hätten Sie auch gleich eine Blaskapelle mitbringen können.«

»Und wenn Sie jemand brauchen, den Sie rundmachen können, hätten Sie sich Ihren Mann herbestellen sollen, nicht mich.«

Sie nahm einen hastigen Zug. »Wenn das noch ginge, wären wir jetzt nicht hier. Mein Name ist Antonia Perelló Moyses.«

»Sie sind die Frau unseres Generalstaatsanwalts?«, kam es erstaunt von Carmen.

Die Frau beugte sich vor, um den leeren Hof überblicken zu können. »Ich wäre Ihnen dankbar, wenn Sie das nicht auch noch herausbrüllen würden.«

Jetzt wurde es Carmen zu bunt. »Wenn Sie mit Ihrem Mann telefonieren wollen, kann ich Ihnen seine Handynummer geben.«

Antonia Perelló Moyses kämpfte mit den Tränen. »Die habe ich selbst. Es geht aber leider niemand ran.« Sie steckte sich an der Glut der alten eine neue Zigarette an. »Gestern Nachmittag ist unsere Tochter entführt worden. Das wurde mir telefonisch mitgeteilt. Unter der dritten Bank links im hinteren Teil der Kirche von Santanyí würden wir Instruktionen finden, wie wir sie wiederbekommen. Ich habe umgehend meinen Mann informiert. Er versprach mir, dass er sich sofort um die Angelegenheit kümmern würde. Gestern Abend rief er mich an und sagte, er habe mit den Entführern Kontakt aufgenommen. Sie würden etwas verlangen, was mit seinem Dienst zusammenhängt und das er erst nach einem Großeinsatz im Hafen erledigen könne.«

»Haben die Entführer bei ihrem ersten Anruf noch etwas zu Ihnen gesagt?«

»Ja, keine Polizei.« Sie verschluckte sich am Rauch und musste husten. »Mein Mann gab mir noch die Anweisung, dass ich mich an Sie wenden soll, sollte ich bis heute Nachmittag um vier nichts von ihm gehört haben. Er sagte mir auch, wo ich Sie finden könnte.«

»Das war alles, was er Ihnen gesagt hat?«

»Nein. Er sagte noch, dass Sie auf keinen Fall Ihrem Chef, dem Residente oder den Freundinnen der beiden etwas davon erzählen sollen. Das sei eine dienstliche Anweisung.«

»Hm …« Carmen dachte angestrengt nach. »Die haben heute Abend zusammen mit Ihrem Mann einen wichtigen Termin, über den sie auch nichts wissen durften. Das ist ja ein ganzes Sammelsurium von Mysterien.« Sie knabberte grübelnd an ihrer Unterlippe. »Dadurch, dass Sie sich an mich gewandt haben, verstießen Sie gegen die Anweisung der Entführer, keine Polizei einzuschalten. Da könnten wir doch ebenso gut noch einmal dagegen verstoßen und den Chef informieren?«

»Mein Mann hat gesagt, Sie sollen das nicht tun. Ich bin sicher, dass er sich etwas dabei gedacht hat.«

»Gut, dann werde ich seine Anordnung fürs Erste akzeptieren.« Sie griff nach ihrem Handy und wählte. »Ramirez, sind Sie noch vor Ort?«

»Sí.«

»Dann bitte ich Sie, in die Kirche von Santanyí zu kommen. Und gucken Sie bitte so, als seien Sie ein Tourist. Es kann sein, dass wir beobachtet werden.«

Der Capitán zögerte einen Augenblick. »Meinen Sie nicht,

werte Kollegin, dass Sie Ihr Gefälligkeitskonto gerade hemmungslos überziehen?«

»Das geht auf eine andere Kostenstelle. Ich fürchte, unsere gesamte Chefetage sitzt in der Scheiße.«

***

In Cala Millor schien nach der Einvernahme diverser Zeugen festzustehen, dass Dragomir Droszek tatsächlich als Badegast am Strand gewesen war. Sie konnten bezeugen, dass er, als sie ihn zum letzten Mal sahen, im Wasser gewesen und ins Meer hinausgeschwommen war. Dabei hatte es auf niemanden den Eindruck gemacht, als sei er krank oder benommen.

Obwohl er noch immer anderer Meinung war, begann sich Andrea Bastos der Realität zu beugen. »Dann werden wir ihn bei den Strömungsverhältnissen wohl irgendwo im Süden der Insel aus dem Wasser fischen.«

»Wenn er über den Kamm da draußen weggeschwommen ist«, bemerkte Arantxa Burguera und wies aufs Meer hinaus, »kann er sogar bis nach Cabrera und noch weiter treiben.«

Marga Santo winkte ab. »Wenn er schon mal so weit ist, finden wir gar nichts mehr von ihm. Jetzt im Herbst gibt's hier zu viele Makrelenschwärme, als dass noch was von ihm übrig bliebe.« Sie sah sich um. »Ist die Spusi mit seinen Klamotten fertig?«

Andrea Bastos nickte. »Und mit allen Papierkörben und dem eingesammelten Müll dieses Strandabschnittes. Wir haben uns bei denen richtig beliebt gemacht.«

Arantxa Burguera steckte sich eine Zigarette an. »Findet ihr nicht auch, dass der Chef da ziemlich übers Ziel hinausgeschossen ist?«

»Stell dir mal vor, wir finden Droszek, und der war mit irgendetwas abgefüllt. Dann haben wir wenigstens alles gesichert. Wegschmeißen können wir den Quatsch immer noch.« Andrea Bastos war noch nicht überzeugt. »Aber wer sollte diesen Kleinganoven umbringen wollen? Wer hätte etwas davon?«

Arantxa Burguera schnippte ihre Asche in den Wind. »Vielleicht wollte sich jemand dafür rächen, dass er ihn ausgenommen hat.«

»Ich denke, seine direkten Opfer sind alle tot?«

»Dann war's vielleicht ein Angehöriger. Außerdem hat der ja noch anderen Kram auf dem Kerbholz.«

»Egal«, brummte Marga Santo. »Lasst uns zusammenpacken, ich will nach Hause. Ich habe die Schnauze voll für heute.«

***

Bis auf zwei Touristen, die staunend vor der berühmten Bosch-Orgel standen, war niemand außer ihnen in St. Andreu.

Im Beisein von Capitán Ramirez erzählte Antonia Perelló Moyses ihre Geschichte zum zweiten Mal, und er stellte seine Fragen. Sie reagierte ungehalten. »Sind Sie vielleicht Zwillinge?«

»Nein.«

»Warum stellen Sie dann dieselben Fragen?«

»Weil wir die gleiche Polizeiausbildung genossen haben«, antwortete Ramirez geduldig. »Da kann es schon Mal zu Überschneidungen kommen.« Er war bedient. »Das sind Situationen, die ich liebe. Hält man sich an die Anweisungen der Chefs, kann man damit alles falsch machen, hält man sich nicht daran, setzt man unter Umständen seine Karriere aufs Spiel.«

Carmen schien schon eine Idee zu haben. »Wir sollten beides machen. Uns daran halten und dagegen verstoßen.«

Ramirez war verblüfft. »Und wie soll das gehen?«

»Wenn Ihr Mann, Señora Moyses, sich wirklich in den Fängen irgendwelcher Entführer befindet, während er sich mit dem Residente und dem Comisario trifft, sind die beiden folglich auch in Gefahr. Also müssen wir zumindest wissen, wo das Treffen heute Abend stattfinden wird, um eventuell eingreifen zu können.«

»Und wie wollen Sie das herausbekommen, ohne sie zu fragen?«

Ramirez' Gesicht hellte sich auf. »Wir observieren die beiden, Señora. Und wenn wir Glück haben, stöbern wir dabei Ihren Mann gleich mit auf.«

Antonia Perelló Moyses begann, wieder Hoffnung zu schöpfen. »Wie kann ich Sie dabei unterstützen?«

»Sie gehen am besten nach Hause und warten darauf, dass Ihr Mann mit Ihnen Kontakt aufnimmt.« Carmen zückte ihr Handy und wählte. »Jordi, lass alles stehen und liegen und hol die Frau des

Generalstaatsanwaltes hier in Santanyí von der Kirche ab. Bring bitte alles mit, um ein Telefon anzapfen zu können.« Als Carmen auflegte, schoss ihr siedend heiß etwas durch den Kopf. »So ein Scheiß. Was wird denn nun aus meiner Videofalle?«

Ramirez beruhigte sie. »Meine Leute haben auf der Finca und in Ihrem Büro ganze Arbeit geleistet. Wer immer da in den kommenden vierundzwanzig Stunden einbrechen sollte, wird in Bild und Ton sicher für Richter und Geschworene auf Festplatte gebannt.«

***

García Vidal stand vor dem großen Spiegel im Gästebad. Er machte einen langen Hals, damit Angela Bischoff ihm in Ruhe die Smokingschleife binden konnte. »Im Grunde kannst du das Ding gleich wieder abwickeln. Mit der Beförderung kann es nichts werden.«

»Und warum nicht, wenn ich fragen darf?«

»Weil mir dazu die notwendigen Fortbildungen fehlen. Das sind meist überaus spannende Wochenendseminare mit dem Titel ›Verwaltung gestern, heute, morgen‹. Vorigen Monat habe ich so ein Ding gerade erst wieder sausen lassen.«

Sie küsste ihn flüchtig. »Liebster, ich bin enttäuscht von dir. Mir war klar, dass du dir etwas ausdenken würdest, um zu versuchen, den Termin abzusagen, aber ich hätte dir schon etwas Spannenderes zugetraut.«

»Nein, im Ernst, das ist keine Ausrede. Die spanischen Behörden sind in diesen Dingen noch preußischer als die Deutschen. Den bestellten neuen Kopierer haben wir mit der Begründung nicht bekommen, dass niemand aus unserer Abteilung einen Bedienungslehrgang absolviert hätte.«

»Ach, ist das so?« Sie zog einen Schmollmund.

»Ja, das ist so!«

»Tja, Señor Comisario. Dann ist bei uns leider Ende mit Sex.«

»Wieso das denn?«

»Weil du den Lehrgang ›Fortpflanzung für Staatsbeamte im gehobenen Dienst‹ leider auch nicht belegt hast.«

García Vidal seufzte. »Du kannst aufhören, wir gehen ja heute Abend dahin.«

»So ist brav.« Sie lächelte ihn an und flüsterte ihm ins Ohr: »Wenn du dich schön feiern lässt, habe ich heute Nacht auch noch eine ganz besondere Ehrung für dich.«

Die Gräfin klopfte an der Tür. »Seid ihr so weit? Der Wagen ist vorgefahren.«

Sie verließen das Bad und trafen die Gräfin und den Residente im Entree.

Rosa betrachtete die beiden Männer mit großem Gefallen. »Angela, deiner sieht im Smoking ja auch so lecker aus. Darum dauert das im Bad immer so lange bei euch.«

»Ich muss dich enttäuschen«, erwiderte Angela lachend, »der meinige musste erst noch überredet werden, sich heute Abend überhaupt ehren zu lassen.«

In der Auffahrt hatte eine schwarze Pullman-Limousine gehalten. Sie hatte sehr breite Türen im Fond, sodass man sich hinten bequem gegenübersitzen konnte. Die vier sahen sich staunend um. So viel Luxus waren sie nicht gewohnt.

»Kein Wunder, dass der Staat pleite ist«, brummte Berger, »wenn er bei jeder Beförderung Derartiges auffährt. In Deutschland können sich noch nicht einmal Minister so ein Auto leisten.«

García Vidal gab Berger ein Zeichen, dass er sich doch bitte zu ihm beugen möge. Der lehnte sich bereitwillig vor. »Ich liebe Geheimnisse. Kommen Sie, raus damit.«

»Ist leider keines«, flüsterte ihm der Comisario ins Ohr. »Gucken Sie mal auf siebzehn Uhr in circa zweihundert Meter Entfernung.«

Berger drehte sich unauffällig um und tat dabei so, als wische er mit einer Hand einen Fussel von seiner Schulter. Danach beugte er sich wieder zum Comisario. »Na hoppla aber auch, hat Ramirez wieder einen seiner Drachen steigen lassen?«

»Aber wozu?« Der Comisario war skeptisch. »Wenn er in unserer Nähe einen Einsatz hätte, wüsste ich davon als Erster.«

»Vielleicht übt in der Nachbarschaft ein Modellflieger.« Berger lehnte sich wieder zurück. »Weiß eigentlich jemand, wo es hingeht?« Er drehte sich um. »Herr Fahrer, können Sie uns nicht einen kleinen Tipp geben, ob es sich lohnt, etwas Champagner aus der Hausbar zu nehmen?«

Der Fahrer blickte weiterhin konzentriert auf die Fahrbahn. »Bedienen Sie sich, meine Herrschaften. Es geht nach Palma.«

Als sie auf der C-717 Santanyí in Richtung Campos verließen, beugte sich García Vidal erneut vor. »Wenn Sie sich noch einmal umdrehen wollen, Señor Residente, sehen Sie ein weiteres Exemplar aus Ramirez' Observationsabteilung.«

Berger sah sich unauffällig um und musste lachen. »Cristobal, mein Freund, jetzt fangen Sie an, zu spinnen. Ramirez scheint ja viele Leute zu haben, aber mit Sicherheit keinen Priester in einem klapprigen Fiat Panda.«

»Trotzdem, haben Sie Ihre Waffe dabei?«

Berger verneinte. »Warum sollte ich? Sie etwa?«

»Nein.«

»Sehr gut. Dann kann sich wenigstens kein Schuss lösen, wenn man Ihnen den Orden ansteckt.«

***

Die Observierung war eingeleitet und Carmen unterwegs zu Ramirez' Büro in Palma. Zuvor wollte sie aber noch mit Filou und Bella einen kurzen Abstecher zur königlichen Yacht machen, um Esmeralda und Tomeu wenigstens für ein paar Minuten sehen und in den Arm nehmen zu können. Als sie auf dem Schiff war, traf sie dort jedoch nur die Großherzogin, Esmeralda und Shakespeare an.

»Wo Tomeu genau hin ist, kann ich dir gar nicht sagen«, berichtete Tante Auguste. »Er bekam einen Anruf und ist dann los. Ich denke mal, dass es einer seiner Freunde war, die auf die Finca aufpassen. Anatol ist einkaufen. Hier auf der Yacht gibt es zwar alles, was das Herz begehrt, nur auf Kinder sind die hier nicht richtig eingerichtet.«

»Warum nicht? Prinz Felipe hat doch selbst zwei Kids.«

»Der Seefahrer der Familie ist aber mehr der Karl. Er hat ja auch noch ein Segelboot, mit dem er sogar noch an Regatten teilnimmt.«

Carmens Handy klingelte. Ramirez meldete, dass die Mission nicht hundertprozentig geglückt zu sein schien. »Es tut mir leid, meine Leute haben den Wagen des Comisarios aus den Augen verloren. Die waren noch gar nicht richtig in Palma drin, da war er schon wie vom Erdboden verschluckt.«

»Was gibt es denn da, wo er hätte hineinfahren können?«

»Das Parkhaus vor dem Dom und die Bauruine vom neuen Kongresszentrum. Mehr nicht.«

»Die sollen zusehen, dass sie den Wagen wiederfinden. Ich mache mich jetzt auf den Weg zu Ihnen.«

Sie küsste Esmeralda und verabschiedete sich von der Großherzogin. Plötzlich überfiel sie ein ungutes Gefühl. Irgendwie spürte sie Gefahr.

»Filou, Bella, Fuß.« Die Tiere gehorchten aufs Wort. »Ich fürchte, ich brauche euch heute noch.«

Ihr Handy klingelte erneut. Die Rufnummer war unterdrückt, sodass sie nicht wusste, wer am anderen Ende der Leitung war.

»Hola, Carmen«, meldete sich eine ihr bekannte Stimme.

»Wer ist da?«

»Wenn Sie von Bord sind, kommen Sie in den kleinen Park gegenüber der Einfahrt vom königlichen Yachtclub. Dort werden Sie mich treffen.«

Das Gespräch war beendet.

Carmen überprüfte ihre Waffe und steckte sie lose wieder ins Holster. Obwohl sie nur Angenehmes mit der Stimme verband, wollte sie es vermeiden, unangenehm überrascht zu werden. Dann verließ sie mit Bella und Filou an ihrer Seite die Yacht.

Nach ein paar Minuten war sie am angegebenen Punkt. Sie drehte sich um, es war aber niemand zu sehen.

»Hola, Carmen«, sagte die Stimme aus dem Nichts. Sie drehte sich erneut um und sah in das freundliche Gesicht eines komplett schwarz gekleideten Mannes. Sie ließ den Griff ihrer Pistole los und umarmte ihn freudig. »Exzellenz, was machen Sie denn hier, und was soll die Geheimnistuerei?«

Bischof Crasaghi lächelte sie an. »Waren wir nicht schon bei Daniele angekommen?«

»Okay, Daniele. Also, was machen Sie hier?«

»Nichts weiter als meinen Job, meine Liebe. Ihr habt vor ein paar Tagen einen von uns tot aufgefunden.«

»Einen Priester?«

»Nein, einen Rekruten der Schweizergarde. Der arme Junge

scheint in den Kampfschlamassel Ihres Comisarios geraten zu sein. Mitsamt seinem Kumpel, ebenfalls ein Gardist.«

Carmens Unterkiefer klappte herunter. »Mein Gott, das war gar kein Bienenstock in dem Tattoo des Toten, sondern die päpstliche Mitra im Wappen des Vatikans. Jetzt wird mir einiges klar.«

Crasaghi vergewisserte sich, dass niemand zuhören konnte. »Heute Abend soll es zu einem finalen Kampfabend kommen. Danach wollen sich die Veranstalter aus Europa zurückziehen, nachdem ihr ihnen auf der Fähre die gesamte Infrastruktur zerschlagen und das mittlere Management verhaftet habt.«

»Teilweise haben sie sich selbst getötet.«

»Ich weiß.«

»Was sind das für Typen?«

»Eine armenische Profigang. Völlig skrupellos und geradezu perfekt ausgerüstet. Die machen mit Wettmanipulationen jeden Monat Millionen.«

»Was heißt finaler Abend?«

»Wie man hört, werden die restlichen ›Kandidaten‹, so nennen sie die armen Teufel, die sie rekrutiert haben, abgearbeitet, und dann gibt es noch einen Hauptakt. Das muss irgendetwas ganz Außergewöhnliches sein, denn alles, was auf dieser Insel mehr als zehn Jahre Knast hinter sich hat, hat sich auf die Schnelle für ganz großes Geld Tickets gekauft.«

Carmen war sichtlich beeindruckt. »Woher wissen Sie das alles?«

»Ich bin nicht umsonst der Leiter des päpstlichen Geheimdienstes und habe internationale Verbindungen. Der Heilige Vater hat mich persönlich beauftragt, für das Überleben des zweiten Gardisten zu sorgen.«

»Und weswegen rufen Sie dazu mich an? Sie haben doch bestimmt andere Probleme, als mit mir Small Talk zu machen.«

Crasaghis Miene nahm besorgte Züge an. »Eine Limousine der Veranstalter hat vorhin den Comisario, Berger, die Gräfin und Frau Bischoff von der gräflichen Finca abgeholt. Was haben die auf dieser Veranstaltung zu suchen?«

»Die sind heute Abend mit dem Generalstaatsanwalt auf irgendeiner Gala, aber bestimmt nicht bei einem Ultimate-Fighting-Abend.«

»Genau dort sind sie aber hingebracht worden. Und ich teile Ihnen das deswegen mit, weil meine Leute gemeldet haben, dass Ihre Leute den Wagen verloren haben. Zu Ihrer Information: Sie sind im Parkhaus des Kongresszentrums verschwunden.«

Carmen war fassungslos. »Das ist eine Bauruine. Da findet noch nichts statt.«

»Für einen Kampfabend wird's wohl reichen.«

Carmen überlegte fieberhaft. »Wäre es da nicht im Interesse unserer Freunde und natürlich Ihres Schützlings, wenn wir unsere Manpower zusammenschmeißen würden?«

***

Ein wirklich mulmiges Gefühl beschlich García Vidal erst, als der Wagen, der sie abgeholt hatte, mit einem gewagten Haken von der Autopista de Levante rechts abbog, um sofort in einer Einfahrt der Baustelle des neuen Kongresszentrums zu verschwinden. Wie von Geisterhand öffnete sich ein Rolltor der schon fertig gebauten Tiefgarage, um sich gleich hinter ihnen wieder zu schließen.

»Kinder, ich will ja nicht meckern, aber es sieht nicht danach aus, als würde hier eine Gala stattfinden.«

Sie bogen nach rechts ab und hielten vor diversen Luxuskarossen.

»Wenn du dich da mal nicht täuschst«, bemerkte Angela trocken. »Schau doch mal, was hier für teures Blech herumsteht. Wenn es im Ballsaal ähnlich edel zugeht, sind wir sogar underdressed.«

Der Chauffeur öffnete den Wagenschlag. Sie stiegen aus und wurden zu einem Bauaufzug geleitet. Kaum waren sie eingestiegen, schlossen sich, ohne dass jemand von ihnen irgendeinen Knopf bedient hätte, die Türen, und er setzte sich in Bewegung. Sie befanden sich ja bereits im Keller des Neubaus, doch zu ihrer Verwunderung ging es noch ein paar Etagen weiter nach unten. Der Aufzug hielt an, die Türen öffneten sich, und sie sahen in die Mündungen mehrerer gezogener Pistolen.

»Hier ist Endstation, Señor Comisario.«

Für eine etwaige Gegenwehr blieb ihnen keine Chance. Sie wurden nach Waffen durchsucht, und jedem von ihnen die Hände auf den Rücken gebogen und mit Kabelbindern fixiert. Ihnen wurden schwarze Säcke über die Köpfe gestülpt. Danach wurden sie in einen Raum geführt und dort stehen gelassen.

García Vidal standen Tränen des Zornes in den Augen. »Angela?«, fragte er, als er sicher war, dass ihre Entführer den Raum verlassen hatten. Es kam keine Antwort. »Rosa?«

»Ich glaube«, antwortete Berger niedergeschlagen, »dass sie die Mädels in einen anderen Raum geführt haben.«

»Aber wozu?«, rief der Comisario verzweifelt. »Was wollen die von uns?«

»Auf jeden Fall nichts Gutes, denke ich.«

»Und ich Idiot habe wirklich gedacht, dass ich befördert werden sollte.«

Berger lachte auf. »Das werden wir doch.«

»Und wohin, wenn ich fragen darf?«

»Ins Jenseits, nehme ich an.«

»Na super. Señor Berger gibt mal wieder den Pessimisten. Das hilft in dieser Situation ungemein.«

»Wieso Pessimist? Woher wollen Sie wissen, dass wir uns nicht verbessern? Vielleicht warten für jeden von uns zweiundsiebzig Jungfrauen im Paradies.«

»Blödsinn.« Der Comisario bummerte immer wieder mit einem Fuß gegen die Wand des kahlen Raumes. »Wir werden für all das, dessen wir uns auf Erden versündigt haben, in der Hölle schmoren.«

»Dann gibt's dort jede Menge jungfräuliche gottgefällige Zicken? Mein Gott, ist das bitter. Was muss ich auf Erden nur für ein Arsch gewesen sein.«

»Hallo?«, brüllte ihn García Vidal an. »Hallo! Ein wenig Demut wäre in so einer Situation angebracht. Doch nein, statt zu beten, denkt Herr Hauptkommissar a. D. mal wieder nur an das Eine.«

»Stimmt, aber nicht mit einer Unzahl kreischender Weiber, sondern mit der einen perfekten Frau, die ich in diesem Leben kennenlernen, lieben und deren Liebe ich spüren durfte. Wenn mir ein Engel glaubhaft und zuverlässig versprechen würde, dass ich meine Gräfin in der Hölle wiedersehen und weiterlieben dürfte, ich würde mit Freuden alle Qualen und Schmerzen auf mich nehmen, die mir der Hades zu bieten hat.«

Der Comisario war fassungslos. »Mein Gott, Miguel, Sie erklären mir ständig, dass Sie dazu gar nicht fähig wären, aber Sie lieben Rosa ja wirklich und wahrhaftig.«

»Wenn ich ehrlich bin, ich kann es selbst kaum glauben. Ich liebe sie so wie Sie Ihre Angela.«

»Mit Sicherheit nicht. Das ist ja mein Problem. Irgendwie bringe ich es nicht übers Herz, sie so zu lieben, wie sie es eigentlich verdient hätte.«

Berger lachte auf. »Wenigstens liebt sie Sie so sehr, wie Sie es verdient haben, Cristobal.« Er machte eine kurze Pause. »Wir sollten aber aufhören, uns über das Jenseits Gedanken zu machen, wenn wir im Diesseits vielleicht noch etwas ausrichten können.«

»Wie denn?« García Vidal bummerte wieder an die Betonwand. »Wir sind irgendwo tief unter der Erde, gefesselt in einem kahlen Raum, und haben keine blasse Ahnung von dem, was auf uns zukommt.«

Bergers Galgenhumor blitzte wieder auf. »Na, sehen Sie, Señor Comisario. Da haben wir doch schon mal einen Ansatzpunkt.«

DREIZEHN

Ramirez hatte seine Einsatzleitstelle auf dem Parkplatz des alten Polizeipräsidiums aufgebaut, das sich in unmittelbarer Nähe des Kongresszentrums befand. Als Carmen mit Daniele Crasaghi den Bus betrat, schien der Capitán wenig glücklich über den späten Besuch zu sein.

»Señora, ich habe mich daran gewöhnt, dass Sie ab und zu mit einem Schwein zum Dienst kommen. Selbst den Dobermann habe ich mittlerweile akzeptiert. Ein eigener Bischof aber ist hingegen ein wenig extravagant.«

»Ach, hören Sie doch auf zu blubbern«, entgegnete Carmen unwirsch. »Sie kennen doch Bischof Crasaghi. Er ist aber nicht nur Kurienbischof und päpstlicher Nuntius, er ist nebenher auch der Chef des Geheimdienstes des Vatikans.«

Der SEK-Chef glaubte, sich verhört zu haben. »Wenn ich richtig verstanden habe, also eine Art Sakral-007? Na super, den brauchen wir hier gerade noch. Wollen Sie Ihre Oblate gerührt oder geschüttelt?«

»Señor Capitán«, versuchte Crasaghi Ramirez zu beruhigen. »Ich bin sicher, Sie können jede professionelle Verstärkung gebrauchen. Ich bin schließlich nicht allein hier.«

Der winkte aber nur ab. »Wenn ich nachher zur Beichte muss, werde ich mich an Sie wenden. Solange halten Sie sich bitte bedeckt.«

»Jetzt reicht es.« Carmen war sichtlich sauer. Das schien sich durch die Buswand hindurch auf die Tiere, die draußen warteten, zu übertragen, denn Bella erhob sich und begann zu knurren. »Jetzt kommen Sie mal von Ihrem hohen Ross herunter. *Seine* Leute haben den Wagen mit dem Chef nicht verloren. Ihre Deppen hingegen schon.«

»Ehrlich? Wo sind die denn?«

»Im Kongresszentrum. Die scheinen im Parkhaus irgendeine Ebene für eine letzte Kampfveranstaltung fit gemacht zu haben.« Crasaghi erklärte in kurzen Sätzen, warum er und seine Männer hier auf Mallorca waren.

»Und der Vatikan unterhält allen Ernstes so eine Art Special Force?«

»So würde ich das nicht nennen. Wir haben ein paar zusätzlich ausgebildete Männer, die in Friedenszeiten ganz normal ihren Dienst in der Garde tun. Auf die kann ich aber jederzeit zurückgreifen.«

Ramirez war mit einem Mal überaus interessiert an der Verstärkung. »Und was haben die für eine Ausbildung?«

»Grundvoraussetzung für die spezielle Weiterbildung in unserem Sinne ist die Ausbildung zum Navy Seal oder zum Kampfschwimmer der Bundeswehr.«

»Dann kann man die richtig einsetzen?«

»Sie sind schon im Gefecht. Es ist uns mit Hilfe von Tomeus alten Knastverbindungen zur insularen Unterwelt gelungen, den Aufenthaltsort der Restkandidaten ausfindig zu machen, die heute Abend plattgemacht werden sollen. Auf deren Weg zum Kongresszentrum haben wir die Wachen ausgeschaltet und die Kämpfer befreit. Damit ist unser Auftrag eigentlich erledigt. Meine Leute würden aber auch weiter gehen und den Platz der Kämpfer und ihrer Wächter einnehmen, um den ganzen Laden von innen her aufzumischen, wenn Ihnen nichts Besseres einfällt.«

Carmen rieb aufgeregt die Fingerkuppen aneinander. »Stehen Sie mit Ihren Leuten in Verbindung?«

»Ständig. Sie können auf Knopfdruck mithören.«

Ramirez staunte. »Jetzt weiß ich doch wenigstens, dass meine Kollektengelder gut angelegt werden. Und Sie sind sich sicher, dass Ihre Leute gegen diese Profikämpfer bestehen würden, wenn alles schiefginge und es zum Kampf in so einem Käfig käme?«

»Da bin ich mir sehr sicher, Señor Capitán.«

Ramirez nickte. »Gut, dann haben wir wenigstens ein paar Leute im Zentrum des Geschehens, die dem Comisario und den anderen zu Hilfe kommen können, wenn es brenzlig wird.« Er runzelte die Stirn. »Stehen die hier irgendwo und warten auf Ihr Kommando?«

»Sí.«

»Dann könnten sie kurz hier anlegen?«

»Aber ja doch.«

»Ich hätte da noch zwei Kettchen mit dem Heiligen Christophorus als Anhänger. In denen ist jeweils eine Minikamera drin. Die sollten wir benutzen, um uns wenigstens ein unscharfes Bild von den Geschehnissen im Parkhaus machen zu können.«

***

»Haben Sie eine Ahnung, wie spät es ist?« Die Nervosität des Comisarios hatte sich noch nicht gelegt.

»Man hat leider vergessen, mir eine Uhr in den Sack zu hängen, den ich über dem Kopf trage. Sorry.«

»Sie werden schon wieder sarkastisch.«

»Ich habe auch allen Grund dazu. Denn ich bin sauer.«

»Das brauchen Sie nicht sein«, versuchte García Vidal seinen Freund aufzubauen. »Immer wenn Sie sarkastisch waren, dann waren sie danach brillant.«

»Jetzt bin ich aber nur noch sauer.«

»Warum?«

»Weil sich trotz meines Sarkasmus keine Brillanz einstellt.« Berger lachte kurz auf. »Das erinnert mich an das Lied ›Ein Loch ist im Eimer, oh Henry, ein Loch‹.«

»Das kenne ich.« García Vidal summte die Melodie. »Und was glauben Sie, was uns gleich erwarten wird?«

»Wenn es etwas Gutes wäre, würde man uns nicht so exquisit behandeln.«

Sie hörten, wie die Tür geöffnet wurde und mehrere Menschen den relativ kleinen Raum betraten. Den Geräuschen der Absätze nach zu urteilen, musste zumindest eine Frau mit hohen Absätzen unter ihnen sein. Jemand kniff mit einer Zange die Kabelbinder an ihren Händen durch. Fast gleichzeitig wurden ihnen die Säcke vom Kopf gerissen. Das Neonlicht stach in ihren Augen, und es dauerte seine Zeit, bis Berger und der Comisario die offensichtlich Verantwortlichen für ihre missliche Lage erkennen konnten.

»Einen schönen guten Abend, meine Herren«, flötete ein Traum von einer Frau mit einem russischen Akzent. Sie stand provozierend breitbeinig in ihrem hauteng sitzenden roten Lederkostüm, dessen Rock bis fast zur Hüfte hoch geschlitzt war, vor ihnen. Der ganze Raum war mit der Wolke eines schweren, aber dennoch faszinierenden Duftes gefüllt.

Berger massierte seine Handgelenke und stieß dabei den Comisario mit seinem Ellbogen an. »Musst du gucken mit Augään«, imitierte Berger die Schönheit. »Is Madga von berühmte Puuuff aus Taiga.«

Sie schlug ihm mit einer schwarz-roten Reitgerte, die anscheinend als Accessoire zu ihrem Outfit gehörte, ins Gesicht. »Das wird Sie auf Ihre Aufgabe einstimmen.«

»Was für eine Aufgabe?«, fragte der Comisario, während Berger tapfer die Zähne aufeinanderbiss.

»Sie werden die Menschen rund um den Ring unterhalten, und Sie müssen gut darin sein. Meine Gäste haben viel Geld dafür ausgegeben, dabei sein zu dürfen, wenn Sie sich gegenseitig zerfleischen.« Sie beugte sich ihnen leicht entgegen. »Sie werden viele alte Bekannte wiedersehen«, raunte sie.

»Ich verstehe kein Wort. Sie müssen sich schon deutlicher ausdrücken.«

Die Schöne setzte ein hämisches Lächeln auf. »Sie werden im Ring gegeneinander antreten, meine Herren.«

Berger verdrehte gelangweilt die Augen. »Und wovon träumen Sie nachts?«

Der zweite Schlag mit der Gerte brannte wie Feuer.

»Sie werden geradezu darum flehen, Ihren Freund und Partner umbringen zu dürfen. Ihre Freundin, Señor Comisario, und die Ihre, Señor Residente, werden, jede allein für sich, in einem anderen, kleineren Käfig sitzen. Sie sind darin zu ihrem Schutz gefangen. Während jeder Minute, die Sie gegeneinander kämpfen, meine Herren, werden sich nämlich die Gitter der Käfige ein kleines Stückchen heben. Und wenn einer von Ihnen unterliegt beziehungsweise wenn Sie nicht mitmachen, wie wir es wünschen, werden beide Käfige irgendwann oben sein, und der aufgegeilte Mob wird sich an Ihren beiden Herzblättern verlustieren dürfen. Es sind einige Herren dabei, die frisch aus dem Knast kommen. Die haben einen Riesendruck abzuarbeiten. Es lohnt sich also, zu gewinnen, denn die Dame des Gewinners bleibt verschont. Und glauben Sie mir, von der Verliererin wird nicht mehr viel übrig bleiben, was man dann noch heiraten könnte.«

Dass sowohl Berger als auch der Comisario schwiegen, lag

nicht daran, dass beide cool blieben. Die Ungeheuerlichkeit des von dieser Frau beschriebenen Szenarios verschlug ihnen die Sprache.

»Wenn der Plebs mit Ihren Damen fertig ist, haben wir außerdem noch unsere vielen VIPs, alles alte Freunde von Ihnen, die sehr viel Geld dafür gezahlt haben, Sie sterben zu sehen, und die noch sehr viel mehr drauflegen werden, wenn sie persönlich dabei helfen dürfen. Seien Sie versichert: Demjenigen, der Sie irgendwann endgültig erlösen darf, werden sie für seine Mildtätigkeit danken.«

»Haben Sie gehört, Miguel«, kam es ganz ruhig von García Vidal, »wir sind hier bei einem Sonnenschein zu Gast.«

Sie lächelte die beiden an und schnippte kurz mit den Fingern. Berger und der Comisario bekamen gleichzeitig von ihren Begleitern einen heftigen Schlag ins Gesicht, sodass beide nach hinten fielen.

»Machen Sie mich lieber nicht böse, meine Herren. Ich weiß nämlich, wo es bei zwei so stolzen Rittern wie Ihnen richtig wehtut.«

***

Im Einsatzleitbus der Guardia Civil herrschte Anspannung.

»Okay.« Ramirez sah auf seine Uhr. »Wenn sich der Generalstaatsanwalt bis jetzt nicht gemeldet hat, scheint er irgendwo festzusitzen. Dann werde ich die Einsatzleitung eben selbst übernehmen.«

Sie standen neben einem Leuchttisch, auf dem die Grundrisse der einzelnen Etagen des neuen Kongresszentrums zu sehen waren. Als größter Raum ohne Zwischensäulen wurde das vierte Parkdeck ausgemacht.

»Ich werde meine Leute nicht von Helikoptern abseilen. Das macht zu viel Krach. Wir werden von der Nordseite her kommen. Da können wir unauffällig ein Seil vom gegenüberliegenden Haus aufs Dach schießen, an dem alle innerhalb kürzester Zeit rüberrutschen können. Da die Nummer richtig groß zu werden droht, habe ich noch ein paar Spezialkräfte der königlichen Marine angefordert. Sie stehen hier und hier«, er tippte auf die Punkte, »in Bereitschaft. Meinen Leuten gebe ich jetzt den Befehl, überzusetzen, damit sie sich ohne Hast zum Zentrum des Geschehens vorarbeiten können.«

»Und Sie sind sicher«, wollte der Bischof wissen, »dass unsere Funkgeräte von dort unten zu uns hochreichen?«

Ramirez nickte. »Ganz sicher. Damit haben wir vor zwei Monaten eine Übung in den Cuevas del Drac durchgeführt. Das hat einwandfrei geklappt. Außerdem führt einer meiner Leute einen mobilen Frequenzverstärker mit sich. Mit dem Ding empfangen wir sogar HD auf unserem Monitor.«

Ramirez gab den Einsatzbefehl. Über die Helmkameras der SEK-Leute konnten sie mitverfolgen, wie die Kräfte in das Gebäude eindrangen.

Carmen stieß den Bischof an. »Daniele, dass Sie meinen Tomeu für Ihre Sache rekrutiert haben, finde ich überhaupt nicht komisch.«

»Seien Sie bitte nicht albern. Ich brauchte einen absolut vertrauenswürdigen und ortskundigen Fahrer. Er wird sich zu keiner Zeit im Gefahrenbereich aufhalten, das ist mit ihm so abgesprochen.«

Carmen nickte. »Ihr Wort in Gottes Ohr, Herr Bischof. Doch sollte mir mein Mann auf irgendeinem dieser Bildschirme hier begegnen, hilft Ihnen auch keine Absolution mehr, verstanden?«

»Er hat klare Ansagen erhalten, Señora.«

»Sie jetzt auch.«

***

Gräfin Rosa hatte aufgehört, am ganzen Leibe zu zittern. Sie setzte sich neben Angela auf den Boden. Beide lehnten sich gegen die Betonwand. »Ich habe Angst.«

»Ich auch«, kam prompt die Antwort. »Vor allem deswegen, weil es aufgehört hat, von der anderen Seite an die Wand zu bummern. Ich bin mir sicher, dass das Cristobal war. Solange ich das hören konnte, war ich einigermaßen beruhigt.«

Gräfin Rosa trocknete mit ihrem Kleidersaum die Tränen auf ihren Wangen. »Wer will hier was von uns?«

»Ich habe keine Ahnung, Durchlaucht.«

»Hübsch gesagt. Und jetzt hören Sie bitte endlich mit dem ›Sie‹

und dem ›Durchlaucht‹ auf, und das sage ich dir nicht zum ersten Mal. Wir sitzen in derselben Scheiße, und das überstehen wir nur, wenn wir wie zwei allerbeste Freundinnen zusammenhalten.«

Angela sah sie an. »Und zwei allerbeste Freundinnen duzen sich und sagen sich alles?«

»Ja.«

»Schonungslos?«

»Absolut.«

»Okay. Dein Eyeliner ist verschmiert.«

Rosa musste lachen. »Bringt dich eigentlich irgendetwas auf dieser Welt aus der Ruhe?«

»Ja.«

»Was denn?«

»Wenn mein Eyeliner verschmiert ist.«

»Wird es jemals Momente in unserem Leben geben, in denen du mich ernst nimmst?«, fragte Rosa kopfschüttelnd.

»Ja. Wenn ich nicht gerade versuche, mit Cristobal Kontakt aufzunehmen.«

»Telepathisch?«

»Ja, ich habe kein Handy dabei.«

Gräfin Rosa war über Angelas Einsilbigkeit etwas enttäuscht. »Hör mal, so unterhalten sich keine allerbesten Freundinnen.«

»Das können wir nachher oder morgen nachholen.«

Rosa sah Angela Bischoff mit forschendem Blick an. »Morgen? Bist du sicher?«

»Ja.«

Die Gräfin war von diesem Gespräch zwar noch immer enttäuscht, aber irgendwie beruhigt.

***

Auf der anderen Seite der Betonwand lehnten sich der Comisario und Berger mit dem Rücken dagegen.

»Was ist, Miguel, haben Sie es jetzt auch mit der Angst zu tun bekommen?«

»Nein.«

»Gibt es denn wirklich nichts, wovor Sie Angst haben?«

»Doch«, kam es monoton zurück. »Vorm Finanzamt.«

»Ach, hören Sie doch auf mit Ihrem Blödsinn.« García Vidal war verärgert. »Ich will mit Ihnen über meine Ängste sprechen, nicht über Ihre Steuern. Also fragen Sie mich gefälligst, ob ich Angst habe.«

»Okay. Haben Sie Angst, Cristobal?«

»Ich kann mich nicht konzentrieren.« Der Comisario massierte mit beiden Händen seine Stirn. »Irgendwie ist die Luft jetzt raus.«

»Wo raus?«

»Aus der Angst.« Er hielt inne. »Also nicht aus der Angst, sondern aus dem Bedürfnis, darüber zu sprechen. Und darum doch irgendwie aus der Angst.«

»Gut für Sie, dass wir drüber geredet haben.«

»Blödsinn! Die Angst ist nicht verraucht, sie ist lediglich dem Zorn über Sie gewichen.«

Über Bergers Gesicht huschte ein Lächeln. »Der Zweck heiligt die Mittel.«

Sie schwiegen eine Weile miteinander. Wieder war es der Comisario, der die Stille unterbrach. »Aber verdammt noch mal, Sie müssen vorm Sterben doch Angst haben. Alles andere wäre nicht normal.«

»Wenn Sie es genau wissen wollen, Cristobal, ich habe Angst. Ich habe eine Scheiß-Angst. Ich habe aber keine Angst davor, zu sterben, sondern nur davor, diesen ganzen Mist als Einziger zu überleben.«

»Wenn es Ihnen hilft, verspreche ich Ihnen, dass ich, bevor ich sterbe, jemandem die Waffe zu entwenden versuche, um Sie damit zu erschießen.«

Berger lachte auf. »Das wäre für mich vielleicht ein Trost gewesen, bevor ich mit Ihnen auf der Schießbahn war.«

»Wo ist das Problem? Ich habe getroffen.«

»Ein Mal.«

»Aus fünfundzwanzig Metern Entfernung!«

»Cristobal, Sie haben, da das Ziel so groß wie ein Scheunentor war, bei zehn Schuss ein einziges lausiges Mal getroffen. Wenn Sie einer Kuh den Gnadenschuss geben sollen, verballern Sie dabei vermutlich fünf Magazine und haben nur deswegen Erfolg, weil das Vieh danach an einer Bleivergiftung verendet.«

García Vidal sackte etwas in sich zusammen. »Es kann eben

nicht jeder ein Killer sein. Doch eines sage ich Ihnen, ich mag vielleicht ein saumäßiger Schütze sein, aber diesen Moyses, dieses Schwein, den erwürge ich eigenhändig.«

Berger machte ein abfälliges Gesicht. »Das werden Sie nicht tun. Der würde so etwas doch nie allein durchziehen. Der ist ein ganz typisches Schlüsselwürstchen.«

»Was ist denn ein Schlüsselwürstchen?«

»Einer wie Moyses, der sich bis zu einer Schlüsselposition hochgeschleimt hat. Einer, der immer nur so hoch in der Hierarchie stehen will, dass er noch jemanden über sich hat, dem er die Schuld an allem geben kann.«

»Ich kenne ihn eigentlich anders. Aber was bringt so ein Schlüsselwürstchen dazu, mit diesen Schweinen hier gemeinsame Sache zu machen?«

»Als bestechlich schätze ich ihn nicht ein. Die werden ein Druckmittel gegen ihn haben.«

García Vidal ließ die Schultern sinken. »Aber das hilft uns nicht weiter. Wie wollen wir aus der ganzen Sache rauskommen?«

»Indem wir genau das tun, was die anderen mit absoluter Sicherheit nicht von uns erwarten.«

»Sie werden mich also nicht umbringen?«

Berger lachte auf. »Wie soll das funktionieren, wenn Sie mich kurz vorher, wie versprochen, erschießen wollen?«

»Hören Sie auf, abzulenken. Was wollen Sie tun, um die anderen zu überraschen?«

Berger hielt kurz inne. »Ich habe keine Ahnung, Cristobal. Aber eines kann ich Ihnen versichern: Am besten sind meine Ideen immer dann, wenn ich mich selbst damit überrasche.«

***

Der Polizeiring um den Veranstaltungsort hatte sich immer enger gezogen. Weiter konnten sie, von den Tätern unentdeckt, nicht vordringen. Ramirez und der Bischof machten ihre Sache als Einsatzleiter so gut, dass Carmen ihren Platz eher vor Ort sah, als tatenlos neben dem großen Bildschirm im Bus zu stehen. »Haben Sie auch für mich so einen Knopf im Ohr?«

»Wollen Sie da wirklich rein, Carmen?«

»Filou wird mich direkt zur Gräfin führen, und dadrin kann ich meinen Freunden mehr helfen als hier. Haben Sie noch zwei Waffen für mich übrig?«

»Ist Ihre kaputt?«

»Nein. Der Chef und der Residente lieben es, wenn man ihnen etwas mitbringt.«

Ein Beamter reichte ihr zwei Pistolen und vier Magazine.

Sie begann, die Waffen zu laden.

»Und wie stellen Sie sich Ihre Hilfestellung genau vor?«

Carmen war froh, dass sie etwas tun konnte, so sah man ihr die Aufregung nicht so an. »Ich schließe mich mit Bella und Filou einem Ihrer Trupps an. Und mit Ihnen im Ohr, Capitán, weiß ich dann auch genau, was wo abgeht.«

Kurze Zeit später war sie ausgerüstet und bereit zu starten.

Ramirez nickte ihr aufmunternd zu. »Kommen Sie gesund wieder, und passen Sie mir auf den Comisario auf.«

Zwei seiner Leute betraten den Bus. »Wir sollten uns melden?«

»Ja.« Er zeigte auf Carmen. »Hier habe ich euren neuen dritten Mann. Eure Aufgabe ist es, so schnell wie möglich zum Comisario vorzudringen, ihn und den Residente zu bewaffnen und die Frauen und den Generalstaatsanwalt zu schützen.«

»Okay, dann machen wir uns mal auf den Weg.« Carmen nickte Ramirez zu. »Drücken Sie uns die Daumen.«

Bevor sie den Ü-Wagen verlassen konnte, trat Crasaghi an sie heran. »Carmen, hätten Sie etwas dagegen, wenn ich Sie segne?«

Sie willigte ein. »Aber segnen Sie den ganzen Trupp, mitsamt Schwein und Hund. Wir haben es alle verdient.«

***

Die Stimmung in dem provisorisch zum Kampfsaal ausstaffierten Parkdeck war hervorragend. Begrenzt wurde er durch rote Stoffbahnen, die von der Decke hingen. Hin und wieder sorgte ein weißer Schal für optische Auflockerung. Sogar an einen reichen Blumenschmuck war gedacht worden, sodass das Ganze die Atmosphäre eines schmierigen, aber teuren Bordells hatte. Alles, was in der mallorquinischen Unterwelt einen Namen hatte, war vertreten.

Als Hayarpi Kevorkian sich erhob, um die Gäste zu begrüßen, wurde es schlagartig still an den Tischen, denn jeder, der sie kannte, wusste, dass sich bei ihr umwerfende Schönheit mit einer sehr angenehmen Stimme paarte. »Meine Damen, meine Herren, ich freue mich, dass Sie meiner kurzfristigen Einladung so zahlreich gefolgt sind. Heute werden Sie an einer einzigartigen Vorstellung teilnehmen. Sie werden dabei sein, wenn sich das Gute auf unserer Welt auf eine ziemlich böse Art und Weise selbst ausrotten wird.« Alles lachte. »Der Abend möge beginnen.«

Beifall ertönte. Unter dem Grölen der Massen, angepeitscht von dröhnender Musik und einem Ringsprecher, der die Vierteljahresration Ritalin seines Sohnes intus zu haben schien, marschierten zuerst die Profikämpfer in den Saal. Ihnen folgten die vier »Kandidaten« in Priestersoutanen, angeführt von einem maskierten bärtigen Riesenkerl und begleitet von zwei ebenfalls maskierten Wachen. Als die Veranstalterin diesen Trupp sah, sprang sie von ihrem Stuhl auf. »Was sind das für Typen?«, fragte sie ihren Butler, der dicht hinter ihr stand. »Wer hat diese Verkleidung angeordnet?«

Arsham Ramarkhan schien genauso verblüfft zu sein wie sie. »Ich habe keine Ahnung. Ich habe die Kandidaten nicht selbst ausgesucht. Aber hören Sie nur, die Menge tobt. Wer immer ihn hatte, der Einfall mit den Priestergewändern war gut.«

Als Nächstes wurden Gräfin Rosa, Angela Bischoff und eine weitere junge Frau mehr vor den Ring gezerrt als geführt. Zum Schluss kamen García Vidal und Berger, die mit besonders hämischem Gejohle begrüßt wurden. Der Comisario hätte nie gedacht, dass einmal so viele hasserfüllte Augenpaare auf ihn gerichtet sein könnten. In diesem Augenblick wurde ihm klar, dass es wirklich Menschen gab, die viel Geld dafür gezahlt hatten, ihn sterben zu sehen, ihm vielleicht sogar den Todesstoß verpassen zu dürfen.

Berger tippte dem Comisario auf die Schulter. Er zeigte auf Moyses, der wie ein Häuflein Elend an einem der Tische saß. Als die unbekannte junge Frau am Generalstaatsanwalt vorbeigeführt wurde, war es mit dessen Fassung vorbei. Er erhob sich von seinem Stuhl, ging weinend auf die Knie und versuchte, den Saum ihres langen Kleides zu küssen. »Verzeih mir, Kleines«, stammelte er dabei immer wieder, bis er von einem der Schergen brutal zurückgerissen und wieder auf seinen Stuhl gedrückt wurde.

»Da haben wir den Grund, warum er deren Befehlsempfänger ist«, brüllte Berger zum Comisario. »Das scheint seine Tochter oder sonst jemand aus seiner Familie zu sein.«

Ramirez' Truppe war es gelungen, ferngelenkte Kameras so weit durch die Luftschächte der Absauganlage zu schieben, dass man sich im Ü-Wagen ein Bild von der ganzen Veranstaltung machen konnte.

»So, Kollegen, der Tanz hat begonnen. Alle Einheiten rücken unmittelbar bis zum Zentrum vor. Die Wachen außen sind kampfunfähig zu machen und zu verhaften. Dabei darf von der Schusswaffe Gebrauch gemacht werden. Ich möchte aber, dass rundherum nur Schalldämpfer gebraucht werden. Leute, die den Saal vorzeitig verlassen wollen, sind ebenfalls festzunehmen. Der Zugriff im Saal erfolgt erst auf meinen ausdrücklichen Befehl, zu stürmen. Ich erwarte Meldung, wenn die jeweilige taktische Einsatzposition erreicht ist.«

Nach den einzelnen Bestätigungen seiner Anweisungen durch die Teams kam Bewegung auf die vielen Bildschirme, über die die Einsatzleitung den Einsatz beobachtete. Carmen hatte keinerlei Mühe, sich ihrem SEK-Team unterzuordnen, wie Ramirez und Crasaghi zufrieden feststellten, sodass alle miteinander harmonierten. Selbst Filou und Bella bewegten sich so, als seien sie darauf abgerichtet worden.

Die Stimme des Sprechers überschlug sich fast, als er der Menge die beiden Kämpfer des ersten Fights vorstellte. Sobald er damit fertig war, fuhren unter den dröhnenden Klängen der Filmmusik von »Fluch der Karibik« rund um den Ring Gitter hoch, die die Flucht für die Kämpfer unmöglich machten. Dann ertönte der Gong.

Der Kandidat des ersten Kampfes schien durch die Priesterkleidung, die er sich weigerte abzulegen, die Nähe eines ihn schützenden Gottes demonstrieren zu wollen, aber schon nach zehn Sekunden war allen Zuschauern klar, dass dieser seltsame Gottesmann kein Ungeübter im Ring war. Geschickt wich er den stürmischen Attacken seines um mindestens einen Kopf größeren und sehr viel breiteren Gegners aus. Durch eine Drehung um die eigene Achse und die dabei wirkende Zentrifugalkraft bekam ein Tritt des jungen Mannes gegen das Brustbein seines Gegners eine derartige Wucht, dass dieser benommen zu Boden ging. Ein panisches Pfeifen war aus seinem Mund zu hören, als würde ein Asthmatiker verzweifelt nach Atem ringen.

Hayarpi Kevorkian wandte sich irritiert zu ihrem Butler um. »Arsham, was soll das? Unser Mann wird plattgemacht. Was sind diese schwarzen Kerle für Typen? Wo habt ihr die her?«

Ramarkhan war der Verzweiflung nahe. Bisher hatte sich seine Herrin hinsichtlich jeder seiner Vorbereitungen mehr als nur zufrieden gezeigt. Nun schien er sie das erste Mal enttäuscht zu haben. »Es sind alles ganz ... ganz normale Touristen«, stammelte er.

»Das kann doch nicht sein.« Der schönen jungen Frau stieg die Zornesröte ins Gesicht. »Red keinen Unsinn. Das sind Profis und keine Touristen. Woher haben die auch alle die Priesterröcke? Von uns auf keinen Fall. Da will uns doch jemand fertigmachen!«

Sie musste mitansehen, wie der schwarz gekleidete Mann ihren Kämpfer mit einem eingesprungenen Kick mit dem Knie gegen die Kinnspitze endgültig auf die Bretter schickte. Bevor der junge Mann zum tödlichen Schlag auf den wehrlosen Mann am Boden ausholte, hielt er inne und sah erwartungsvoll zu ihr herüber.

»Wenn die alle so gut sind, bekommen unsere Buchmacher Probleme bei den Quoten«, sagte sie verärgert, stand auf und hob das Mikrofon an ihren Mund. »Entlohnt den tapferen Kämpfer. Es mögen die Vollstrecker des ersten Kampfes in den Ring kommen.«

In der ersten Tischreihe saß ein offensichtlich schwerreicher Russe, der seinen vier blutjungen Begleiterinnen ein gönnerhaftes Zeichen gab. »Den habe ich für euch gekauft, meine Täubchen. Spielt mit ihm ein bisschen, doch dann tötet ihn. Ihr werdet spüren, wie süß der Hauch der Qual sein kann, wenn man sie nicht selbst erleiden muss.«

Wie ein kreischender Mob stürmten die vier Frauen durch eine kleine, schwer bewachte Seitentür in den Ring. Bevor der unterlegene Kämpfer überhaupt registrieren konnte, was mit ihm geschah, bohrte sich der spitze Absatz eines High Heels in seinen Unterleib. Berger hatte noch nie einen Mann derart animalisch aufbrüllen hören. Die vier Frauen waren wie entfesselt. Mit manischen, von einer Art Wahnsinn entstellten Gesichtern traten sie auf das schreiende Bündel ein. Als es einer der Frauen gelang, ihren Absatz in eine der Augenhöhlen ihres Opfers zu bohren, jauchzte sie geradezu orgiastisch auf. Die anderen brüllten: »Ich auch, ich auch!«, und in kürzester Zeit war das Gesicht des Sterbenden nur noch eine blutige Masse.

Angewidert, der diabolischen Faszination dieses Schauspiels aber ausgeliefert, betrachtete der Comisario diese völlig enthemmten Frauen bei ihrem Exzess. »Mein Gott, erwartet uns das etwa auch?«

Berger war von dem Massaker ebenfalls beeindruckt. »Ich fürchte ja. Schauen Sie sich doch mal dieses dicke Monstrum dahinten an.« Er zeigte auf den Gönner der vier Hyänen. »Sie kennen den Mann.«

García Vidal nickte. »Stimmt, ich weiß aber im Augenblick nicht mehr, woher.«

»Das ist Schokotoff senior. Söhnchen Sergej wurde von uns zum Abschuss freigegeben. Erinnern Sie sich?«

»Der Moskauer Mafiaboss?«

»Exakt der. Ich fürchte, gemessen an dem, was der mit uns beiden vorhat, ist das hier nur ein müder Auftakt.«

»Was meinen Sie, was er für das Vergnügen der Rache an uns hat hinlegen müssen?«

Berger zog die Augenbrauen hoch. »Alles unter einer Million für uns beide wäre eine Beleidigung.«

In einer der Saalecken entstand ein Tumult. Die Unruhe, die dadurch verursacht wurde, ergriff nach und nach den ganzen Saal. Die Befürchtung der Veranstalterin bewahrheitete sich schon jetzt.

García Vidal sah neugierig in die Richtung, konnte aber den Grund des Aufruhrs nicht erkennen. »Was ist denn dahinten los?«

»Überlegen Sie mal, was das für Quoten bei den Buchmachern gibt, wenn der Favorit stirbt. Ich denke, die Leute werden ihr Geld haben wollen.«

Hayarpi Kevorkian, die sich der Brisanz der Situation bewusst war, griff wieder zum Mikrofon. »Meine Damen und Herren«, rief sie außer Atem, denn es war mit ihrem engen Rock nicht so einfach für sie gewesen, ohne Hilfe ebenfalls in den Ring zu gelangen, obwohl die Gitterwände bereits zurückgefahren waren. »Ich verstehe Ihren Unmut. Aber die Buchmacher sind angewiesen, die Gewinne erst nach den Kämpfen auszuzahlen.« Sie sah sich lächelnd um. »Doch da die Stimmung schon auf dem Höhepunkt zu sein scheint, habe ich mich dazu entschlossen, den Hauptkampf vorzuziehen.«

Ein Riesenjubel brach aus. Es war ihr noch einmal gelungen, die Situation unter Kontrolle zu bekommen, aber ihr Trumpfass, den Hauptkampf, hatte sie hiermit ausgespielt.

Die Veranstalter hatten vor allen Ein- oder Ausgängen Wachen stationiert. Den SEK-Trupps war es während des ersten Kampfes gelungen, die meisten von ihnen mit Elektroschockpistolen, sogenannten Tasern, auszuschalten. An drei der Wächter waren sie aber nicht nah genug herangekommen. Zwei von ihnen wurden daher mit schallgedämpften Automatikwaffen niedergestreckt, und der dritte hatte eine Begegnung der »dritten Art«: Ein schnüffelndes Schwein tauchte vor ihm auf. Der Armenier bückte sich verwundert und wollte es streicheln. Ein Schwein zu berühren, bedeutete für die meisten Menschen in seinem Heimatland Glück für ein ganzes Jahr. Es war allerdings ein sehr kurzes Jahr, denn die heranstürmende Bella übersah er dabei. Von der Wucht, mit der die Hündin ihn ansprang, umgerissen, ließ er sogar seine Maschinenpistole fallen. Er wollte sich wehren, aber als er die Zähne des böse knurrenden Dobermannweibchens an seiner Kehle spürte, stellte er jeglichen Widerstand ein. Die Beamten konnten den wehrlosen Mann lautlos überwältigen und abführen.

Ramirez und Crasaghi beobachteten die Veranstaltung gespannt auf ihrem Großbildschirm im Einsatzleitbus.

»Wir sollten dem bösen Spiel ein Ende setzen«, murmelte der Capitán, als die Meldung kam, dass sämtliche Einsatzkräfte Posten bezogen hatten.

Der Bischof stieß ihn mit der Hand an. »Ramirez, schauen Sie doch mal hier.« Er zeigte auf Berger, der in dem Mann unter der

Scharfrichterhaube anscheinend Tomeu erkannt hatte. »Sehen Sie doch nur, die beiden geben sich Zeichen.«

Berger war sich darüber im Klaren, dass, wenn Tomeu sich hatte einschmuggeln können, Ramirez mit seinen Leuten ebenfalls nicht weit sein konnte. Aber seit wann mischte der Verwalter der Gräfin beim SEK mit? Er schaute sich gezielt nach den Kameras um, die hier irgendwo im Saal versteckt sein mussten. Er konnte aber nichts dergleichen entdecken. In der Hoffnung, dass er dennoch beobachtet wurde, machte er mit der Hand ein Zeichen, dass die Kollegen, von wo sie ihn auch immer beobachteten, noch nicht eingreifen sollten.

»Was machen Sie da?«, schimpfte García Vidal. »Flirten Sie mit dem imaginären Sensenmann?«

»Gucken Sie mal auf den Typen mit der schwarzen Kapuze.«

Der Comisario suchte und fand ihn mit seinen Blicken. »Und?«

»Erkennen Sie nicht das Tattoo auf dem linken Oberarm?«

»Ja, Tomeu hat so eines.«

Berger stöhnte auf. »Das *ist* Tomeu, Sie Einfaltspinsel.«

»Was macht der denn hier?«

»Uns beistehen, wenn's ernst wird. Und er wird nicht allein gekommen sein. So, wie es aussieht, sind die munteren Priester seine Freunde.«

»Wo soll der denn auf einmal vier Priester herhaben, die sich auf Nahkampf verstehen?«

»Solange sie auf unserer Seite sind, ist mir das Woher und Warum piepegal, mein lieber Freund.« Berger gab Tomeu ein Zeichen, dass er sich an die Seite der Gräfin stellen sollte. Mit einem Hauch von Nicken quittierte der seine Anweisung.

»Ich rufe in den Ring«, Hayarpi Kevorkian machte eine einladende Geste, »Comisario Cristobal García Vidal.«

Im Saal brodelte es sofort wieder. Pfiffe und Gejohle ertönten. Man konnte den nächsten Kampf kaum erwarten, der für die vom Comisario gepeinigten Seelen der mallorquinischen Unterwelt ein Leckerbissen zu werden versprach.

»Der zweite Mann im Ring, ein Gegner auf Leben und Tod, sein Kollege und Freund Michael Berger, el Residente!«

Die beiden wurden dicht an den Zuschauern vorbei in den Ring geführt. Sie spürten leichte Schläge, die sie im Vorbeigehen trafen. Ernstere Angriffe wurden von ihren Wächtern abgewehrt.

Eine weitere Welle des Beifalls und der Häme waberte durch den Saal, als beide im Ring standen. Vereinzelte Rufe wie »Reißt ihnen die Eier ab« oder »Tötet die Schweine« mischten sich unter das Gejohle.

»Der Sieger«, führte Hayarpi Kevorkian weiter aus, »wird die Genugtuung haben, seine Lebensgefährtin vor dem Tod bewahrt zu haben. *Nachdem* sie den Spaß, der Ihnen versprochen wurde, mit ihrer Leidensgenossin geteilt hat.«

Verschiedene Herren machten, von ihren Begleitern angefeuert, mit Gorillagebrüll eindeutige Gesten.

»Damit alle etwas davon haben, findet die Hochzeit unserer beiden Grazien selbstverständlich im großen Ring statt.«

Während diese ungeheuerlichen Worte verhallten, versuchte Berger, mit seiner Gräfin Kontakt aufzunehmen, aber sie war von ihren Wächtern völlig verdeckt. Auf Angela Bischoff hatte er zwar freies Sichtfeld, die aber war vor Entsetzen wie gelähmt und reagierte gar nicht auf ihn.

»Let's get ready to rumble!«, brüllte Hayarpi Kevorkian ins Mikrofon. Sie verließ den Ring, und die Käfigwände schlossen sich erneut.

In García Vidal stieg Panik auf. »Wir werden uns doch nicht etwa wirklich schlagen?«

»Doch, aber auf unsere Art. Machen Sie genau das, was ich mache. Wie in dem Lied, Sie sind Henry, und ich bin Karl-Otto.«

Berger war klar, dass die Stimmung im Saal leicht kippen konnte, und ihre einzige Chance, hier mit einigermaßen heiler Haut herauszukommen, war das absolute Chaos. Also würden sie es herbeiführen. Sein Blick war so entschlossen, dass dem Comisario gar nicht einfiel, etwas zu entgegnen, obwohl er kein Wort von dem verstand, was der Residente ihm zuraunte.

Die beiden standen einander erst gegenüber, dann begannen sie, sich in Kampfhaltung gegenseitig zu umkreisen. Im Saal herrschte atemlose Stille.

Da erhob sich Berger aus seiner Lauerstellung und begann lauthals zu singen: »Ein Loch ist im Eimer, oh Henry, oh Henry.«

Das Publikum war verwirrt.

»Ein Loch ist im Eimer, oh Henry, ein Loch.«

Erste Pfiffe ertönten.

Jetzt richtete sich auch der Comisario auf und antwortete: »Dann stopf es, Karl-Otto, Karl-Otto, Karl-Otto, dann stopf es, Karl-Otto, Karl-Otto, dann stopf's.«

Der Saal wurde von einer feindseligen Unruhe erfasst.

»Womit denn, oh Henry«, setzte Berger das Lied ungeachtet der wütenden »Aufhören«-Rufe fort.

Weiter hinten begannen die ersten Schlägereien, als die Security versuchte, aufgebrachte Zuschauer am Stürmen des Ringes zu hindern. Durch den Saal fegte ein einziger Aufschrei der Entrüstung. Berger und García Vidal hetzten die Schreihälse durch auffordernde Armbewegungen noch weiter auf. Innerhalb von wenigen Sekunden war die ganze Veranstaltung ein einziger Hexenkessel. Die gefrusteten Schreihälse strömten von hinten nach vorn, um dort alles kurz und klein zu schlagen.

»Señora Lucas«, hörte Carmen Ramirez über Funk sagen. »Ihr Trupp geht jetzt rein. Meine Leute helfen den Priestern, die Frauen in Sicherheit zu bringen, Sie bewaffnen den Comisario und Berger. Im Saal sind alle so damit beschäftigt, sich gegenseitig die Köpfe einzuschlagen, dass unser Eingreifen von außen im Moment unerwünscht kontraproduktiv wäre.«

Carmen bestätigte den Einsatzbefehl und hörte, wie die anderen Teams dazu angehalten wurden, den Saal hermetisch abzuriegeln und alles, was rauswollte, zu verhaften.

Berger und García Vidal sangen aus Leibeskräften weiter, um die Stimmung noch mehr anzuheizen. Solange die Gitter oben blieben, waren sie in Sicherheit.

Unterdessen stürzte sich die Meute auf die ihnen versprochenen Frauen neben dem Ring. Tomeu und die Schweizergardisten hielten sich wacker. Die ersten Stühle flogen auf Berger und den Comisario zu und prallten gegen das Gitter, das den Ring begrenzte. Der Generalstaatsanwalt ging, von einem der hinteren Stehtische schwer getroffen, zu Boden. Die Gitter der Frauenkäfige setzten sich in Bewegung, und Berger und dem Comisario wurde es nun auch zu heiß auf ihrem Podest, da sie immer mehr zum Ziel für alles wurden, was hart war und von oben in ihren Ringkäfig geworfen werden konnte. Sie konnten nicht allen Geschossen, die es hagelte, ausweichen. Hastig öffneten sie die inzwischen unbewachte Seitentür des Käfigs. Durch gezielte Fußtritte in die Menge kämpften sie sich die Ringtreppe hinunter und bahnten sich einen Weg in die Richtung, in der sie die Frauen wähnten.

Carmen entdeckte die beiden in knapp fünf Meter Entfernung vor sich. Bella und Filou waren schon Minuten zuvor in der tobenden Menge abgetaucht. Berger und der Comisario hatten ihr die Rücken zugewandt und wehrten sich mit vollem Körpereinsatz gegen ihre Angreifer. Carmen hatte Mühe, ihnen zu folgen. In alle Richtungen Schwinger, Haken und Tritte verteilend, kam sie ihnen dennoch immer näher. Plötzlich wurde sie von hinten angegriffen. Drei oder vier Kerle stürzten sich auf sie. Sosehr sie sich auch wehrte, im Nu war sie entwaffnet, und ihr wurde die Polizeiweste vom Leib gerissen.

»Lass die sich da vorn um die Weiber prügeln, wir bekommen unser Leckerchen direkt von den Bullen serviert.«

Die Männer zogen sie in die Nische mit dem Zeitnehmertisch neben dem Ring und drückten sie zu Boden. Zwei hielten sie an Armen und Beinen fest, einer riss ihr die Bluse auf, der Vierte öffnete grinsend seine Hose.

Ein paar Meter weiter hatte sich Tomeu einen der Stehtische geschnappt und drosch auf alles ein, was sich ihm und den Frauen näherte. Angela und die Gräfin hatten sich so weit von ihrem Schock erholt, dass sich jede von ihnen mit einem Klappstuhl bewaffnete und damit auf alles um sie herum einschlug. Gräfin Rosa stand mit einem Mal ein mit einem Springmesser bewaffneter Mann gegenüber. In gebeugter Angriffshaltung stand er vor ihr, und das Messer wechselte ständig von der einen in die andere Hand.

»So, meine Schöne, jetzt bist du fällig. Jetzt werde ich dir ein paar Löcher in deine seidenweiche Haut schn–« Ein gellender Schrei entwich seiner Kehle. Er drehte sich in Panik einmal um sich selbst. Erst jetzt sah Rosa, dass sich Filou in seine Wade verbissen hatte und, sosehr der Kerl auch strampelte, eisern festhielt. Mit dem Klappstuhl schlug sie ihm das Messer aus der Hand. Jetzt griff der Mann nach Filou und versuchte, das Schwein mit beiden Händen von seinem Bein wegzuzerren. Dabei schien er das arme Tier zerreißen zu wollen. In ihrer Panik nahm Rosa das Messer vom Boden und stach zu. Erst beim dritten Mal ließ der Mann von dem Schwein ab und sackte röchelnd in sich zusammen. Am ganzen Leibe zitternd, stand Filou daneben.

Im nächsten Moment hörte Gräfin Rosa einen gellenden Schrei nach Bella. Tomeu und Angela Bischoff hörten ihn auch. Sie stürzten in die Richtung, aus der er gekommen war.

VIERZEHN

Carmen schloss die Augen. Doch just in dem Moment ließen die Männer abrupt von ihr ab. Sie vernahm ein Bellen und furchterregendes Knurren, den gellenden Schrei eines Mannes und sah, dass Bella sich in sein Gesicht verbissen hatte. Ein zweiter wurde von Tomeu durch die Luft gewirbelt, und an einem dritten hing Angela Bischoff und versuchte, ihn daran zu hindern, eine der drei Waffen, die Carmen bei sich hatte, vom Boden aufzunehmen. Ein vermeintlicher Priester kam ihr zur Hilfe. Zu zweit konnten sie den Mann endgültig überwältigen und die Waffen sichern.

Ein weiterer Schweizergardist kam hinzu, streifte seinen Priesterrock ab und bedeckte damit die teilweise entblößte Carmen, die sich, von Weinkrämpfen geschüttelt, in Tomeus Armen befand. Der versuchte gar nicht erst, beruhigend auf sie einzureden. Er wusste genau, dass sie diese Schübe offensichtlicher Verzweiflung brauchte, um danach wieder zu sich zu finden.

Langsam legte sich die Aufregung um sie herum. Inzwischen standen überall schwer bewaffnete Polizisten. Die meisten Besucher hatten begriffen, dass sie aufgeflogen waren, und ließen sich an den Ausgängen widerstandslos festnehmen. Die, denen es gelungen war, trotz der Kontrollen Waffen in den Saal zu schmuggeln, zogen sie nun freiwillig mit spitzen Fingern aus den Taschen und legten sie vorsichtig vor sich auf den Hallenboden.

Einer der Schweizergardisten schien einen interessanten Fund gemacht zu haben. »Hier liegt einer hinter den Tischen«, rief er in kehligem Schweizerdeutsch, »der eben noch im Ring gestanden hat.«

Angela Bischoff schreckte hoch und hastete zur angegebenen Stelle. Ihr Comisario lag mit einer Kopfplatzwunde am Boden und war wohl gerade eben erst aus einer leichten Bewusstlosigkeit erwacht. Völlig benommen versuchte er aufzustehen.

»Cristobal«, rief Angela Bischoff. »Was ist passiert?«

Er betastete seinen brummenden Kopf und starrte entsetzt auf seine blutige Hand. »Ich weiß nicht so recht«, stammelte er. »Diese Armenierin und so ein alter Zausel hatten auf einmal Waffen in der Hand und haben den Residente und mich abführen wollen. Ich konnte gerade noch einem Stehtisch, der angeflogen kam, ausweichen. Ein anderer wird mich dann wohl erwischt haben.«

»Und wo wollten die euch hinbringen?«

García Vidal schaute sich um. »Keine Ahnung.«

Gräfin Rosa stieß aufgeregt zu ihnen. »Habt ihr eine Idee, wo Michael ist? Ich kann ihn nirgendwo finden.«

»Er scheint entführt worden zu sein.«

»Aber wohin denn?« Rosa sah sich verzweifelt um. »Es waren doch alle Ausgänge bewacht. Überall standen Ramirez' Leute.« Filou stieß aufgeregt grunzend mit seinem Rüssel in ihre Wade. »Hör doch mal auf, Schwein! Ich habe jetzt keine Zeit zu spielen.«

Das Tier schien von den Worten seines Frauchens nur wenig beeindruckt und zwickte sie jetzt sogar.

»Hör mal, spinnst du?« Sie beugte sich zu ihrem Liebling hinunter und wollte Filou durch Streicheln beruhigen, aber das Tier war außer sich vor Aufregung. Entschlossen riss es sich los und rannte aufgeregt schnüffelnd und zielsicher in eine ganz bestimmte Richtung.

»Kommt bitte mit«, rief die Gräfin den anderen zu. »Ich denke, Filou weiß, wo Michael ist.«

Sie rannten auf einen der Treppenaufgänge zu.

»Die werden die Treppe hochgegangen sein«, rief Angela. Doch als der kleine Trupp nur noch fünf Meter entfernt war, verstellte ihnen ein mit einer Maschinenpistole bewaffneter Polizist den Weg.

»Halt«, rief er entschlossen. »Hier kommen Sie nicht weiter.«

»Sind hier eine Frau und zwei Männer vorbeigekommen? Sie waren bewaffnet.«

»Hier wollten viele durch«, entgegnete der Mann stolz, »aber geschafft hat es niemand.«

Filou stupste die Gräfin wieder an und wollte sie offensichtlich um das Treppenhaus herumlotsen. Auf der dem Eingang abgewandten Seite war eine Stahltür, vor der das Schwein schnüffelnd stehen blieb. Ein Gardist öffnete die Tür vorsichtig. Filou stürzte in einen kleinen Raum und blieb quiekend vor einer Stahlleiter stehen. Der Kabelschacht führte bis ganz nach oben durch. Pro Etage führte jeweils eine versetzt angeschlagene Leiter durch einen

Gitterrost, sodass man nie tiefer als ein Stockwerk herunterstürzen konnte.

Carmen hatte sich etwas beruhigt und war gerade dabei, sich die etwas ramponierte Bluse zuzuknöpfen, als der Comisario neben sie trat.

»Geht's wieder?«, erkundigte er sich beklommen.

Sie schaute zu ihm auf. »Sie sollten sich einmal im Spiegel betrachten und sich dann selbst die Frage stellen.« Über ihr Gesicht huschte ein erstes Lächeln.

»Wie konnte das passieren?«

»Um uns herum war ein Riesentumult«, antwortete sie. »Ramirez hatte uns den Befehl gegeben, dass ich Sie und den Residente bewaffnen sollte, und die beiden Kollegen sollten den Frauen zur Hilfe kommen. Die beiden sind los, und ich wurde von hinten quasi aus den Angeln gehoben. Ich hatte gar keine Chance, mich zu wehren. Die waren sofort so dicht an mir dran, dass ich keine Abwehraktion starten konnte.«

Der Comisario sah sie besorgt an. »Aber es kam doch nicht zum …«, er zögerte »Zum Äußersten?«

»Wenn Sie wissen wollen, ob ich vergewaltigt wurde, lautet die Antwort Nein. Dass mir die Kerle an die Wäsche wollten, ohne dass ich mich wehren konnte, ist dennoch eine furchtbare Demütigung, an der ich noch zu knabbern habe. Aber ich denke mal, dass Sie als Mann gar nicht wissen, wovon ich da rede.« Sie wischte den Staub von ihrer Jeans und sah sich fragend in der Runde um. »Hat jemand zufällig meine Knarre gesehen?« Einer ihrer Polizeikollegen reichte sie ihr. »Allein dafür, dass sie mir meine Waffe weggenommen haben, könnte ich diese Schweine ermorden.«

Inzwischen hatten Ramirez und der Bischof den Einsatzleitungsbus verlassen und waren nun ebenfalls auf der untersten Parkebene angekommen. Überall wimmelte es von Polizisten und Marinesoldaten, und zwei Notärzte und mehrere Rettungsassistenten kümmerten sich um die Verletzten.

Die Veranstaltungsgäste waren zusammengetrieben worden und mussten stehend hinter einer schwer bewachten Absperrung aus Flatterband warten. Sie wurden nach und nach erkennungsdienstlich behandelt. Die Kerle, die es auf die Frauen und Carmen abgesehen gehabt hatten, wurden, sofern sie nicht ärztlich behandelt werden mussten, mit auf dem Rücken zusammengebundenen Händen in einer gesonderten Zone auf den nackten Beton gesetzt. Darunter auch Schokotoff mit seinen vier Hyänen. Ihnen wurde gemeinschaftlicher Mord und Anstiftung zum Mord vorgeworfen.

Unter den Gefesselten entdeckte García Vidal auch Generalstaatsanwalt Moyses mit seiner Tochter. Sie saß ohne Handschellen neben ihrem Vater. Kopfschüttelnd ging er auf einen der wachhabenden Beamten zu. »Wer hat denn Señor Moyses festgenommen?«

»Niemand. Er kam mit seiner Tochter im Schlepptau und hat darauf bestanden, festgenommen zu werden. Als er dann auch noch mit Befehlsverweigerung gedroht hat, bekam er seine Fesseln.«

Der Comisario gab dem Bischof einen Wink. »Ich denke, Exzellenz, das ist eher ein Fall für Sie als für die Justiz.«

Crasaghi zog die Stirn kraus. »Hat er denn Unrecht getan?«

»Streng genommen ja. Aber ich, in seiner Situation, hätte vermutlich sogar gemordet. Wie heißt es so schön: ›Wer frei von Sünde ist, der ist auch zu blöd, mit Steinen zu werfen.‹«

Crasaghi lächelte ihn an. »Der häufige Umgang mit dem Residente schadet Ihnen, mein Sohn.«

Da man von unten nicht ganz bis an das obere Ende des Schachtes gucken konnte, benutzten die Frauen und Filou die Treppe und die Männer die Leitern. Oben angekommen, gönnte ihnen Filou keine Pause. Das Tier rannte wie von der Tarantel gestochen laut quiekend los und verschwand hinter einem großen Ansaugschacht der Klimaanlage. Schon bevor sie freie Sicht auf das hatten, was sich dahinter befand, hörten sie ein lautes Stöhnen. Gräfin Rosa stockte fast der Atem, als sie vor einem blutigen Menschenbündel stand. Berger lag offensichtlich verletzt unter einem Toten und konnte sich nicht von allein befreien.

»Mich hat es erwischt. Hebt den Kerl von mir runter. Ich ersticke gleich«, jammerte er. Die herbeigeeilten Polizisten hoben die Leiche von ihm herunter. Die Entlastung tat ihm sichtlich gut, und er versuchte, sich aufzurichten. Bei jeder Bewegung sickerte Blut aus einer Wunde über seiner Hüfte. Auch sein Bein blutete ziemlich heftig.

»Was ist denn bloß passiert?« Gräfin Rosa kniete neben ihm nieder und umarmte ihn.

»Bleiben Sie mir bloß vom Leib.« Berger stöhnte auf. »Kaum habe ich den einen weg, legt sich jemand anders auf mich drauf. Das tut weh!«

»Wer so laut meckert, lebt noch«, kam es trocken von Angela Bischoff. Sie wandte sich an einen der SEK-Beamten. »Rufen Sie Hilfe. Die sollen mit dem Rettungshubschrauber am besten gleich hier auf dem Dach landen, dann muss der arme Kerl nicht durch das ganze Haus ins Parkdeck geschleppt werden.«

Sein Kollege versorgte den Residente mit ein paar Verbandspäckchen, die er in einer Gürteltasche mit sich führte.

»Jetzt reden Sie schon. Was ist passiert?«, wollte Gräfin Rosa wissen.

»Cristobal und ich wurden von der Armenierin, ihrem greisen Diener und diesem Droszek mit vorgehaltener Pistole gezwungen, den Saal zu verlassen.«

»Ich denke, Droszek ist in Cala Millor ertrunken?«, unterbrach ihn Angela.

»Das dachte ich auch, bis ich dann in seine Pistolenmündung guckte. Nachdem Cristobal von einem Stehtisch am Kopf getroffen wurde und k. o. ging, habe ich ihnen wohl als alleinige Geisel gereicht. Wir sind durch einen Kabelschacht nach oben geklettert. Nach zwei Stockwerken ist der Alte fast kollabiert. Droszek hat ihn auf seine Schulter genommen und ist mit ihm hochgeklettert. Weiß der Teufel, wo der Mann diese enorme Kraft herhatte. Endlich hier oben angekommen, wartete ein relativ kleiner Hubschrauber auf uns. Ich musste mich hinknien. Der Alte wurde von der Frau und Droszek auf einen der hinteren Sitze gelegt. Als er verstaut war, erkundigte sie sich bei dem Piloten, ob er uns beide auch mitnehmen könne. Als sie zurückkam, hielt sie eine Maschinenpistole in der Hand. Droszek ging einen Schritt auf sie zu, dadurch war ich hinter ihm, was mir das Leben gerettet hat. Dieses Weib hat uns beide gnadenlos abgeknallt. Dabei hat der arme Kerl doch ihrem alten Diener oder was weiß ich, was der war, das Leben gerettet. Auch ich verdanke ihm mein Leben. Ohne ihn als Kugelfang läge ich jetzt tot daneben.«

Minuten später landete der Rettungshubschrauber unweit von ihnen auf dem Dach. Der herbeigeeilte Notarzt konnte nach kurzer Untersuchung Entwarnung geben. »Der Bauchschuss ist nicht lebensbedrohlich. Dabei ging es lediglich dem Hüftgold an die Schwarte. Am Bein, Señor Residente, haben Sie ebenfalls einen glatten Durchschuss. Ein größeres Gefäß scheint es dabei nicht erwischt zu haben, sonst wäre die Blutung heftiger. In acht bis zehn Tagen sind Sie wieder fit für die Menschheit, wenn sich nichts entzündet.«

Der Helikopter startete in Richtung Klinikum.

Unten im Parkdeck lief alles wieder in ruhigen Bahnen, sodass Ramirez, der Comisario und Carmen Zeit hatten, den Einsatz zu analysieren. Durch Zureden hatte Crasaghi es außerdem geschafft, den Generalstaatsanwalt wieder zur Aufnahme seines Dienstes zu bewegen.

»Señor Capitán, ich stehe tief in Ihrer Schuld.«

»Wo ist das Problem, Señor Moyses? Sie haben alles Nötige dafür getan, das Leben Ihrer Tochter zu retten. Ich kenne niemanden, der es anders gemacht hätte. Und Sie waren damit sogar erfolgreich. Wenn Sie Ihr Gewissen absolut nicht in Ruhe lässt, können Sie gegen sich selbst ja noch ein Disziplinarverfahren einleiten.«

»Dank Ihrer feinen Truppe und der Einsatzkräfte lebe ich noch. Und viel wichtiger, meine Tochter ist ebenfalls noch gesund und munter. Ich werde die gute Zusammenarbeit in den höchsten Tönen loben, wenn ich erst wieder im Inselratsgebäude sitze. Aber was ist mit dieser furchtbaren Armenierin und ihrem fiesen Greis?«

Genaues wusste Ramirez auch nicht zu berichten. »Der Kleinhubschrauber konnte noch für ein paar Seemeilen per Radar verfolgt werden, dann ist er irgendwo auf See niedergegangen.«

»Sie meinen abgestürzt?«, kam Moyses aufgeregte Rückfrage.

»Das glaube ich kaum. Er wird außerhalb der Dreimeilenzone auf einer größeren Yacht oder einem Frachter gelandet sein.«

»Haben wir eine Chance, das Schiff aufzubringen?«

»Die Küstenwache versucht alles. Aber um einen Erfolg zu garantieren, schippern zu viele Pötte in dieser Gegend herum, und so ein Hubschrauber ist schnell über Bord gekippt.«

Moyses wirkte zutiefst frustriert. »Was nützt uns die Schlange ohne Kopf?« Es fiel ihm eine weitere Frage ein, die ihm eine deutlich bessere Antwort bescheren sollte. »Sagen Sie mal, Comisario. Was hat Sie und den Residente eigentlich dazu gebracht, mit der Singerei anzufangen?«

García Vidal grinste verschmitzt. »Da ist der Residente drauf gekommen, nachdem er Tomeu in der Meute ausgemacht hatte. Da war für ihn klar, dass wir nur eine Chance hätten, wenn der Mob von der Kette gelassen würde. Und singend war es für Señor Berger ein Leichtes, diese hirnverbrannten Idioten aus der Fassung zu bringen.«

»Dafür hat er einen Orden verdient«, warf Ramirez ein. »Durch diesen Trick haben wir die ganze Meute problemlos hoppnehmen können.«

»Das mit dem Orden würde ich mir verkneifen. Wie ich Berger kenne, wird der bei der Verleihung auch wieder singen.«

Ramirez' Handy klingelte. Er nahm es aus seiner Jackentasche und besah sich das Display. »Schau mal einer an. Hier erreichen mich Live-Bilder aus Santanyí.« Er gab das Handy an Carmen weiter. »Erkennen Sie die Person, die da gerade etwas in Fluxás Garten vergräbt?«

Ein Lächeln machte sich auf ihrem Gesicht breit. »Aber natürlich kenne ich die. Gehe ich recht in der Annahme, dass das alles aufgezeichnet wird?«

Ramirez nickte stolz. »Sogar in HD! Vorhin habe ich auch Bilder aus Ihrem Büro empfangen.«

»Und wer hat dort was gesucht?«

Ramirez grinste sie an. »Was er gesucht hat, wird er Ihnen selbst sagen müssen. Es war ihm leider nicht möglich, es zu finden. Die Guardia Civil hat den Kollegen festgenommen.«

***

Bevor Carmen nach ihren gestrigen Erlebnissen wieder den Dienst antreten durfte, benötigte sie dafür eine Art Tauglichkeitsattest vom Arzt. Dieses Attest wollte sie, damit sie gegen keinerlei Vorschriften verstieß, unbedingt vor der anstehenden Amtshandlung in ihren Händen halten. Dass auch ein Dr. Ohrem es ausstellen konnte, kam ihr gerade recht.

»Haben Sie wenigstens heute einen Termin?«, fragte die Sprechstundenhilfe, die am Empfangstresen saß, spitz.

»Wenn ich einen hätte, Gnädigste, wüssten Sie es. Der Doktor versicherte mir, dass ich jederzeit zu ihm kommen könne, und das mache ich jetzt.«

Die Sprechstundenhilfe griff nach dem Telefon und erkundigte sich beim Doktor. »Ist gut«, sagte sie dann. »Nach der nächsten Patientin können Sie ins Sprechzimmer 2.«

In diesem Augenblick öffnete sich auch schon die Tür, und Carmen setzte sich vor den verwaisten Schreibtisch. Nach wenigen Minuten kam der Doktor.

»Señora Comisaria, ich hoffe, Sie sind mit Ihren Ermittlungen weitergekommen?«

»Sí. Wir stehen kurz vor einer Festnahme.«

»Wunderbar, und was führt Sie zu mir?«

Sie erzählte von dem gestrigen Einsatz. An den Rückfragen, die Dr. Ohrem stellte, erkannte sie, dass er in seiner Ausbildung mit vielen Vergewaltigungsopfern zu tun gehabt haben musste.

»Drei Monate meines praktischen Jahres habe ich in Hamburg auf einer gynäkologischen Notfallambulanz Dienst getan«, antwortete er auf ihre Nachfrage. »Da bekommt man so einiges mit. Aber ich denke, dass Sie wieder diensttauglich sind, jedenfalls aus meiner Sicht. Es sei denn, Sie fühlen sich noch nicht so weit, dann schreibe ich Sie für eine Woche krank.«

»Nein, Señor Medico, ich bin fit.«

»Okay, dann warten Sie bitte im Wartezimmer, bis das Formular ausgedruckt ist. Ich unterschreibe es dann gleich für Sie.«

Sie ging ins Wartezimmer und wählte auf ihrem Handy eine Nummer. »Jordi, ihr könnt mit der Hausdurchsuchung loslegen. Achtet aber bitte darauf, dass von dort aus niemand telefonieren kann. Gebt mir Rückmeldung, wenn ihr etwas gefunden habt.«

***

Gräfin Rosa öffnete vorsichtig die Tür des Zimmers 234 der chirurgischen Privatstation des neuen Klinikums von Palma.

Während der Comisario in seinem Bett lag und schlief, reckte Berger neugierig den Kopf, um zu sehen, wer kam. Aufrichten konnte er sich nicht. Sein durchschossenes Bein lag auf einer Fünfundvierzig-Grad-Schiene, und seine Hüfte tat bei jeder Bewegung weh.

»Hola, mein Schatz«, flüsterte Rosa zärtlich. »Wie geht es Ihnen?«

»Es tut nur noch weh, wenn ich lache.«

Sie küsste ihn liebevoll. »Und was sagen die Ärzte?«

»Mit meinen Wunden sind sie zufrieden. Ich hingegen nerve sie zunehmend.«

Die Tür ging erneut auf, und Angela erschien mit zwei dampfenden Cortados aus der Krankenhauskantine.

»Aahh«, kommentierte Berger ihren Auftritt. »Coffeina, die Göttin der Crema, erscheint uns.«

Sie stellte eine der Tassen auf seinen Nachttisch. »Ich fürchte, er riecht besser, als er schmeckt.«

»Egal«, brummte er. »Die Gier treibt's rein.«

Gräfin Rosa sah erstaunt auf den dösenden Comisario. »Wie kommt's, dass du Cristobal auch hier abgeben musstest?«, fragte sie Angela. »Ihr seid doch gestern noch nach Hause gefahren, oder?«

Angela Bischoff nickte. »Ja, aber schon auf der Autobahn wurde ihm schwindelig und übel. Da bin ich gleich umgekehrt. Der Tisch hat wohl doch nach Punkten gewonnen.«

»Ist etwas gebrochen?« Die Stimme der Gräfin klang besorgt.

»Das können sie noch nicht so genau sagen. Wenn, hat er nur einen ganz leichten Sprung in der Schüssel, aber als Zugabe auf jeden Fall eine fette Gehirnerschütterung. Für ihn bedeutet das Höchststrafe. Er muss ruhig und flach liegen und darf nicht fernsehen.«

»Der Arme.« Gräfin Rosa streichelte zärtlich über das hochgelegte Bein ihres Verlobten. »Und was haben sie bei Ihnen nun genau gemacht?«

»Sie haben mich gequält, meine Liebe. Es grenzte an Folter im Namen Aesculaps.«

Die Gräfin sah in fragend an. »Soll ich das jetzt ernst nehmen?«

Berger machte ein beleidigtes Gesicht. »Wollen Sie damit behaupten, ich hätte einen Hang zur Theatralik?«

»Hang ist zu wenig«, konterte sie. »Sie haben diesem Begriff erst Leben eingehaucht.«

»Na, das wird ja immer schöner.« Er drehte beleidigt seinen Kopf zur Seite. »Ich habe drei komplizierte Eingriffe ohne jegliche Narkose über mich ergehen lassen müssen.«

Gräfin Rosa schaute entsetzt zu Angela Bischoff. »Stimmt das?«

»Wenn man es genau nimmt, ja.« Angela Bischoff rollte mit den Augen. »Der erste Eingriff war die Einschlafspritze, Eingriff zwei und drei die Impfungen gegen Tetanus.«

»Mein Held«, jauchzte Rosa hingebungsvoll.

»Erzählt er wieder von seinen beiden Spritzen heute Morgen?«, erkundigte sich García Vidal verschlafen.

Angela musste lachen. »Ach, hat er heute schon einmal berichten dürfen?«

»Sí, dem Generalstaatsanwalt bei seinem Besuch. Der muss nach dem Bericht annehmen, dass Miguels behandelnder Arzt Hannibal Lecter ist.«

»Und was hatte Moyses zu berichten?«, fragte Gräfin Rosa neugierig.

»Cristobal wird nun wirklich Inspector Ejecutivo«, berichtete Angela stolz. »Und von Carmens Arbeit ist er so begeistert, dass sie zur Comisaria Principal befördert wird.«

»Gratuliere.« Die Gräfin lächelte anerkennend. »Und was wäre so ein Inspector Ejecutivo in Deutschland?«

»Genau wie hier«, ging Berger dazwischen, »ein ganz armes Schwein. So eine Art Kriminaldirektor der Exekutive. Macht er seinen Job gut, war's der Inselratspräsident, baut er Mist, war er's persönlich.«

»Ganz so schlimm ist es nicht«, berichtigte García Vidal, »aber im Prinzip hat Miguel recht. Ich darf übrigens mein Büro in Santanyí behalten. Ansonsten ist es Ramirez gestern gelungen, die ganze armenische Bande bis auf die Chefin und ihren Butler zu verhaften.«

»Und wohin ist dieses Biest geflohen?«

»Auf irgendeinen Frachter, der Mallorca umkreist hat. In der

Branche müssen Gelder in einer Höhe fließen, dass uns von diesen Summen schwindelig werden würde. Moyses hat in den Verhören erfahren, dass pro Karte auf den hinteren Plätzen noch fünftausend Euro gezahlt wurden. Vorn entsprechend mehr, und die Extras haben wohl ein ganzes Vermögen gekostet.«

»Apropos Extras«, meinte Berger, »Schokotoff und seine Gespielinnen sitzen doch hoffentlich auch hinter Schloss und Riegel?«

»Aber klar doch. Er wird wegen Anstiftung zum Mord angeklagt und die vier Damen wegen heimtückischen Mordes.«

»Was wird denn nun aus Carmens Fall?«, erkundigte sich Gräfin Rosa.

»Ein Kollege der Policía Local, der gestern Beweismaterial aus Carmens Büro stehlen wollte, wurde heute Morgen verhört. Er hat alles gestanden und dabei auch Ross und Reiter genannt. Moyses hat verfügt, dass die Gerichtsbarkeit des gesamten Falls nach Madrid verlegt wird, weil hier auf der Insel kein faires Verfahren zu erwarten sei. Staatsanwalt Alejandro Vela wurde wegen Vorteilsnahme im Dienst suspendiert und bekommt ebenfalls Ärger mit der Revision. Das Gleiche passiert mit dem Jugendamt in Santanyí. Esteban und Maria Antonia Fluxá werden mit einer Anzeige wegen grober Körperverletzung zu rechnen haben. Mehr lässt sich aus dieser Art der psychischen Folter juristisch nicht herausschlagen.«

»Und was ist mit den einflussreichen Nationalisten«, bohrte die Gräfin weiter, »die die Aufträge dazu gaben, Esteban Fluxá und seine Leute zusammenzuschlagen, Maria Antonia Fluxá zu vergewaltigen, alle an dem Fall Beteiligten einzuschüchtern und sämtliche Hinweise auf die Mitglieder dieser seltsamen ›Bruderschaft‹ zu zerstören?«

»Denen wird man vermutlich nichts nachweisen können«, antwortete Berger. »Zumindest nicht allen. Und ich weiß auch nicht, ob das gut wäre. Das gäbe einen Kahlschlag in der politischen Szene, von dem sich die Insel kaum erholen würde. Einige von ihnen wird es aber erwischen, wenn ihre Schläger erst mal zu plaudern anfangen, und das wird für alle eine Warnung sein, in Zukunft vielleicht doch lieber auf dem Gesetzesweg zu wandeln.«

García Vidal versuchte, sich aufzurichten, wurde aber von

seiner Freundin daran gehindert. »Schön liegen bleiben, hat der Doktor gesagt.«

»Wo ist Carmen?«, stöhnte er immer noch leicht benebelt.

»Bei Esmeralda ist sie nicht«, sagte Rosa. »Ich habe vor meiner Fahrt hierher ins Klinikum noch kurz Tante Auguste auf ihrer königlichen Yacht besucht und kam gar nicht erst an Bord. Kronprinz Felipe ist mit seiner Frau und den beiden Töchtern auf dem Schiff, um Tantchen zu besuchen. Esmeralda und die zwei Infantinnen sind schon allerbeste Freundinnen. Bischof Crasaghi war übrigens auch da und lässt alle herzlich grüßen. Besuchen kann er Sie leider nicht, da er sich um die Überführung des toten Gardisten kümmern muss. Er wird schon heute Abend in Rom zurückerwartet.«

»Schade.« García Vidal bedauerte das aufrichtig. »Aber was ist mit Carmen?«

Angela streichelte liebevoll seine Wange. »Sie hat heute Morgen Vanessa Riesche aus dem Gefängnis abgeholt. Es ging dabei wohl um ihr Versprechen, dass Frau Riesche live dabei sein darf, wenn Fluxás Mörder verhaftet wird. Vorher wollte sie aber noch zum Arzt, sich ein Attest besorgen, dass sie diensttauglich ist.«

***

Mit dem Formular schien es Probleme zu geben, denn Carmen saß noch immer im Wartezimmer. In diesem Augenblick war sie froh darüber, dass sie Bella heute Morgen bei Tomeu und Esmeralda hatte abgeben können.

Vanessa Riesche betrat die Praxis. »Es tut mir leid, Señora Lucas, dass ich sie hier belästige, aber mir war draußen im Auto so langweilig.«

»Kein Problem, ich hätte Sie sowieso gleich reingeholt. Ich kann Sie ja nicht in diesem Backofen von Auto warten lassen.« Carmen sah interessiert auf ihre große schwarze Ledertasche, deren Verschluss mit Schildpattverzierungen versehen war, die auf jeder Seite ein Oval darstellten. »Ein schönes Stück. Wo bekommt man so etwas?«

Vanessa Riesche bedankte sich für dieses Kompliment. »Das ist ein sehr altes Stück, das ich von meiner Großmutter geerbt habe.«

»Die, die aus der Fechterklinge Ihres Großvaters diese Hutnadel fertigen ließ?«

»Ebendie.«

Carmens Handy klingelte. Voller Erwartung nahm sie das Gespräch an. »Ihr seid fündig geworden? Das Rohr plus Projektile? Wunderbar. Schickt mir zwei Kollegen der Guardia vorbei, dann kann ich endlich tätig werden.« Sie klappte ihr Handy lächelnd zu. »Haben wir dich«, murmelte sie zufrieden.

In diesem Augenblick betrat der Doktor mit dem unterschriebenen Formular das Wartezimmer und reichte es Carmen. »Tut mir leid, dass Sie warten mussten.« Er sah erstaunt Vanessa Riesche an und begrüßte sie. »Hat man Sie doch wieder auf freien Fuß gesetzt?«

Sie nickte. »Ja. Frau Lucas hat den Mörder meines Verlobten zwar noch nicht verhaftet, aber sie konnte nachweisen, dass ich es nicht war.«

»Na, dann gratuliere ich herzlich.« Sein Blick wanderte zu Carmen. »Und Ihnen wünsche ich bei der Jagd viel Glück.«

»Danke.« Sie zögerte einen kleinen Augenblick. »Ich bin also voll diensttauglich?«

»Sí, Señora.« Der Doktor wollte sich verabschieden.

»Moment, Señor Medico. Ich habe da noch ein kleines Problem.«

»Und welches, wenn ich fragen darf?« Auf der Stirn des recht stattlichen Mannes erschienen Schweißtropfen. Angst stieg in ihm auf.

»Ich muss Sie jetzt, da ich meinen Beruf wieder ausüben darf, wegen Mordes an Miguel Fluxá festnehmen.«

In Dr. Ohrem arbeitete es. Sollte er sich einfach ergeben, sollte er fliehen? Er blickte durch das Fenster auf die Straße und sah dort zwei Beamte der Guardia Civil stehen. An eine Flucht war also nicht mehr zu denken. Er ließ sich kreidebleich auf einen der Stühle im Wartezimmer fallen. »Wie kommen Sie darauf, dass ich es war?«

Carmen zückte ihr Handy. »Schauen Sie sich doch mal den Herrn da an, der auf diesen Bildern gerade dabei ist, den hinteren Teil des uralten Degens seines Großonkels auf dem Grundstück von Miguel Fluxá zu vergraben. Aus der Spitze hat er eine Hutnadel mit grobem Holzgriff gebastelt, die eigentliche Mordwaffe. Das Vorbild dazu hatte er der Beschuldigten tags zuvor abgenommen. Irgendwie hat der Mann große Ähnlichkeit mit Ihnen, finden Sie nicht? Das war wohl der letzte erfolglose Versuch, Frau Riesche diesen Mord unterzuschieben.«

»Und wenn ich Ihnen sage, dass sie ihn mir zur Aufbewahrung gegeben hat, wie auch die Hutnadel? Wie soll ich in der Mordnacht auch auf das Grundstück gekommen sein? Da war ein Wachhund.«

»Beamte der Kriminalpolizei haben soeben bei Ihnen zu Hause eine richterlich angeordnete Hausdurchsuchung vorgenommen. In der Garage haben die Kollegen ein Blasrohr und Projektile gefunden, mit denen man Großtiere aus sicherer Entfernung betäuben kann. Ich bin sicher, dass wir zumindest an einem dieser Projektile die DNA des Dobermanns von Señor Fluxá finden werden.«

Dr. Ohrem vergrub das Gesicht in seinen Händen. »Dann bin ich wohl fällig, oder?«

»Sí. Es bleibt jetzt nur noch die Frage nach dem Warum, Señor Médico.«

Er schaute auf Vanessa Riesche. »Für Sie tut es mir leid, und ich möchte mich für all die Qualen, die Sie durch mich erlitten haben, aufrichtig entschuldigen, aber es bot sich mir überraschend die Gelegenheit, mir meinen Herzenswunsch zu erfüllen, Fluxá auszuschalten.«

Das konnte Carmen nicht akzeptieren. »Einem Arzt darf der Tod eines anderen Menschen niemals ein Herzenswunsch sein.«

»Fluxá war kein Mensch. Er war eine Bestie, und glauben Sie mir, viele Menschen hier in Santanyí werden aufatmen und befreit auf seinen Sarg spucken.«

Carmen erhob sich abrupt. »Das können Sie alles dem Gericht erzählen, vielleicht finden Sie dort Ohren, die Ihnen Ihren Hass auf Fluxá als strafmildernd anrechnen.« Sie griff hinten an ihren Hosengürtel und entnahm einer speziellen Halterung Handschellen. Dr. Ohrem erhob sich ebenfalls und drehte ihr den Rücken zu, damit sie die Stahlfesseln anlegen konnte. »Kommen Sie.«

Dr. Ohrem sah sich mit einem letzten wehmütigen Blick in seiner Praxis um und nickte.

»Einen Moment bitte«, sagte Vanessa Riesche leise. »Ich hätte da noch einige Fragen, deren ehrliche Antworten den Herrn Doktor belasten könnten. Dürfte ich nur eine einzige Minute mit ihm allein haben?«

Dr. Ohrem nickte. »Von mir aus kein Problem.« Er setzte sich wieder und blickte Carmen erwartungsvoll an. »Geben Sie uns diese Minute. Meine Hände sind gebunden, ich kann keinen Schaden mehr anrichten.«

Carmen nickte. »Okay. Diese Minute haben Sie nach all dem, was Sie erlitten haben, verdient, Frau Riesche. Aber wirklich nur eine Minute.«

Sie verließ das Wartezimmer und schloss die Tür hinter sich. Als sie am Empfangstresen vorbeiging, nickte sie der Sprechstundenhilfe freundlich zu. »Sie sollten schon einmal damit beginnen, die Termine der kommenden fünfzehn Jahre abzusagen. Der Doc wird wohl in der nächsten Zeit verhindert sein.«

Sie ließ die völlig sprachlose Dame sitzen, öffnete die Praxistür und winkte die beiden Polizeibeamten herein. »In dreißig Sekunden könnt ihr ins Wartezimmer gehen und den Doktor abführen. Verpackt ist er schon.«

Noch während sie das sagte, betrat Vanessa Riesche den Praxisvorraum. »So, den Doktor können Sie jetzt mitnehmen.«

Die Beamten gingen den Arzt holen.

Sie sah Carmen erleichtert, geradezu fröhlich an. »Den Platz im Streifenwagen werde aber jetzt wohl ich einnehmen.« Sie hielt der völlig verdatterten Carmen ihre Hände hin.

Einer der Polizisten kam aus dem Wartezimmer gestürmt. »Schnell«, rief er der Sprechstundenhilfe zu. »Rufen Sie eine Ambulanz. Der Doktor hat einen Dolch in der Brust.«

Carmen wurde kreidebleich. »Los, Guardia, verhaften Sie diese Frau.« Sobald der junge Mann die völlig wehrlose Vanessa Riesche fest am Oberarm gegriffen hatte, stürzte sie ins Wartezimmer.

Im Todeskampf zur Seite gekippt, lag Dr. Ohrem mit seinem Oberkörper auf zwei Stühlen. Aus seiner Brust ragte ein Dolch, dessen Griff aus der Kurve eines dieser Schildpattovale auf Vanessa Riesches Handtasche bestand. Ein Lächeln lag auf dem Gesicht des Sterbenden. »Nehmen Sie es sich nicht so zu Herzen, junge

Frau.« Er hatte sichtlich Mühe, zu sprechen. »Das war das Beste, was m–«

Dr. Ohrem starb, ohne den Satz beenden zu können.

Wie vor den Kopf geschlagen, ging Carmen wieder ins Foyer. In ihr stieg blanker Zorn auf. Am liebsten hätte sie die Mörderin geohrfeigt. Der hingegen war die Genugtuung geradezu ins Gesicht gemeißelt. »Tja, Señora Comisaria, Sie haben bei Ihren zweifellos gründlichen Recherchen eine Kleinigkeit übersehen. Meine Großmutter hatte ein Spezialgeschäft mit dem verheißungsvollen Namen ›Die Waffen einer Frau‹, und derer habe ich mich eben noch mal bedient.«

»Aber warum? Sie waren ohne Schuld. Den wahren Täter haben wir überführt.«

Vanessa Riesche sah Carmen mit einem spöttischen Lächeln an. »Sie sind in Ihrem Job exzellent, junge Frau, aber Sie müssen noch viel lernen. Vor allem können Sie sich ein Leben ohne Perspektive und ohne einen Pfennig in der Tasche vermutlich nicht einmal vorstellen. Ich mir übrigens auch nicht.«

»Ich dachte, Sie und Fluxá hätten sich einvernehmlich getrennt?«

»Ja, aber ich sollte eine Leibrente von ihm bekommen. Durch seinen Tod konnten wir es allerdings nicht mehr schriftlich festlegen.«

»Fluxá wollte freiwillig zahlen?« Carmen lachte auf. »Das glauben Sie doch selbst nicht.«

»Ich war drauf und dran, mein Wissen über ihn zu versilbern.« Vanessa Riesche zuckte mit den Achseln. »›The Winner Takes It All‹ heißt es so schön bei Abba, nur ich gehöre leider zu den Losern. Aber damit ist jetzt endgültig Schluss.«

Carmen fasste das als Selbstmorddrohung auf. »Nein, meine Dame, so einfach Schluss machen ist nicht. Wie auch? Ihre Hände sind gebunden, und ohne die nützen Ihnen auch die Waffen einer Frau nichts.«

»Da irren Sie sich, Señora Comisaria. Eine habe ich noch.« Sie beugte sich vor, als würde sie Carmen etwas ins Ohr flüstern wollen.

Es hörte sich an, als würde etwas Kleines, Gläsernes zwischen ihren Zähnen zerbrechen. Es war ein helles, klirrendes Knirschen.

Genau so, wie sich Carmen den Biss auf eine Selbstmordkapsel vorstellte. Als sie dann auch noch den für Zyankali typischen Bittermandelgeruch wahrnahm, wusste sie, dass sie mit ihrer Annahme richtiglag.

Nachwort

Obwohl ich, der Verfasser dieses Buches, kein Freund von Käfigkämpfen jedweder Art bin, möchte ich betonen, dass Ultimate-Fighting-Kämpfe im Normalfall sehr wohl reglementiert sind und durchaus noch als Sport bezeichnet werden können.

In der Kritik dieses Romans stehen demzufolge nicht die reglementierten Wettkämpfe, sondern moderne Gladiatorenkämpfe, die in entsprechenden Kreisen immer beliebter werden – und die nur für die Initiatoren dieser für die Verlierer meist tödlich endenden Horrorveranstaltungen extrem lukrativ sind.

ANDREAS SCHNABEL
TOD ODER FINCA
MALLORCA KRIMI
emons:

ANDREAS SCHNABEL
Tod in Palma
MALLORCA KRIMI
emons:

Andreas Schnabel
TOD AUF DER INSEL
Mallorca Krimi
Broschur, 208 Seiten
ISBN: 978-3-89705-811-8

»Mit viel Lokalkolorit, eine Referenz an alle Mallorca-Fans, hat der Autor wieder einen Plot konstruiert, der den Leser kreuz und quer über die Insel führt. Dankenswerterweise ist dem Buch erneut eine Karte der Insel beigefügt, auf der sämtliche Schauplätze der Handlung durchnummeriert sind. Also nicht nur Spannung, sondern auch Service.« Rhein-Erft-Rundschau

»Ein spannender Thriller, der vom Autor mit viel Humor und Ortskenntnis gewürzt wird – eine unterhaltsame Lektüre nicht nur für Urlauber.« Westdeutsche Zeitung

Andreas Schnabel
TOD AUF CABRERA
Mallorca Krimi
Broschur, 304 Seiten
ISBN: 978-3-89705-974-0

»Wer sich in den Sog dieses ebenso spannenden wie unterhaltsamen Romans hineinversetzen lässt, wird viel über das kleine Eiland erfahren.« Rhein-Erft-Anzeiger

»Humoristische Mallorca-Krimis mit viel Lokalkolorit sind sein Spezialgebiet: Andreas Schnabel.« Mallorca Magazin

www.emons-verlag.de

ANDREAS SCHNABEL
Tod inclusive
MALLORCA KRIMI
emons: